# dtv

Was so viele Leser in seinen Romanen lieben, das prägt auch Wilhelm Genazinos Essays und Prosaminiaturen: mit seiner Beobachtungsgabe, seinem Wortwitz, seiner sprachlichen Genauigkeit gelingt es ihm, auch aus scheinbar alltäglichen, banalen Dingen und Begebenheiten das Verblüffende, Unerhörte, nie Gesehene herauszuhören. ›Der gedehnte Blick‹ ist ein Buch über das Beobachten und das Lesen, über Lebensgeschichten und Schreibabenteuer, über Fotografien und über das Lachen. »Lachende Philosophen sind selten«, schreibt Genazino und beginnt damit eine Einführung in Theodor W. Adornos Humor; Italo Svevo gibt Anlaß zu einer kleinen Untersuchung über literarische Erfolglosigkeit; und das zufällig auf dem Flohmarkt entdeckte Foto zweier Kinder mit einer Puppe führt zu einer Reflexion über die Wahrnehmung und Abbildung des menschlichen Lebens: ›Der gedehnte Blick‹ ist ein neues »Wahrnehmungswunder« von Wilhelm Genazino.

*Wilhelm Genazino*, geboren 1943 in Mannheim, arbeitete zunächst als freier Journalist, später als Redakteur und Hörspielautor. Als Romanautor wurde er 1977 mit seiner ›Abschaffel‹-Trilogie bekannt. Für sein umfangreiches Werk wurde er mit zahlreichen Preisen geehrt, zuletzt mit dem Georg-Büchner-Preis 2004. Der Liebhaber spanischer Literatur, lange Jahre in Heidelberg zu Hause, lebt seit 2004 wieder in Frankfurt.

Wilhelm Genazino

# Der gedehnte Blick

*in ihrer Titel*

Deutscher Taschenbuch Verlag

Von Wilhelm Genazino
sind im Deutschen Taschenbuch Verlag erschienen:
Abschaffel (13028)
Ein Regenschirm für diesen Tag (13072)
Eine Frau, eine Wohnung, ein Roman (13311)
Die Ausschweifung (13313)
Fremde Kämpfe (13314)
Die Obdachlosigkeit der Fische (13315)
Achtung Baustelle (13408)
Die Liebesblödigkeit (13540)

November 2007
Deutscher Taschenbuch Verlag GmbH & Co. KG,
München
www.dtv.de
Lizenzausgabe mit Genehmigung
des Carl Hanser Verlags München Wien
© 2004 Carl Hanser Verlag München Wien
Umschlagkonzept: Balk & Brumshagen
Umschlagfoto: Aus dem Privatbesitz des Autors
Satz: Satz für Satz. Barbara Reischmann, Leutkirch
Druck und Bindung: Druckerei C. H. Beck, Nördlingen
Gedruckt auf säurefreiem, chlorfrei gebleichtem Papier
Printed in Germany · ISBN 978-3-423-13608-2

*Der gedehnte Blick*

Werte Frau S.!

Auch wenn ich grad das 1. Kapitel
gelesen habe – hier lernen Sie – u.
überraschenderweise ich auch – einen
völlig anderen G. kennen, vor allem,
wer so den Briefwechsel zw. F. K.
u. F. B. gelesen hat (haben wir) –
Der Kerl (G.) weiß mich mal
wieder zu ~~überraschen~~ verblüffen.
Wer weiß, was er noch im Rohr gehabt
hätte (natürlich keine Weihnachts-
gans), all dieweil er vor einigen Jahren – leid-
der /irdische Mühsal einfach entfleucht
ist – was mich sehr betrübt.
Seine lakonischen Anmerkungen
werden mir fehlen.
Das fiel mir grad so ein nach Kap. 1 u.
jetzt werd ich Kap. 2 lesen –
so Worte sind ganz gewechselt, der
Vorhang senkt sich usw.
                    Ade  H...

## *Spur des Romans*

In den belebtesten Straßen Wiens findet man kleine billige Läden, über deren Eingang steht groß und breit das Wort ROMANE. Für den, der hier kauft, gehört Literatur zu den Lebensmitteln, genau wie TABAK und SPIRITUOSEN in den Läden links und rechts der Romangeschäfte. Natürlich ist es keine gute Literatur, die hier angeboten wird, aber darauf kommt es auch nicht an. Der Roman überlebt, weil er ein Begleitmedium des Lebens selber ist. Das ist, zum Beispiel, vom Theaterstück schon lange nicht mehr sicher. Das Theater ruft die Menschen eigens herbei, weil es noch immer überzeugt ist, ihnen Wichtiges mitteilen zu können. Die Selbstqualifikation, die in dieser Geste liegt, wird dem Theater nicht mehr überall abgenommen. Der Roman dagegen macht nicht auf sich aufmerksam. Er steht mit fünfhundert anderen im Regal und ist damit einverstanden, nicht entdeckt und nicht gelesen zu werden. Gerade deswegen ist er immer gesucht.

I

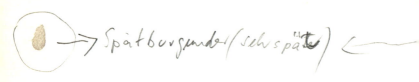 → Spätburgunder (sehr spät) ←

# *Die Unberechenbarkeit der Worte*

Am 6. November 1913 schrieb Kafka an Felice Bauer: »Tagebuch führe ich überhaupt keines, ich wüßte nicht, warum ich es führen sollte, mir begegnet nichts, was mich im Innersten bewegt. Das gilt auch wenn ich weine wie gestern in einem Kinematographentheater in Verona. Das Genießen menschlicher Beziehungen ist mir gegeben, ihr Erleben nicht.«

Wenn ich richtig gezählt habe, stecken in diesen fünf Druckzeilen sechs mehr oder weniger auffällige Schwindeleien. Die erste (»Tagebuch führe ich überhaupt keines«) ist am leichtesten zu erkennen. Das uns heute vorliegende Tagebuch Kafkas gehört zu den eindrucksvollsten Dokumenten aller Zeiten. Zur Entlarvung der zweiten Schwindelei (»Ich wüßte nicht, warum ich es führen sollte«) genügt es, wenn wir einen einzigen Satz aus diesem von Kafka geleugneten Tagebuch hier einflechten. Er lautet: »Die Festigkeit aber, die das geringste Schreiben mir verursacht, ist zweifellos und wunderbar.« Die dritte Lüge (»Mir begegnet nichts, was mich im Innersten bewegt«) ist für jeden Kenner von Kafkas Biographie so dreist, daß sich eine Richtigstellung von selbst erübrigt. Das Gegenteil war der Fall. Es ist Kafka viel zuviel passiert, was ihn im Innersten bewegte, und er hat von diesem Übermaß oft gesprochen. Die vierte Lüge (»Das gilt auch wenn ich weine wie gestern in einem Kinematographentheater in Verona«) ist nichts weiter als eine Steigerung der dritten Lüge; das Weinen ist ja gerade das Zeichen für ein Zuviel an Bewegtheit. Die fünfte Lüge (»Das Genießen menschlicher Beziehungen ist mir gegeben«) und die sechste

(»ihr Erleben nicht«) sind die leicht durchschaubaren Flunkermanöver eines Melancholikers, der längst erkannt hat, daß ihm seine enorme masochistische Energie alles mögliche erlaubt haben mag, das »Genießen menschlicher Beziehungen« aber mit Sicherheit nicht.

Als Erklärung bietet sich an: Kafka hat im Wohlgefühl der Entlastung, die ihm das Schreiben gewährte, seine Lügenhaftigkeit nicht bemerkt. Das Lügen – oder sagen wir nachsichtig: die Tendenz zur Verdrehung von Tatsachen im Zustand gelungener Triebabfuhr – teilt Kafka mit vielen anderen Menschen, was gewiß auch erklärt, warum Kafkas Schwindeleien bisher kaum aufgefallen sind. Die Schwierigkeit des Schriftstellerberufs liegt darin, daß das Verhältnis des Autors zu seiner Arbeit aus mehreren Phantasie- und nur aus einer Realbeziehung besteht. Phantastisch ist schon ein äußerliches Moment. Der Schriftsteller sitzt ruhig an seinem Tisch und schreibt. Und hofft und glaubt, daß dieser niedrige Gestaltungsaufwand schon ausreicht, seinen besonderen Lebenskampf zu bestehen. Natürlich ist das Ruhe-Bild am Schreibtisch ein Schein. In Wahrheit kämpft der Autor mit mehreren Mythen gleichzeitig. Erstens muß er sein Berufsbild und – darin eingebaut – seine persönliche Stellung innerhalb des Berufsstandes komplett phantasieren. Sein Beruf ist nicht geschützt. Jeder, der will, darf sich Schriftsteller nennen oder sich für einen solchen halten. Ich erinnere an Joseph Conrad, der schon mit fünfzehn überzeugt war, daß ein großer Schriftsteller aus ihm werden würde. Dreiundzwanzig Jahre lang mußte er darüber hinwegphantasieren, daß ihm seine Natur eine Begabung zum Schriftsteller vielleicht nur vorgetäuscht hatte, ehe er im Alter von 38 Jahren endlich seinen ersten Roman vorlegte und damit sicher sein durfte, daß er nicht vergeblich phantasiert hatte. Und ich erinnere an den letzten Staatsratsvorsitzenden Egon Krenz, der bald nach der Wende in einem Fernsehinterview gefragt wurde, was er denn jetzt tun werde; und Egon Krenz antwortete mit irritierender Selbstsicherheit, er werde ab sofort als Schriftsteller arbeiten.

Die beiden Anekdoten liegen nur scheinbar weit auseinander. In Wahrheit sind sie eng aufeinander bezogen. Allein in der Offenheit der Selbstzuschreibung ist – in beiden Fällen – der phantastische Gehalt des Schriftstellerberufs erkennbar. Auch der als seriös geltende Autor ist in solche Anspruchsphantasmen verwickelt. Denn trotz fortgeschrittener Professionalität erlangt er kein klares Berufsbild, keine prüfbare Qualifikation, keine unbezweifelte Autorität und keine gesicherte Erfahrung.

Die zweite Phantasie, die er sich abverlangen muß, ist erheblich intimer und delikater. Sie gilt dem Werk selbst; es muß in seinen Grundzügen vorweg phantasiert werden, ehe es wirklich werden kann. Die Werkphantasie *muß* eine Größenphantasie sein. Eine Verkleinerungsphantasie kann kein Werk groß machen; es sei denn, die Selbstverkleinerung ist, wie bei Robert Walser, gleichzeitig das Thema des Werks. Jetzt kommt sich auch der Autor wie ein Gespenst vor. Er weiß, er ist notwendig ein Phantast, aber er darf nicht als solcher erscheinen und schon gar nicht in der Öffentlichkeit auftreten.

Denn der Kontakt mit der Öffentlichkeit ruft eine weitere, die dritte Phantasie hervor, die für literarische Autoren die dramatischste überhaupt ist. Der Schriftsteller der Spätmoderne weiß, daß sein Buch nicht mehr unbedingt willkommen ist, weil die Art seiner Auseinandersetzung, die literarische, im Kanon der Mitteilungen an Kredit verloren hat. Das war einmal anders. Als sich die bürgerliche Gesellschaft während und nach der Aufklärung immer mehr durchsetzte, durfte sich der Schriftsteller als Ausdrucksagent neuartiger Freiheiten verstehen. Wir alle wissen, daß unsere Spätmoderne genausoviel, wenn nicht mehr Aufklärung nötig hat als die Vormoderne. Aber die Werke vieler heutigen Schriftsteller – und es sind oft die besten – finden nicht mehr zu ihren Lesern. Dies bedeutet für den einzelnen Autor, daß er sein Werk in eine Zukunft historisiert, in der später Geborene vielleicht einmal erkennen werden, daß es nützlich hätte sein können, wenn es zu seiner Zeit bemerkt worden wäre. Diese Phantasie ist nötig, weil durch sie (und oft *nur* durch sie) die Depression der Vergeblichkeit abgewehrt werden kann. Es gibt zahlreiche bedeutende Werke, denen das Echo ihrer eigenen Zeitgenossenschaft nicht mehr zuteil wird. Sie sind zwar gedruckt worden, aber in unserer Betäubungskultur nie wirklich erschienen. Dennoch halten diese Autoren durch das private und ästhetische Scheitern hindurch an der – natürlich phantasierten – Fiktion fest, daß es, wie Giuseppe Ungaretti einmal schrieb, das Ziel aller Autoren sei, eine eigene schöne, und das heißt auch: sinnhafte Biographie zustande zu bringen.

Alle drei Phantasien führen den Autor zunächst in die Irre, das heißt in die Vereitelung des Werks. Mit einer (natürlich) phantasierten Souveränität muß er die Phantome der Behinderung auf ihren Beiwerk-Charakter reduzieren, ehe er zum einzig realen Kern seiner Arbeit vordringt, zu den unscheinbaren Worten und Sätzen und Bildern, die er von sich erwartet. Die Ironie der Realbeziehung zum Schreiben besteht darin, daß ihr Eintrag ohne die Vorleistung der Phantasien nicht zu haben ist. Vermutlich ist die schwer durchschaubare Verschlingung von Phantasie- und Realbezügen der Grund, warum auch gute Schriftsteller oft töricht über ihre Arbeit sprechen. Denn niemand weiß, *wie* aus einer inneren Empfindungsschrift ein nach außen tretender Text wird, niemand wird je sagen können, *was* es ist, wovon die Schriftsteller ihre Sätze ablösen. Oder soll ich sagen: Herausschlagen? Abbitten? Herauslügen? Auch ich weiß es nicht, und deswegen antworte ich mit einer Metapher, das heißt mit einem phantastischen Sprachzeichen: Literatur ist der Versuch, mit einem Schmerz zu sprechen. Große Schriftsteller wissen, was der in ihnen hausende Schmerz sagt, und sie wissen gleichzeitig, daß die Rede des Schmerzes eine Konstruktion ist. Aber sie suchen die Sprechstunde des Schmerzes immer wieder auf, weil sie natürlich bemerken, daß sich zwischen dem Schmerz und dem Text über ihn eine Art Ruf-und-Echo-Verhältnis herausbildet, dem der Autor immer besser beiwohnt und nachlauscht, bis er zu dessen Gefäß geworden ist.

Genauer kann ich es heute nicht sagen; aber Sie haben längst erraten, daß meine kleine Dankrede auf eine Rehabilitierung des lügenhaften Franz Kafka hinausläuft. Mit Absicht spreche ich von Lügenhaftigkeit und nicht von Verlogenheit. Zur Verlogenheit gehören Vorsatz und Absicht, zur Lügenhaftigkeit genügt eine Disposition. Es ist die Disposition des Dichters, der wie ein Türwächter an den Pforten seines Bewußtseins sitzt und doch nur der erste ist, der nicht begreift, wie ein Text mit verstörender Direktheit aus einem Leben hervortritt und sofort geheimnisvoll wird. Im Gegensatz zu vielen Philosophen und Psychologen wissen Dichter nicht, was es ist, was in ihnen spricht, wenn etwas in ihnen spricht. Und sie sind nicht bereit, dieser Stimme, wenn es eine Stimme ist, einen Namen zu geben und sie das Sein, das Unbewußte, die Sprache, das Fremde oder das Nichtidentische zu nennen. Nur in der Namenlosigkeit überlebt auch die Unberechenbarkeit der Worte und ihr dann und wann lügenhafter Auftritt.

## *Fühlen Sie sich alarmiert*

Vor etwa zwei Jahren, im Herbst, waren über Nacht die Haltestellen-Schilder der Frankfurter U-Bahn-Station »Willy-Brandt-Platz« übermalt worden. Ein Unbekannter (oder mehrere) hatten den Namen Brandt mit schwarzer Farbe durchgestrichen und statt dessen den Namen Frahm auf die Haltestellen-Schilder gemalt. Willy-Frahm-Platz. Ich wunderte mich; Willy Brandt war seit vielen Jahren tot und konnte nicht mehr diffamiert werden. Ich erinnerte mich an die Zeit, als ich selbst den Namen Frahm zum erstenmal gehört hatte. Das war in den sechziger Jahren, als Willy Brandt Regierender Bürgermeister West-Berlins war und von seiner Partei, der SPD, als Kanzlerkandidat aufgestellt worden war. Frahm war der eigentliche, der Geburtsname von Willy Brandt. Wer den Namen Frahm damals ins Spiel brachte, erinnerte Willy Brandt öffentlich daran, daß er unehelich geboren war. Die Kränkung sollte die Wähler damals in einen Konflikt stürzen. Sie sollten fragen: Darf ein unehelich Geborener Bundeskanzler werden? Die Leute, die Brandt damals diskriminierten, hatten noch mehr auf Lager. Sie erinnerten daran, daß Brandt während der Nazi-Jahre in Norwegen in der Emigration gewesen war und von dort aus versucht hatte, an der Beendigung der Diktatur in Deutschland mitzuwirken.

Sonderbar an der Kränkung in der U-Bahn-Station war, daß sie so lange nach dem Tod Willy Brandts wiederholt wurde. Immer wieder fuhr ich an den manipulierten Schildern vorbei, und ich fragte mich, ob das moralische Klima in

Deutschland der neunziger Jahre dem der siebziger Jahre ähnlich war, ob eine uneheliche Geburt immer noch ein Grund sein konnte für eine hämische Reaktion der anderen. Oder ob sich die ethischen Verhältnisse inzwischen nicht geändert hatten, ob wir heute nicht annehmen dürfen, daß die große Mehrheit der Menschen ein Opfer nicht weiter verhöhnt, sondern verteidigt. Wie soll man Menschen beistehen, die an einem heiklen Punkt ihres Lebens gedemütigt werden? Die Schmähung trifft das Opfer an einem wehrlosen Moment seiner Biographie. Das Abitur kann man nachholen, wenn es beim erstenmal nicht geklappt hat. Auch ein paar verbummelte Semester sprechen kein endgültiges moralisches Urteil über uns. Sogar ein Studium ohne Abschluß kann verkraftet werden, obwohl hier für viele die Schmerzgrenze beginnt. Aber eine uneheliche Geburt trifft das Opfer außerhalb seinen Zugriffs, sie wird ihm als Teil seiner Lebensgeschichte aufgebürdet – über den Tod hinaus.

Die Reinigungstruppe des Frankfurter Ordnungsamtes ließ sich Zeit. Erst nach etwa zwei Wochen, als ich die Schmähung immer wieder gelesen hatte, spürte ich plötzlich den Effekt der Wiederholung. Wir erkennen das in der Tiefe wirksame, das faschistische Potential der Kränkung: Die Kennzeichnung will sich an die Stelle des Gekennzeichneten setzen, sie will ein sprachliches Zeichen für das Bezeichnete werden. Sie hat appellativen Charakter, das heißt, sie sucht Verbündete, die sie nach-denken und nach-sprechen. Sie ist auf der Suche nach einem Publikum, das über eine Bezichtigung Freude empfindet, womöglich Genugtuung. Der Mechanismus erinnert uns daran, daß wir Animationsobjekte sind. Was man uns lange genug vormacht, machen wir irgendwann nach. Die Kränkung, die zum Nachsprechen für andere erfunden wird, erzeugt ein Klima aus höhnischer Lust, sie wird zu einem rhetorischen Selbstläufer, der keinen Urheber mehr braucht, weil er zu einem bestimmten Zeitpunkt an jeder Ecke von jedermann nachgeplappert werden kann.

*II* In der Akademie, deren Mitglied ich bin, in der Deutschen Akademie für Sprache und Dichtung, kommt es zweimal im Jahr zu einem Ritual, das nicht immer ohne Peinlichkeit abläuft. Wer Mitglied dieser Akademie wird, entscheidet die Akademie selbst. Das geht so vor sich, daß drei Akademie-Angehörige einen neuen Kandidaten oder eine neue Kandidatin vorschlagen, den Vorschlag begründen und dann zur Wahl stellen. Die Akademie bittet nach jedem Wahlgang um Vertraulichkeit, und sie weiß warum. In der Regel werden die vorgeschlagenen Neu-Kandidaten auch gewählt, das heißt in die Akademie aufgenommen. Aber es klappt nicht immer. Manchmal fehlt einem Kandidaten die vorgeschriebene Anzahl von Stimmen, und das bedeutet: Kandidat X. wird, obgleich ein verdienter Mann oder eine verdiente Frau, nicht in die Akademie aufgenommen. Nach den Gründen der Ablehnung wird nicht gefragt, sie verbleiben oder verschwinden in der Diskretion derjenigen, die ihre Zustimmung verweigert haben.

Die Ablehnung eines Kandidaten ist ein schmerzlicher Vorgang. Und zwar deswegen, weil die Bedeutung des Wahlvorgangs während der Wahl in ihr Gegenteil umschlägt. Ein Akt, der als Ehre gedacht war und als Ehre begann, nämlich die Aufnahme in eine Akademie, verwandelt sich durch ihr Scheitern innerhalb weniger Minuten in eine Kränkung. Die Kränkung vibriert in mir nach, wenn ich später dem einen oder anderen abgelehnten Kandidaten wiederbegegne. Denn ich gehöre dann zu denjenigen, die von der Ablehnung nicht nur wissen, sondern sie zu verantworten haben auch dann, wenn ich selbst nicht gegen Herrn X. oder Frau Y. gestimmt habe. Und es ereignet sich künftig etwas Seltsames. Noch bevor mir irgend etwas Persönliches zu Herrn X. oder Frau Y. einfällt, noch bevor wir zueinander Guten Tag und Wie gehts? gesagt haben, wird mein Denken Opfer meiner eigenen, jetzt kennzeichnend gewordenen Wahrnehmung. Oh!, denke ich gegen meinen Willen, der abgelehnte Herr X.! Oh! Die abgelehnte Frau Y.! Es sind stumme, sinnlose, vollautomatische Akte des Bewußtseins. Ich erfahre nicht, warum mein Gedächtnis die Kränkungen so lange aufbewahrt und bei Gelegenheit in den Dunkelkammern meines Innenlebens wiederholt. Ich würde, hätte ich hundertprozentige Verfügungsgewalt über mein Gehirn, niemals zulassen, daß diese Personen von mir herabgesetzt werden. Aber ich habe diese hundertprozentige Souveränität nicht. Zwischen dem Denken, dem Empfinden und dem Wollen gibt es Abstimmungsprobleme. Ich finde mein Denken in diesen Augenblicken töricht, ich möchte nichts mit diesem Denken zu tun haben. Aber es ist mein Denken, ich muß für den Unfug einstehen, den es gerade denkt.

Sie verstehen, warum ich Ihnen von Akademie-Intrigen erzähle und was sie mit dem Willy-Frahm-Platz in Frankfurt verbindet. Ich will Sie auf eine peinliche Eigentümlichkeit unseres Bewußtseins hinweisen: Es identifiziert, bevor es denkt. Obwohl mein Bewußtsein weder Nutzen davon hat noch Lust dabei empfindet, wiederholt es die Herabsetzung und kränkt dabei auch mich, weil ich selber der Urheber der Herabsetzung bin. Der amerikanische Sprachphilosoph John Austin nannte die erste Schmähung eine illokutionäre und die zweite eine perlokutionäre Äußerung. Illokutionäre Akte sind konstitutiv. Sie bringen das, was sie sagen, im Augenblick ihres Ausgesprochen-werdens selber hervor. Wenn ich zu Willy Brandt (auch zu dem toten Willy Brandt) Willy Frahm sage, dann gilt Brandt im Augenblick der Umbenennung immer wieder neu als unehelich. Perlokutionäre Akte sind dagegen Sprechakte mit Nachwirkungen, die erst eintreten, wenn sie ausgesprochen sind. Die Folgen sind von der Art – Sie erinnern sich an Herrn X. und Frau Y. –, von der ich Ihnen erzählt habe.


**III** Vor einigen Jahren versuchte der Politiker Jürgen Möllemann seinen Parteifreund, den damaligen Außenminister Klaus Kinkel, dadurch herabzusetzen, indem er ihn einen »schwäbelnden Vorsitzenden« nannte. Möllemann ließ keinen Zweifel daran, wie diese Bezeichnung gemeint war. Sie sollte Kinkel (sowohl in der Öffentlichkeit als auch in seiner Partei) politisch ausgrenzen, sie sollte ihn als unmöglich und unfähig erscheinen lassen. Gleichzeitig nannte Möllemann einen anderen Parteifreund, den ehemaligen Außenminister Hans-Dietrich Genscher, einen »sächselnden Ersatzkanzler«. Wer an Kränkungen amtierender oder nichtamtierender Außenminister gerade nicht interessiert war, mußte von den Ausfällen Möllemanns befremdet sein. Er selbst, Möllemann, spricht ein akzentfreies Hochdeutsch. Das ist vorteilhaft für ihn und auch für seine Zuhörer. Aber offenbar glaubt Möllemann, eine tadellose Artikulation sei gegenüber einem Dialekt nicht nur ein bloß sprachlicher Vorzug, sondern ein ethischer Vorsprung, den Dialekt sprechende Menschen nicht einholen können. Möllemanns Schmähungen haben sich im politischen Alltag nicht durchsetzen können; daß aus ihnen keine gebräuchlichen Beleidigungen für Kinkel und Genscher geworden sind, liegt nicht daran, daß sie von den Betroffenen nicht als verletzend empfunden worden wären. Sondern daran, daß es zum Zeitpunkt der Schmähung in unserem Land keine nennenswerten Gruppen gab, denen die Verletzung schwäbelnder oder sächselnder Menschen ein Anliegen war. Hätte es diese Gruppen gegeben, dann hätte Möllemanns Rechnung aufgehen können, das heißt, es hätte Chancen dafür gegeben, daß aus den Kennzeichnungen öffentlich wirksame Bezichtigungen hätten werden können.

Im Übergang von der vereinzelt ausgesprochenen Kennzeichnung zur öffentlichen Bezichtigung liegt ein faschistischer Keim. Der rhetorische Weg von einem zum anderen ist nur kurz. Wieder, wie im Fall des Frahm-Platzes, stoßen wir auf die gleiche Struktur. Jemand spekuliert damit, daß ein größeres Publikum Freude an einer Häme empfindet und sie aus Lust nachspricht. Neuartig am Fall Möllemann ist allenfalls, daß auch harmlose Eigenschaften zum Motor einer Beleidigungskampagne werden können. Wir alle wissen, wie sehr einzelne Menschen unter individuellen Defiziten leiden. Dabei rührt das Leid nicht daher, daß wir schwäbisch, sächsisch oder saarländisch reden. Sondern daher, weil wir genau wissen, daß wir solcher Lächerlichkeiten wegen jederzeit öffentlich angeprangert werden können. Unser Leid ist die quasi im Inneren vorweggenommene Furcht vor einer Demütigung, die jederzeit manifest werden kann, wenn wir auf entsprechend gesinnte Mitmenschen stoßen. Wir wissen, daß wir alle, jeder von uns, auf gefährliche, nämlich faschistoide Weise diskriminierbar sind.

*IV* Sie haben sicher auch das Plakat gesehen, im vorigen Winter, ein Plakat des Deutschen Tierschutzbundes. »Es gibt Ziegen, die sind tatsächlich blöd« stand drauf zu lesen.

Gemeint waren Frauen, die Pelzmäntel tragen. Gewiß sind wir dagegen, daß Menschen Tiere abschlachten, gewiß sind wir dagegen, daß sie es nur der Pelze wegen tun, und selbstverständlich sind wir dagegen, daß Frauen, die immer noch Pelzmäntel tragen, öffentlich blöde Ziegen genannt werden. Nein, dagegen sind wir offenbar doch nicht, sonst hätte es diese Kampagne nicht geben dürfen. Es hat nichts genutzt, daß es die Quotendiskussion gegeben hat, daß es Frauenbeauftragte und immer mal wieder ein Jahr der Frau gibt, daß wir uns für das Frauenproblem sensibilisiert haben. Das alles hat nicht verhindert können, daß Frauen in der rüdesten Dumpfmännermanier öffentlich verhöhnt werden. Und Sie haben sicher auch die Worte des bayerischen Ministerpräsidenten Stoiber im Ohr, dem Ausländer mit Doppelpaß gefährlicher erscheinen als die »Terroraktionen der Roten-Armee-Fraktion in den 70er und 80er Jahren«.

Die Meinung des bayerischen Ministerpräsidenten stellt die Verhältnisse auf den Kopf. Wir lesen nicht in den Zeitungen, daß ausländische Gangs Deutsche überfallen, sondern wir lesen in den Zeitungen, daß deutsche Hooligans und Jungfaschisten auf Ausländer einschlagen. Und wir lesen außerdem und immer wieder, daß es den allermeisten von uns an Zivilcourage fehlt, Ausländer vor solchen Übergriffen zu schützen. Der scheidende Bundespräsident Herzog hat aus diesem Grund eine Berliner Bürgerin, die den Mut hatte, in einer S-Bahn ein paar Schlägern persönlich entgegenzutreten, zu einem Empfang ins Schloß Bellevue eingeladen. Gewiß ist es schön, daß der Bundespräsident den Mut einer Dame bemerkt und ihn belohnt. Aber wie will sich der Bundespräsident verhalten, wenn beim nächsten Mal wieder jemand mutig ist, dabei aber leider zusammengeschlagen wird? Das Zeichen, das der Bundespräsident gesetzt hat, ist ein falsches Zeichen. Mut allein ist nicht hinreichend, mit dem Problem der Gewalt fertig zu werden. Dieser hilflose Idealismus ist genau das, was deutschen Politikern gegen den Faschismus bisher immer eingefallen ist. Wer einzelne Bürger ihres persönlichen Einsatzes wegen auszeichnet, der tut so, als sei es nur Sache unserer individuellen Tapferkeit, ob wir die Herausforderung bestehen oder nicht. Die Rauferei als politisches Mittel ist auch deswegen falsch, weil wir schon einmal bemerkt haben, daß die Hoffnung, einzelne feige Menschen wie du und ich werden sich gegen Gewalttäter einsetzen, keine solide Basis ist, einen heraufziehenden Faschismus zu bremsen. Es ist politisch unverantwortlich, sich auf einzelne Individuen zu verlassen; ein Faschismus kommt immer aus dem Zentrum einer Gesellschaft, und also muß auch das Zentrum auf ihn reagieren, das heißt die politische Klasse als Ganzes.

Gerade dazu haben wir heute die besten Voraussetzungen. Noch niemals in der deutschen Geschichte war es so einfach, Täter und Opfer faschistischer Konfrontationen *vorher* auszumachen. Die meisten der Täter sind schon lange polizeibekannt; ihr einziges Ausdrucksmittel, der Faustschlag, hat sie unübersehbar gemacht. In den Zeitungen werden ihre Versammlungsorte genannt, ihre Riten, ihre Einschüchterungsmethoden, ihre Vergnügungslokale; es werden ihre Waffen beschrieben, ihre Kleidung, ihre Musik. In den besseren Zeitungen stehen sogar ihre Namen. Auch die Opfer sind dem Staat bekannt; es sind Ausländer, Farbige, Homosexuelle, Frauen, Behinderte. Sogar über ihre Tatorte wissen wir Bescheid; es sind Fußgänger-Unterführungen, wenig frequentierte Lokale, Ausländer-Wohnheime, Asylantenheime, Campingplätze und, immer wieder, U-Bahnen und S-Bahnen und die Bahnhöfe dazu, je entlegener desto besser.

Nutzt unsere politische Klasse diese ausgezeichneten Bedingungen zur Verhinderung von Straftaten oder wenigstens zur Ergreifung der Täter? Leider müssen wir diese Frage verneinen. Ich habe nicht den Eindruck, daß unsere Politiker den Rechtsradikalismus adäquat einschätzen. Im Gegenteil; sie spielen die Gefahr herunter, sie verharmlosen, sie schauen weg, sie verdrängen. Sie reden sich heraus mit dem Status des Rechtsstaates, der immer warten muß, bis ein Verbrechen schon geschehen ist, ehe die Exekutive in Erscheinung treten darf. Der Rechtsstaat tut so, als hätten wir keine Geschichte und als hätten wir keinen besonderen Grund zur Angst vor der Wiederholung dieser Geschichte. Der Rechtsstaat ist nicht nachtragend; er nimmt es nicht krumm, wenn seine Feigheit immer wieder aufs neue gleichzeitig herausgefordert und verhöhnt wird. Der Rechtsstaat überläßt die Empörung seinen Bewohnern. In der Zwischenzeit haben wir es schon hingenommen, daß es längst zwei Sorten von Opfern gibt. Nach dem plötzlichen Verschwinden eines unbekannten Vietnamesen in den Wäldern von Mecklenburg-Vorpommern erkundigt sich hier niemand. Auch der überraschende Tod eines ebenso unbekannten Sudanesen in Halle regt niemanden bei uns auf. Ein von deutschen Hooligans beinahe totgeschlagener französischer Polizist während der letzten Fußball-Weltmeisterschaft wird hingegen ein Fall für die Außenpolitik. Es gibt Beileidsbekundungen, es gibt öffentliche Entschuldigungen hochrangiger Politiker, es gibt Spendensammlungen, es gibt Besuche am Krankenbett. DFB-Präsident Egidius Braun reist nach Frankreich und küßt das immer noch benommene Opfer. Ein Foto der Geste erscheint im März in unseren Zeitungen und beweist: Wir können auch anders. Soviel Zuwendung für ein Opfer sind wir nicht gewohnt, und doch gibt es für sie eine einfache Erklärung: Häßliche Deutsche hatten sich von ihrer häßlichsten Seite im ausländischen Fernsehen gezeigt – auch noch zu einem Zeitpunkt, an dem die ganze Welt vor den Fernsehapparaten saß, während der Fußball-Weltmeisterschaft. Derweil dürfen andere häßliche Deutsche in heimischen U-Bahnen und S-Bahnen den Baseball-Schläger ruhig weiter schwingen, freilich ohne Fernsehen, ohne Entschädigung der Opfer, ohne Beileid, leider auch ohne Polizei.

Wer meine Beschreibung für polemisch hält, möge sich die Fotos anschauen, die von einem der letzten faschistischen Morde übriggeblieben sind. Ich spreche von dem Tod des 28jährigen algerischen Asylbewerbers Omar B. Er verblutete, weil er in panischer Angst vor seinen deutschen Verfolgern das Glas einer verschlossenen Haustür eintrat und sich dabei eine Schlagader durchtrennte. Seine Mörder standen nach der Tat nur wenige hundert Meter entfernt um eines ihrer Autos herum, mit denen sie Omar B. durch die Straßen getrieben hatten, bis er nicht mehr weiter wußte und mit dem Kopf ins Glas sprang. Der Tod des Algeriers ist nicht nur ein Mord, er ist eine Demonstration. Er zeigt den bestialischen Kern des Faschismus, er zeigt den Blutdurst der Täter. Eine Denunziation vollendet sich mit dem Verschwinden des Denunzierten, der faschistische Schlußpunkt ist der Tod des Opfers.

Warum ist Deutschland nicht außer sich wegen seiner Neonazis? Die Bundesrepublik ist ein zivilisiertes Land nur um den Preis, daß ihr politischer Alltag verstehbar bleibt. Genau hier, entlang der neuen Blutspuren, gibt es eine furchtbare Verbindung zwischen den Taten der alten und der neuen Nazis. Die Jungfaschisten unserer Tage setzen die von den Nazis begonnene Nichtverstehbarkeit der jüngsten deutschen Geschichte fort. Gegen diesen entsetzlichen Alptraum gibt es nur eine Lösung: Wir müssen die Opfer schützen, solange sie am Leben sind.

Ich mag das Argument, daß es einen vollkommenen Schutz nicht gibt, inzwischen nicht mehr hören. Die Opfer verlangen nicht nach einem vollkommenen, sondern nach einem relativen Schutz ihres Lebens, auf den sie in einem demokratischen Staat ein Anrecht haben. Wenn es so ist, wie es ist, dann muß die politische Klasse in Deutschland den gefährdeten Opfergruppen einen adäquaten Schutz anbieten – und zwar rasch, nicht erst nach einem Dutzend Konferenzen. Wenn es so ist, wie es ist, daß ein farbiger Ausländer nach Einbruch der Dunkelheit nicht mehr ohne Bangen eine S-Bahn besteigen kann (das gilt nicht nur zwischen Berlin und Potsdam, sondern auch zwischen Frankfurt/Main und Mainz), dann muß der zuständige Innenminister für die S-Bahn einen polizeilichen Nachtdienst bereitstellen. Den Behörden sind, ich wiederhole es, Täter und Opfer seit langem bekannt. Ein Hannoveraner Polizeibeamter hat nach dem Auftritt deutscher Schläger in Lens gesagt (ich zitiere die *Süddeutsche Zeitung* vom 30. Juli 1998): »Wir haben immer mit einer Katastrophe wie der in Frankreich gerechnet; oft genug spielen Hooligans Katz und Maus mit uns.«

Bei diesem Katz-und-Maus-Spiel droht die Bundesrepublik ihren politischen Kredit mehr und mehr zu verlieren, und sie scheint es nicht zu bemerken. Ein Blick in die Tageszeitung genügt, und wir sehen, daß sich der Staat drückt. Seine Organe begreifen nicht, daß ihn die Rechtsradikalen zwingen, seine Feigheit zu zeigen, die bei den Gewalttätern den Thrill hervorruft, nach denen es sie verlangt: Die eingestandene und sichtbare Schwäche ist die Lust des Gewalttäters. Der Überdruß am vergangenen Faschismus macht uns unempfindlich für die Zeichen des gegenwärtigen. Wir wollen, fürchte ich, auch das Wort Faschismus nicht mehr hören, wir wollen es nur noch für eine abgelebte Zeit gelten lassen. Und wir haben ein Wort gefunden, das uns hilft, auf moderate Weise mit den neuen Toten umzugehen, ohne das Wort Faschismus in den Mund nehmen zu müssen. Es ist kein Zufall, daß wir immer nur von »Ausländerfeindlichkeit« sprechen. Das zutreffende Wort, das unsere Sprache für den wilden, rechtlosen Totschlag bereithält, ist das Wort Pogrom. Aber dieses unangenehme Wort dürfen oder sollen oder wollen wir nicht verwenden. Wir sollen nicht daran erinnert werden, daß es bei uns schon einmal Pogrome gegeben hat, und wir sollen nicht daran erinnert werden, daß jeder Faschismus mit nicht mehr kontrollierbaren Morden beginnt. Deshalb machen wir aus jedem neuen Mord lieber einen weiteren Fall von Ausländerfeindlichkeit. Dagegen ist festzuhalten: Die tödliche Jagd eines Menschen durch eine Glastür hindurch ist keine Ausländerfeindlichkeit, sondern ein Pogrom. Aber die Rechnung der Sprachkosmetiker geht auf, bisher jedenfalls; sogar ausländische Medien nehmen Rücksicht auf unsere historischen Empfindlichkeiten und verwenden das harmlose neue Wort.

Wie sonderbar folgenlos und im Kern problemabgewandt unsere Politiker mit dem Wiedererstarken des Faschismus umgehen, haben wir erst kürzlich wieder merken müssen, als sich Innenminister Schily und Justizministerin Däubler-Gmelin über den neuesten Bericht des Verfassungsschutzes geäußert haben. Die Verfassungsschützer haben festgestellt, daß die Anhängerschaft der rechten Szene im Jahr 1998 auf rund 53 000 Personen angestiegen ist. Das bedeutet gegenüber dem Vorjahr einen Zuwachs von elf Prozent. Die beiden Minister waren besorgt, und als Zeichen ihrer Besorgnis riefen sie ein »bundesweites Bündnis gegen Extremismus und Gewalt« ins Leben. Seither warte ich darauf, daß dieses Bündnis an irgendeiner Stelle auf irgendeine erkennbare Weise in unsere politische Wirklichkeit eingreift. Immerhin arbeitet das Bündnis »bundesweit« – angeblich. Haben Sie je etwas gehört von diesem Bündnis? Haben Sie zufällig erfahren, was dieses Bündnis macht? In der *Frank-*

*furter Rundschau* habe ich gelesen, es sei die Aufgabe des Bündnisses, die »Vielzahl der existierenden Projekte gegen Fremdenhaß zu koordinieren«. Verstehen Sie mich bitte nicht falsch; ich glaube nicht, daß Schily und Däubler-Gmelin uns etwas vormachen wollen. Sie reden im guten Glauben, es gebe ein Bündnis gegen Gewalt, wenn sie von einem solchen Bündnis reden. Tatsächlich machen sie nur Gebrauch von der bedrückenden Großsprecherei, die vielen unserer Politiker eigen ist. Ich vermute, hinter dem Bündnis steckt so etwas wie ein rühriger Arbeitskreis, der Papiere und Dokumentationen an andere Arbeitskreise verschickt – bundesweit. Ich will mich über Leute, die Papiere verschicken, nicht lustig machen; sie wenigstens wissen etwas über unsere Lage. Das Problem ist nur, daß mit der Versendung von Papieren nichts mehr getan ist. Wir brauchen keine weiteren Untersuchungen, keine weiteren Podiumsdiskussionen, keine weiteren Fernsehbeiträge und keine weiteren Festvorträge über Gewalt; was wir brauchen, ist eine scharfe politische Notbremsung, die den Rechtsradikalismus komplett aus dem Sattel wirft. Und diese Notbremse, Herr Schily und Frau Däubler-Gmelin, müssen Sie ziehen.

**V** Ich wiederhole meinen Rat: Widerstehen Sie den gedankenlosen Aufforderungen einiger Politiker, ein Held zu werden. Betätigen Sie sich nicht als antifaschistischer Nahkämpfer. Sie ziehen den kürzeren dabei und werden selbst verletzt, das kann niemand wollen. Sie können auf andere Weise mithelfen, daß die Dummheit der Dummen nicht überhand nimmt und nicht lebensgestaltend wird. Machen Sie sich klar, daß es einen Zusammenhang zwischen Geschichte und Reue gibt. Er läßt sich in einem Satz ausdrücken: Was geschehen ist, hätte um unserer seelischen Gesundheit willen nicht geschehen dürfen. Wenn wir die Bedeutung des Satzes umdrehen, wird eine Prognose draus: Es wird wieder eintreffen, was nicht geschehen darf. Lassen Sie sich von dieser Dialektik beunruhigen. Nach meiner Einschätzung wird die Gewalt in den nächsten Jahren erheblich zunehmen. Es wird gemordet werden, weil sich jemand vom Fernsehen zu schlecht unterhalten fühlt; es wird gemordet werden, weil jemand plötzlich merkt, daß er sich nicht ausdrücken kann; es wird gemordet werden, weil jemand gerade kein Bier hat; es wird gemordet werden, weil jemand seine Biographie nicht mehr versteht. Es wird aus neuen Gründen gemordet werden, und die neuen Morde werden schwerer zu begreifen sein als die alten. Schreiben Sie Ihrem Bundestagsabgeordneten einen Brief, wenn Sie Zeuge oder Mitwisser von Gewalttaten werden. Schildern Sie ihm, was Sie gesehen haben. Ins Politische übersetzt heißt das: Verwandeln Sie den Druck derer, die nur schlagen können, in zivile öffentliche Zeichen. Zwingen Sie Ihren Bundestagsabgeordneten, den Faschismus in der Bierkneipe an der Ecke wahrzunehmen. Schicken Sie eine Kopie dieses Briefes an Amnesty International und an die örtliche Polizei. Berichten Sie, wo, wann, wer den Knüppel gegen wen hebt oder heben will. Informieren Sie Ihre Arbeitskollegen, Mitschüler, Nachbarn, Freunde. Die Öffentlichkeit über die Gewalt muß mindestens so unerträglich werden wie die Gewalt selber. Fühlen Sie sich alarmiert.

## *Funkelnde Scherben*
### Der Autor und sein Preis

Schriftsteller, die sich für einen Literaturpreis bedanken, machen selten einen beschwingten Eindruck. Verlegen erkundigen sie sich, ob nicht eine Verwechslung vorliegt, ob der Preis nicht einem anderen Autor zugedacht ist. Erst dann zeigen sie ihre Rührung, betonen dabei ihre Überraschtheit. Ein Literaturpreis, kann das sein? Die Verlegenheit ist echt. Über viele Jahre hat sich kaum jemand um sie gekümmert; die Auflagen ihrer Bücher waren und sind niedrig, die Verkaufszahlen noch niedriger. Die Rezensionen ihrer Bücher sind zwar oft positiv, aber die Autoren haben bemerkt, daß gute Besprechungen nicht unbedingt einen guten Verkauf nach sich ziehen. Zu Lesungen wurden sie immer seltener eingeladen. Manch einer muß sich von seinem Verleger sagen lassen, daß es mit seinen Büchern so nicht weitergeht. Gemeint sind nicht die Bücher, sondern der Autor selber. Künftig, so läßt man ihn wissen, werde man sich von Autoren, deren Bücher sich nicht wenigstens 6000mal verkaufen lassen, leider trennen müssen. Ins Ökonomische übersetzt heißt das: Autor, hau ab. Quasi als begleitende Maßnahme haben die Autoren in den Zeitungen immer wieder das Lamento von der Arroganz ihrer Bücher lesen müssen. Viele der Lamentatoren haben auch gleich die passenden Abgesänge dazu geschrieben. Und plötzlich hatte die Literatur einen schlechten Leumund; sie galt und gilt als unverständlich, elitär, publikumsabgewandt, überheblich und deswegen belanglos fürs gesellschaftliche Ganze.

Die meisten Autoren haben den Befund zerknirscht,

aber gefaßt hingenommen. Einigen ist es gelungen, aus der Randlage eine Art kultureller Verzweiflung zu machen, von der sie neu erzählen können. Die anderen zeigen sich nur um den Preis einer kleinen Verwirrung in der Öffentlichkeit. In ihrer Lage ist ein Literaturpreis ein überfallartig auf sie einstürzender Akt der Umerziehung. Denn der Preis stellt das Lamento, an das sie sich schon gewöhnt hatten, mit einem Schlag auf den Kopf; er schreibt ihrer Arbeit nicht nur einen allgemeinen, sondern gleich einen besonderen Sinn zu. Sie haben sich plötzlich um alles mögliche verdient gemacht. Es gibt nicht eine einzige Preisurkunde, die ihrem Träger nicht weitreichende Meriten um Kultur, Ethik, Gemeinschaft oder Literatur bescheinigt. In der Regel auf teurem, sozusagen ewig haltbarem Pergamentpapier.

Wie soll sich der perplexe Preisträger diese Wende erklären? Der Nebel wird eher noch dichter, wenn wir freimütig zugeben, daß die Personen, die die Texte der Urkunden verfassen, oft die gleichen sind, die in den Medien die Abgeschlagenheit der Literatur beklagen. Sie gehören zum Personal unserer sich immer neu fortzeugenden Kulturschizophrenie, an der nun – genau das hätte sich unser Autor nie träumen lassen – auch er selber teil hat. Er kann sich jetzt nicht länger nur mit seinen eigenen Zerrissenheiten beschäftigen. Jetzt, als Preisträger, ist er in den Zellkern der Kultur selber eingedrungen und bastelt an deren Spaltungen mit.

Von der schizoiden Lage der Kultur erfährt unser Autor meist noch während oder kurz nach der Preisverleihung. Er sitzt jetzt in einem noblen Restaurant; links von ihm hat ein Mitglied des Kulturausschusses Platz genommen, rechts von ihm der Bürgermeister. Sie gratulieren ihm noch einmal, und in der humorigen Art, für die die beiden Politiker bekannt sind, geben sie zu, daß sie keines der Werke des Preisträgers gelesen haben, obwohl sie im Kulturausschuß für deren Auszeichnung eingetreten sind. Die erste Merkwürdigkeit ist, daß die Kulturpolitiker das Zwielicht ihrer Rolle nie wahrgenommen und also auch nie problematisiert haben. Die zweite Merkwürdigkeit ist, daß der zwischen ihnen sitzende Autor das für die Politiker bestimmte Schuldgefühl sofort als das seine anerkennt. Erst jetzt geht ihm auf, daß er mit der Annahme des Preises auch die Pflicht übernommen hat, die sonderbare Kulturleere der Politik in der Öffentlichkeit zu erklären, zu mildern, zu geißeln, auf jeden Fall: darzustellen. Das öffentliche Lob substituiert die nicht stattfindende Kulturdebatte in den Preis, und das heißt: in den intellektuellen Echoraum des Preisträgers. Er ist nun ein Problem-Stellvertreter geworden, und er wird künftig den Konflikt über Wert und Wertlosigkeit der Kultur austragen, den er bis dahin nur von außen wahrgenommen hatte.

Schon zwei Wochen später, bei seiner nächsten Lesung, fängt er damit an. Man weist jetzt vor Beginn seiner Veranstaltung darauf hin, daß er neuerdings Literaturpreisträger ist. Das Publikum schweigt beeindruckt, wenn auch beklommen. Auch diese Verlegenheit ist echt. Das Publikum hat schon von vielen Literaturpreisen gehört. Aber es hat sich bis jetzt niemand gefunden, der dem Publikum einmal erklärt hätte, ob der Moerser Literaturpreis wichtiger ist als der Phantastik-Preis der Stadt Wetzlar oder ob beide Preise vielleicht bedeutungslos sind. Das sind Distanzwerte, über die man bei uns nicht spricht. Auch unser Autor findet nur langsam heraus, wie ihn sein eigener Preis einschätzt. Sogar bei eindeutig wichtigen Preisen kann es geschehen, daß sie durch besondere Umstände an Bedeutung einbüßen oder zunehmen. Wird zum Beispiel der Georg-Büchner-Preis an einen zu alten Autor verliehen, verliert auch dieser Preis an öffentlichem Gewicht. Man kann dann die Meinung hören: Autor X. hätte den Preis vor fünfundzwanzig Jahren bekommen sollen, als Autor, Werk und Zeit noch adäquater aufeinander bezogen waren. Prompt erscheint der Preis ein bißchen wie eine Wiedergutmachung, als nachgereichter Präsentkorb – und verliert an Wert. Wird der Büchner-Preis dagegen an einen für diese Ehrung zu jungen Autor verliehen, erhöht dessen Jugendlichkeit plötzlich das Ansehen des Preises. Und der Preisträger hilft mit bei der Vertreibung des Altherren-Images, dessen die Preisstifter so oft bezichtigt werden.

Diese Widersprüche und Paradoxien haben eines gemeinsam: Sie verschwinden nicht. Im Gegenteil, sie verhärten sich, je länger sie andauern. Sie lassen sich kritisieren, verhöhnen, lächerlich machen oder wegphantasieren, aber bei der nächsten Preisverleihung sind sie wieder da. Ich phantasiere gelegentlich diesen Tagtraum: Die besten Schriftsteller sollten dann und wann den Mut haben, ein gescheitertes Buch zu veröffentlichen. Es sollte erkennbar die Handschrift des Meisters zeigen, aber es sollte ebenso erkennbar unfertig und unausgegoren sein. Nur ein solches Buch hätte die Potenz, die eingespielten Verstrickungen außer Kraft zu setzen, jedenfalls für eine Weile. Ich bin sicher, die Schubladen unserer Schriftsteller sind gefüllt mit Texten, die mit dem Stigma des Scheiterns behaftet sind und deshalb ängstlich zurückgehalten werden. Dabei wollen wir diese vom Band der Routine heruntergefallenen Texte lesen, vielleicht sogar lustvoller als die anderen, die als wohlgeraten empfunden werden. Wir müssen uns nur daran erinnern, daß Schreiben immer eine Auseinandersetzung mit früheren Annahmen über das Schreiben ist und daß ein gescheiterter Text nichts weiter zeigt als den Zusammenprall einer für veraltet gehaltenen mit einer neu anmutenden Schreibweise – einen Zusammenprall, den der sogenannte gelungene Text künstlich glättet und nivelliert, was wir dann »Form« oder »Stil« nennen. Schriftsteller, die immer nur gut austarierte, sozusagen geschminkte Texte veröffentlichen, kommen mir vor wie mein Obsthändler auf dem Wochenmarkt, der die fleckigen, eingedrückten, formlosen Birnen und Äpfel und Pfirsiche gar nicht erst auf seinem Tisch ausbreitet.

Aber der Schriftsteller im Spätkapitalismus hat wie jeder Obsthändler und wie jeder Autokonzern die Regeln des Geschäfts verinnerlicht: Er drängt auf ein zumutbares Verhältnis von Investition und Ertrag, von Anstrengung und Gelingen, von Verausgabung und Ergebnis. Und leider hält sich auch der Kulturbetrieb (nicht ganz, aber doch fast ganz) an diese Regeln: prämiert wird nur, wenn das Kunstwerk über den Umweg seines Erfolgs die Möglichkeit seines eigenen Mißlingens hat vergessen machen können. Den Notausgang aus diesem Kreislauf finden wir nur, wenn Autoren wenigstens dann und wann ihr Purpurmäntelchen nicht anlegen und uns statt dessen die Abschürfungen und Prellungen ihres Schreibens zeigen. Natürlich gäbe es dafür keine Preise, jedenfalls nicht sofort. Aber keine Angst! Nach einer Weile würde der findige Betrieb das neue Paradigma erkennen und reichlich belohnen.

Freilich müßten die ungeratenen Bücher gut gekennzeichnet sein. Es bieten sich kleine Aufkleber an: Vorsicht! Gescheiterter Roman! Achtung! Mißratene Gedichte! Dann wüßten wir sofort, daß wir mit dem Inhalt delikat, aber auch befreit umgehen dürften. Endlich könnten wir ohne Schuldgefühl die Ahnungslosigkeit der Politiker teilen. Die Autoren müßten sich nicht mehr mit der Frage quälen, ob ein literarischer Einfall politisch progressiv, aber ästhetisch reaktionär ist – oder umgekehrt. Kein Zögern hielte uns mehr davon ab, den Zufall als geheimen Herrscher der Kultur nicht nur zu erdulden, sondern auch anzuerkennen.

Auch für Kritiker hätte das Eingeständnis des Scheiterns große Vorteile. Haben wir nicht ohnehin das Gefühl, daß zu viele von ihnen nur etwas von Büchern verstehen, zu wenige etwas von Literatur und so gut wie keiner etwas vom Schreiben? Deswegen sind sie ja so heftig auf angeblich wohlgeratene Bücher fixiert. Bei einem Buch, das auf der Banderole seine Schwäche gesteht, wüßten sie gleich, daß es sich nur um ein Zwischenwerk für ein noch zu schreibendes weiteres Buch handelt. Die Banderole würde sie daran erinnern, daß das Prinzip des Schöpferischen (wie andere Naturvorgänge auch) zyklisch voranschreitet. Kunst machen heißt Fehlschlägen nachschauen. Neu wäre dann nur, daß es ein paar Schriftsteller gäbe, die die Spuren der Fehlschläge nicht mehr beseitigen.

Sie merken, meine Idee ist nicht nur spaßig gemeint. Von den Gesprächen und Debatten, die wir miteinander führen, wissen wir schon lange, daß die schiefgelaufenen unter ihnen die Regel sind und die gelungenen die Ausnahme. Nur der gelingende Diskurs ist der Grund, warum wir für die mißlingenden soviel Geduld haben. Warum wollen wir diese wunderbare Kulturerfahrung nicht auch für Romane und Gedichte gelten lassen? Für das Schreiben gilt dasselbe wie für das Sprechen: Die gelungene Äußerung ist die Ausnahme, die mißlungene die Regel. Schreibweisen sind Existenzweisen. Wenn wir den Mut hätten, anstelle der Werke (dann und wann, nicht immer) die ihnen vorausliegenden Schreibweisen zu tolerieren, das heißt den Text in der Bewährung, die scheitern darf, dann könnten wir auch zubilligen, daß es noch andere als die auf raschen Erfolg fixierten Schreibweisen gibt. Wir könnten öffentlich machen, was an sich alle wissen, was im erfolgsneurotischen Paradigma aber immer wieder unter die Räder kommt, daß jedes Werk nur der Kompromiß seiner zahllosen Varianten und Werksplitter ist. Es gilt der Satz von Mallarmé: »Ein Buch beginnt nicht und endet nicht, es täuscht allenfalls Anfang und Ende vor.«

Wenn wir diesen Satz nicht immer nur theoretisch ernst nehmen, sondern ihn in die Alltagspraxis des Schreibenden übertragen, wo er auch hingehört, dann müssen wir uns die Figur des Autors als einen radikalen Heimwerker vorstellen. Radikal heißt: Er arbeitet ohne Muster, ohne Werkzeug, ohne Erfahrung, ohne Übersicht, ohne Verläßlichkeit, ohne Berechnung, ohne Plan – aber er arbeitet. Obwohl wir spätestens seit Hölderlin von diesen schwankenden Gründen wissen, muß der Autor nach wie vor – besonders bei Preisverleihungen – den Schein eines Virtuosen hervorzaubern, das Bild eines Dompteurs mit glücklich gelungenen Werken. Andernfalls kann er vor dem Horizont der bürgerlich-kleinbürgerlich organisierten Kultur nicht bestehen – und kriegt keinen Preis. Wer den riesigen Nachlaß von Ingeborg Bachmann kennt, kann sich leicht eine Vorstellung davon machen, welche fast übermenschliche Mühe es diese Autorin gekostet hat, aus der fortlaufenden Wucherung ihres Werks einzelne Partien und halbwegs stimmige Blöcke auszugliedern, damit sie, versehen mit den läppischen Portionstiteln »Roman« oder »Erzählung«, ihre Reise in die geordnete Lesewelt antreten konnten. Leider hatte auch diese wagemutige Autorin nicht die Kühnheit, einzelne Bauteile ihres Riesenromans nach der Dynamik ihres Entstehens, und das heißt: als für sich stehende Textriffe zu veröffentlichen.

Ich erinnere an den unglücklichen Wolfgang Koeppen, der über Jahrzehnte hin damit fertig werden mußte, daß Kritiker, die – ich wiederhole: – so gut wie nichts vom Schreiben verstehen, von ihm einen Roman haben wollten. Jetzt, nach seinem Tod, lesen wir von einem Plan, mit dem sich Koeppen eine Weile beschäftigt hat. Er wollte einen »Roman aus lauter Anfängen zusammensetzen, ohne jede zeitliche oder logische Ordnung, einfach einer Erinnerung an Augenblicke, in der Hoffnung, aus der Anhäufung der Scherben am Ende doch ein Ganzes zu gewinnen. In diesem Fall alles vom Ich aus und dieses Ich als der zentrale Spiegel«.

Wolfgang Koeppen hat dieses Projekt leider nicht verwirklicht. Er beugte sich dem Druck einer sogenannten literarischen Öffentlichkeit, der nicht im Traum einfiel, sich nach den Möglichkeiten seines Schreibens zu erkundigen. Das Fragment – Koeppen nennt es die »Scherbe« – spekuliert noch nicht mit seiner eigenen Lesetauglichkeit. Das Fragment ist der Text, der uns sein Zittern zeigt. Das Zittern ist ein Ausdruck, der vor dem Satz da ist. Erst der Autor macht aus dem Zittern einen Satz und aus dem Satz eine geformte Mitteilung. Jeder Schriftsteller weiß, was er der Form opfert. Ich vermute, wir hätten eine lebendigere Literatur, wenn es den Altar der Form nicht gäbe, von dem allzuviel Text hinten herunterfällt und verschwindet. Virginia Woolf hat auch einmal an einem Buch ohne Form gearbeitet. Sie nannte es das »Von-der-Hand-in-den-Mund-Buch«. Dieses wundervolle Wort erinnert uns daran, daß Worte und Bücher auch Nahrungsmittel sind, die wir, wie andere Nahrungsmittel auch, nicht ausschließlich nach ihrer Verpackung, nach ihrer Form beurteilen. Meine erste Hoffnung ist, daß es bald Schriftsteller geben wird, die mutiger als Ingeborg Bachmann und Wolfgang Koeppen sein werden. Meine zweite Hoffnung ist, es wird dann auch Mäzene und Jurys geben, die diesen Mut auszeichnen werden. Sie werden der Literatur damit so nah sein wie nie zuvor.

## *Der gedehnte Blick*

Vor einiger Zeit entdeckte ich ein altes Foto, das mich auf Anhieb sehr beschäftigte. Das Bild lag, zusammen mit vielen anderen, auf dem Verkaufstisch eines Flohmarkt-Händlers. Es kostete eine Mark, ich kaufte es und nahm es mit. Schon während ich es nach Hause trug, spürte ich die Wirkungen des Fotos auf mein Denken und Vorstellen. Ich nahm das Bild von Zeit zu Zeit aus meiner Jackentasche und betrachtete es. Dabei zeigte das Bild nichts Sensationelles, nichts Neues und nichts Verbotenes. Im Gegenteil, es ist von beträchtlicher Geläufigkeit. Es zeigt zwei Kinder, einen Jungen und ein Mädchen. Beide sind etwa zehn oder elf Jahre alt. Das Mädchen sitzt in einem Sessel, es hat eine Puppe im linken Arm. Der Junge steht daneben, er trägt eine kleine Ziehharmonika in den Händen. Der Junge macht ein ernstes Gesicht, das Mädchen ebenfalls; das Mädchen versucht, ein Lächeln zustande zu bringen, der Junge zeigt eine bestürzende Kindermelancholie. Man erkennt rasch, daß es sich um ein Ganzbild-Porträt handelt, wie es sich konventionelle Personen bis heute in konventionellen Foto-Ateliers herstellen lassen. Man sieht sofort, nein: nicht sofort, sondern erst nach wiederholtem Anschauen, daß das Porträt als Porträt gescheitert ist und daß es dieses Scheitern ist, von dem eine schwer zu bestimmende Faszination ausgeht. Schon eine Antwort auf die Frage, in welchen Einzelheiten das Scheitern steckt, ist nicht leicht zu haben. Dazu muß man das Bild viel öfter anschauen, am besten mit längeren Zeitintervallen dazwischen. Ich bin vorerst zu diesem Ergebnis gekommen:

Das Porträt ist gescheitert, weil die Kinder die Traurigkeit derer ausdrücken müssen, die zu ihnen gesagt haben, sie sollen lustig sein. Als die Kinder überlegten, wie man denn lustig ausschaut, sind sie überraschend ernst geworden. Freilich nicht richtig ernst, nicht gelungen ernst, sondern gescheitert ernst, sozusagen komisch ernst. Das Bild drückt ein Auftragsverhältnis aus. Erwachsene Personen, die selbst schon lange mit der melancholischen Prosa des gewöhnlichen Lebens vertraut sind, möchten ihrerseits dieses Intimwissen nicht veröffentlichen und nicht ausgedrückt wissen, schon gar nicht von und an Kindern. Das Motiv dazu ist nicht bekannt beziehungsweise den Auftraggebern nicht bewußt. Sie handeln nur instinkthaft, vielleicht in diese Richtung: Die Kinder sollen um ihrer Kindheit willen, die einen Glücks-Anspruch erhebt, noch nichts von den Belastungen des Erwachsenseins bemerken.

Der Auftrag scheitert in dem Augenblick, als ihn die Kinder ausführen sollen, in dem Augenblick, als sie fotografiert werden. Jetzt sind sie (und wir) bis zur Reglosigkeit beeindruckt von dem, was ihnen nicht gelungen ist. Das heißt, das Bild hält einen mißratenen Transfer fest, einen Transfer, aus dem alle Erziehung besteht und der durch das auf dem Foto festgehaltene Scheitern etwas über die transferierten Güter selbst ausdrückt. Es vergingen ein oder zwei Wochen, ich betrachtete das Kinderporträt immer mal wieder, dann mußte ich plötzlich über die beiden Kinder lachen. Ich empfand das Lachen als unpassend und nicht recht verstehbar. Immerhin wurde mir deutlich, daß ich als Betrachter in ein rätselhaftes Dreiecks-Verhältnis mit dem Foto eingetreten war. Zu den Kindern, zu dem Foto und zu seinen Auftraggebern war ich als Zuschauer hinzugetreten, und ich reagierte fluktuierend gemischt auf alle drei Instanzen.

Es war mir aufgefallen, daß ich nur kurz gelacht hatte;

das Lachen war ein knapper Reflex gewesen, sozusagen ein Fremdling in einer doch ganz anderen Empfindung, die auf der keineswegs lächerlichen Einfühlung in die Traurigkeit der Kinder beruhte. Aber die Kinder machen auch darauf aufmerksam, daß die Traurigkeit, ist sie erst ein Bild und damit anschaubar geworden, auch wieder lachhaft war, vermutlich durch die leicht übertriebenen, clownshaften Momente der Abbildung. Es ist auch möglich, daß das Lachen ein Zeichen der Verhöhnung war, ein Signal des nachträglichen Spotts über den Wunsch der Menschen, lustig erscheinen zu wollen. War ich bereit, das Verlangen nach Heiterkeit still zu verhöhnen – nur weil ich Zeuge seines Scheiterns geworden war? Ich vermute, das jederzeit verfügbare Lustigsein gehört genausowenig in unser Leben wie (nach Freud, nach Foucault) das »Glück«. Nur können wir uns damit nicht abfinden. Ein noch so absichtsvoll und künstlich abgelocktes Lachen ist uns immer noch näher als die Einsicht, daß es zu einem freien, zu einem nicht lancierten Lachen immer zuwenig authentische Gründe gab und gibt. Wenn ich das Foto richtig verstehe, drückt es einen Austausch von komischen und melancholischen Potenzen aus. Der Fotograf (und seine Auftraggeber) haben entweder nicht gewußt oder nicht richtig eingeschätzt, daß die Kinder ebenfalls, genau wie sie selber, ein fundiertes Instinktwissen von den melancholischen Substanzen des menschlichen Lebens hatten. Aber dieses Wissen dürfen sie vorerst – im Auftrag der Erwachsenen – nicht anerkennen und also auch nicht ausdrücken; im Gegenteil, sie werden zur Fälschung ihres Lebenswissens genötigt. Jetzt stellen die Kinder genau das aus, was sie auf keinen Fall hätten ausstellen dürfen, nämlich den Verdacht der Erwachsenen, daß wir in einer melancholischen Welt leben, die von ihren Bewohnern immerzu zur Verstellung aufgefordert wird, weil sie auf keinen Fall auch melancholisch erscheinen darf. Diese unverstehbare Verabredung – daß jeder einzelne für sich etwas wissen darf, was nicht alle gleichzeitig wissen sollen – ist der letzte Grund für die Unerforschbarkeit unseres Versteckspiels. Das Ergebnis der Camouflage sind in diesem Fall zwei Kinder, die aussehen wie Clowns, die mit unserer Erlaubnis und in unserem Auftrag vergessen sollen, warum sie komisch sind.

Ich breche die Auslegung des Bildes an dieser Stelle willkürlich ab. Die Qualität des Bildes erlaubt natürlich mehr Interpretationen, als ich in einem Essay leisten kann. Wir wollen statt dessen fragen, wie es möglich ist, daß die Vorlage eines einzigen Fotos ausreicht, um unseren Geist zu einer doch ungewöhnlichen Tätigkeit aufzureizen. Rein äußerlich betrachtet geschah nur dies: Wir haben über die Zeit ein Foto betrachtet. Was heißt ›über die Zeit‹? Offenbar haben wir verinnerlicht, wieviel Zeit wir für die Betrachtung diverser Objekte veranschlagen dürfen. Wir alle sind trainiert im schnellen Anschauen von Bildern, weil wir anders mit der Bilderflut um uns herum nicht fertig werden können. Wenn wir dagegen ein Bild vor unseren Augen sozusagen anhalten und es über die vorab zugebilligte Zeit betrachten, kommt das zustande, was wir den gedehnten Blick nennen können. Der gedehnte Blick sieht auch dann noch, wenn es nach allgemeiner Übereinkunft, die schon längst beim nächsten und übernächsten Bild angekommen ist, nichts mehr zu sehen gibt. Wir können sagen: Erst dann, wenn das gemeine, das verallgemeinerte Auge die Oberflächenstruktur eines Bildes fixiert und das Bild damit ›erledigt‹, das heißt registriert ist, erst dann beginnt die Arbeit des gedehnten Blicks. Diese Arbeit besteht in einer dauernden *Verwandlung* des Bildes. Das Organ, das die Verwandlungen leistet, ist das Auge; ohne seine rastlose Unruhe ist die fortdauernde Umwandlung und Neuauslegung von Bildern nicht denkbar. Denn wir sind nicht zufrieden, wenn wir nur zwei oder drei Aspekte eines Bildes kennen. Offenbar ist unser Auge zwanghaft. Es baut um, was es sieht. Wenn ein Umbau abgeschlossen ist, folgt der nächste, die Verwandlung des Verwandelten. Und zwar meistens unbewußt, unbemerkt, ohne Auftrag, oft ohne Sinn, oft auch ohne Ergebnis. Über die Gründe dieser Unruhe können wir seriös kaum etwas sagen. Wir können nur an den Ergebnissen seines Sehens ablesen, daß es eine Neigung hat, in oder hinter den Bildern Symbole und Bedeutungen zu sehen, die es mit anderen Symbolen und Bedeutungen verknüpft, die es auf früheren Bildern gesehen und im stillen gedeutet hat.

In diesen Vorgängen stecken zahlreiche, vermutlich nicht beantwortbare Fragen. Unklar ist schon, ob die Unruhe unseres Sehens ein Bild verwandelt oder, umgekehrt, ob der von uns als provozierend empfundene Stillstand eines Bildes unser Auge nötigt, auffordert oder gar zwingt, ein angeschautes Bild zu verwandeln, um es der eigenen Unruhe ähnlich zu machen. Oder ob es eine andere, eine physiologische Instanz gibt, die den Umbau der Bilder leistet. Leider können wir Einzelrelationen dieser Art, die tief in unserer Körperlichkeit verankert sind, kognitiv nicht voneinander lösen und also auch nicht einzeln erkennen. Wir wissen nicht, warum unser Blick immerzu unterwegs ist, warum das Auge nicht still sein kann. Wir können nicht einmal sagen, warum es oft nicht entscheiden kann, wer oder was sein wahres Schauobjekt ist. Wir sind nur staunende Zeugen, wie es rastlos umherwandert von Bild zu Bild, von Detail zu Detail. Das Auge ist offenbar in einer sprachlosen Aufholjagd befangen, es lebt in der Regsamkeit eines dauernden Ungenügens, die wir das Spiel eines immerzu fliehenden Sinns nennen können. Kant hat das Gesamtgefüge der Leistungen der menschlichen Sinne die ›Einbildungskraft‹ genannt; aber wo liegt das Herz dieser Einbildungskraft? Ist es das Bewußtsein? Das Denken? Die Sprache? Die tätige Phantasie? Oder ist das Herz der Einbildungskraft vielleicht das Auge, weil es der zentrale Datenträger unserer rezeptiven Fähigkeiten ist? Kant war klug genug, die Einbildungskraft keinem einzelnen Organ zuzuschreiben. Es gibt Autoren, die eine auf das Auge konzentrierte, eine augenspezifische Erfahrung konstruieren. Wir fragen gleich zurück: Kann das Auge für sich alleine eine Erfahrung machen? Wir wissen nicht, was das Subjekt einer Augenerfahrung sein könnte. Einmal kommt es uns so vor, als sei es das Gemüt in uns (das heißt: das Konglomerat aller Lebenserfahrungen, die wir gemacht haben), das auf ein Bild schaut. Dann sind wir wieder der Meinung, daß es unser Geist ist, der sich ein Bild aneignet, wobei wir uns nicht daran stören dürfen, daß auch der ›Geist‹ eine wacklige Größe ist. Es war Goethe, der von einem »Eigenleben des Auges« ausging und dem Auge eine von anderen Organen unabhängige Tätigkeit zusprach:

»Jedes Auge kann, solange das Bewußtsein ganz in dessen besondere Begrenztheit versunken ist, als ein eigenes Individuum genommen werden, welches, in Beziehung auf die Außenwelt, sein Vornen, Oben und Unten, sein Links und Rechts hat.« Daraus folgert Goethe: »Zunächst diesem ließe sich behaupten, daß Gedächtnis und Einbildungskraft in den Sinnesorganen selbst tätig sind, und daß jeder Sinn sein ihm eigentümlich zukommendes Gedächtnis und Einbildungskraft besitze, die, als einzelne begrenzte Kräfte, der allgemeinen Seelenkraft unterworfen sind.«

Goethe hat es auf beeindruckende Weise verstanden, aus der Beobachtung der Tätigkeit des Sehens eine Art Lehre zu machen, in der wir die Methoden seines anschauenden und anschaulichen Denkens unschwer wiedererkennen können. Er faßt seine Gedanken in diesem Resumé zusammen:

»Hier ist die Erscheinung des Nachbilds, Gedächtnis, produktive Einbildungskraft, Begriff und Idee alles auf einmal im Spiel und manifestiert sich in der eigenen Lebendigkeit des Organs mit vollkommener Freiheit ohne Vorsatz und Leitung. Hier darf nun unmittelbar die höhere Betrachtung aller bildenden Kunst eintreten; man sieht deutlicher ein, was es heißen wolle, daß Dichter und alle eigentliche Künstler geboren sein müssen. Es muß nämlich ihre innere produktive Kraft jene Nachbilder, die im Organ, in der Erinnerung, in der Einbildungskraft zurückgebliebenen Idole freiwillig ohne Vorsatz und Wollen lebendig hervortun, sie müssen sich entfalten, wachsen, sich ausdehnen und zusammenziehn, um aus flüchtigen Schemen wahrhaft gegenständliche Wesen zu werden.«

Mit diesen Bemerkungen gehört Goethe zu den ersten Theoretikern, die mit der Vorstellung aufräumen, daß es so etwas wie ein ›unschuldiges Auge‹ gebe. Unser Sehen ist nicht voraussetzungslos, im Gegenteil. Wann immer wir einen Gegenstand fixieren, immer ist die Summe unserer Bewandtnisse mit diesem Gegenstand, immer ist unsere Biographie als eine Art Mini-Seher dabei und bestimmt, was wir sehen, genauer: was wir als das zu Sehende auswählen und wie wir das Gesehene auffassen. Der amerikanische Philosoph Nelson Goodman nannte das Auge deswegen ein »pflichtbewußtes Glied eines komplexen und kapriziösen Organismus. Nicht nur wie, sondern auch was es sieht, wird durch Bedürfnis und Vorurteil reguliert. Es wählt aus«, schreibt Goodman, es »verwirft, organisiert, unterscheidet, assoziiert, klassifiziert, konstruiert. Eher erfaßt und erzeugt es, als daß es etwas widerspiegelt.«

Goodman konstruiert das Sehen als ein untersuchendes Erkennen. Er sieht im menschlichen Auge ein Organ, das selbständig denken kann, beinahe so wie ein Gehirn. Die

Frage ist, ob diese Parallelisierung angemessen ist oder ob wir uns das Auge nicht als ein wilderes Organ vorstellen sollen, dessen Tätigkeit nicht mit denselben Worten wie die kognitiven Eigenschaften des Denkens beschrieben werden kann. Goodmans Fixierung des Auges ist auch aus einem anderen Grund anzweifelbar; er tut so, als hätten wir eine einheitliche Identität und also auch ein identisches Sehen, als sei das, was uns mit zwanzig in den Blick gerät, genau dasselbe wie das, was wir mit vierzig oder mit sechzig sehen. Ganz zu schweigen von der Terra incognita dessen, was wir in unseren frühen Kinderjahren sehen und worüber wir, was nicht genug bedauert werden kann, so gut wie nichts wissen.

Wir müssen uns vergegenwärtigen, daß sich in den angeblich naiven Kinderblicken ein langgezogenes Drama abspielt, nämlich die wie immer fragmentierte Art und Weise, wie Kinder ihre eigene Zukunft als Erwachsene – erworben an und durch das Beobachten von Erwachsenen – antizipieren. Als Grundlage für diese Antizipation dienen ihnen Blicke, über die sie nichts sagen können, zumindest in der ersten, der nichtsprachlichen Phase der Kindheit, die zwei bis zweieinhalb Jahre dauern kann. In dieser Zeit sendet das Kind eine unabsehbare Anzahl von Blicken in die Welt; jedes Kind bringt, bevor es das erste Wort sagen kann, quasi eine private Weltblickgeschichte hervor, die es selbst wieder vergißt, wenn es älter geworden und zu der visuellen auch die sprachliche Kompetenz dazu gekommen ist.

Die meisten Erwachsenen behaupten, sie wüßten nicht mehr, was sie als Kinder gesehen haben und was sie über das Gesehene gedacht oder empfunden haben. Man muß diesen Behauptungen mit Vorsicht begegnen. Zutreffender dürfte sein, daß viele derer, die sich nicht erinnern, auch an ihren Erinnerungen nicht interessiert sind, weil sie den Schmerz fürchten, der in den Erinnerungen an die ersten Bilder aufbewahrt ist. Die weitverbreitete Ausblendung unseres Bild-Gedächtnisses ist auch der Grund, warum die moderne Philosophie annimmt, daß erst das Sprechen-Können individuelle Menschen aus uns macht. Jürgen Habermas schreibt: Die Menschen »werden zu Individuen allein dadurch herangebildet, daß sie in eine Sprachgemeinschaft und damit in eine intersubjektiv geteilte Lebenswelt hineinwachsen. In diesen Bildungsprozessen entstehen und erhalten sich gleichursprünglich die Identität des Einzelnen und die des Kollektivs, dem dieser angehört«. Nach dem linguistic turn läßt sich die Philosophie von der Annahme leiten, daß allein die Sprache das Bewußtsein beherrscht. Es ist dieser Annahme gelungen, das engere Feld des Nachdenkens über Sprache zu verlassen und die These vom Verlust des Subjekts zu situieren. Denn wenn wir davon ausgehen, daß Sprache das Bewußtsein steuert, dann büßen wir mit diesem Denkschritt auch unsere personale Identität ein: Wir können nicht mehr so tun, als seien wir souverän, da uns die Sprache ja vorgibt, was sagbar ist und was nicht. Ludwig Wittgenstein, der Kronzeuge dieser Vorstellungsweise, hat notiert: »... wir können (...) nicht sagen, was wir nicht denken können.« Leider haben sich neben dem linguistic turn keine anderen Auffassungen über unseren Identitätserwerb durchsetzen können. Daß der Mensch nicht nur davon lebt, was er denken und nicht denken und was er infolgedessen sagen oder nicht sagen kann, sondern auch davon, was er sehen und was er nicht sehen kann und, vor allem, was er in der konstituierenden Phase seines Lebens, nämlich als Kleinkind, einmal gesehen oder nicht gesehen und dann vergessen oder nicht vergessen hat – das alles kommt in der Sprachphilosophie nicht vor.

Wir dürfen ohne Anmaßung davon ausgehen, daß das Kind, insbesondere das Kleinkind, nicht versteht, was es sieht. Das Sehen des Kindes ist ein Sehen in nicht erklärte

Räume. Die Welt ist vollgestellt mit großen und kleinen Gegenständen, mit nachgiebigen und harten Körpern, es ertönen Geräusche und es wird manchmal hell und manchmal dunkel. Zwischen diesen Gegenständen und Lauten bestehen undurchschaubare Beziehungen, über deren Herkunft und Bedeutung nichts bekannt ist. Unklar ist (auch für uns, als Erwachsene, die die Lage nur nachträglich konstruieren können), ob das Kind seine eigene Neuheit, sein eigenes Hinzugefügtsein in der Welt, als solches empfindet oder nicht; oder ob das Kind glaubt, die vorgefundenen Welt sei genauso neu wie es selbst – und ob es über diese Differenzen Empfindungen hervorbringt oder nicht. Es ist sehr wenig, was Erwachsene über das Sehen der Kinder sagen können. Jeder hat schon einmal beobachtet, wie Kinder vollständig an etwas von ihnen Gesehenes hingegeben sind. Manche Kinder ändern sogar ihre Laufrichtung, um einem gesehenen Objekt besonders nahe zu sein. Das Kind bleibt, mitunter minutenlang, irgendwo stehen oder sitzen und schaut und schaut. Der übrige Körper ist reglos, er tut nichts und soll nichts tun. Das Kind hat seine Physis vorübergehend dazu konditioniert, alle weiteren Körperausdrücke zu unterlassen, weil sie das Sehen stören würden. Wir können sagen: Das Kind ist in solchen starken Seh-Momenten nicht ganz bei sich oder nicht ganz es selbst; es hat einen Teil seiner Souveränität an sein Sehen abgegeben. Wir beobachten an Kindern zum erstenmal das, was wir den gedehnten Blick nennen können. Die starke Fesselung, die von solchen Seh-Phasen ausgeht, läßt uns an suggestive Zwänge denken. Niemand, erst recht kein Kind, kann in der Geschwindigkeit, die das Sehen vorgibt, das Gesehene in irgendeiner Weise ordnen. Die Simultanität der Bilder ist überwältigend, dissoziierend, zerstörerisch. Vielleicht geht von der Simultanität sogar der Befehl zur Stillstellung des Körpers aus: Ohne eine ruhige Physis wäre das Chaos der Eindrücke nicht zu ertragen. Vermutlich ist die Überwältigung durch die Bilderflut nicht einmal das entscheidende Erlebnis. Etwas Neues, Wichtiges kommt hinzu: Das Kind bemerkt, während es den Delirien seines gedehnten Blicks folgt, daß es zu den Bildern innere Vorstellungen, Meinungen, Ideen, Propositionen hervorbringt, kurz: es beginnt zu denken. Und zwar ohne Vorkenntnisse, auf der Null-Basis. Ich erinnere an die Reihenfolge; sie wird, wie wir sehen werden, noch wichtig sein: Jedes Kind hat eine individuelle Geschichte des Sehens schon hinter sich, ehe es damit beginnt, oft gesehene Bilder mit gedachten Inhalten zu verknüpfen. Ich bin nicht kompetent genug für die Behauptung, daß die sprachliche Verständigung der Menschen aufbaut oder, besser, aufruht auf einer Blickkenntnis von Welt, ohne die es zu einer sprachlichen Souveränisierung des Ichs nicht kommen könnte; ich möchte die Behauptung nur allgemeiner Reflexion anheimgeben. In der Verschmelzung von Schauen, Denken und Sprechen schreitet unser Weltverstehen immer perfekter voran. Ich halte diese weithin akzeptierte Anthropologie für nicht hinreichend; salopp gesagt: Ich glaube, sie ist an einer entscheidenden Stelle nicht authentisch genug, weil ihr Endergebnis, die im Schauen und Denken hingenommene, weil verstandene Welt, mir zu optimistisch vorkommt.

Meine Spekulation ist, daß Kinder von Anfang an ein Gefühl dafür zurückbehalten, daß sie nicht recht verstehen, was sie sehen, weil das Gesehene in der Vielfalt seiner Bedeutungen nicht richtig, nicht adäquat oder nicht vollständig verstanden werden kann. Anders gesagt: Das Kind, von der Seh-Idee der fortschreitenden Verschmelzung von Ich und Welt geleitet, bemerkt rasch, daß auch eine starke Dehnung der Blicke nicht ausreicht, um der Objektwelt ihre Fremdheit zu nehmen. Wir erinnern uns der eigenen Kinderblicke, und wenn wir uns möglichst genau erinnern, dann muß uns auch einfallen, daß wir in der Regel nur den Anfang von etwas verstanden haben. Bei Wieder-Anschauungen uns schon bekannter Objekte und Vorgänge begreifen wir neue, andere Bedeutungssplitter, die sich den bereits vorhandenen Bruchstücken des schon Verstandenen nur selten passend zuordnen lassen. So entsteht über die Seh-Jahre der Kindheit hinweg eine seltsame Koexistenz zahlreicher Sinneseindrücke, eine fremdartige Sukzession, ein Phantasma, aber kein hinreichend vollständiger innerer Repräsentant eines äußerlich gebliebenen Bildes. Wenn wir als Kinder unser Erschrecken ausdrücken könnten, wie wir es erst als Erwachsene können, dann würden wir schon als Dreijährige eingestehen, daß wir überforderte Bildermaschinen sind, die von ihrer eigenen Produktion paralysiert werden. Immer nur angefangene Verstehensschritte von etwas bauen wir weiter aus und halten sie irgendwann, wenn wir erwachsen und des ewigen Fragmentwissens überdrüssig sind, für mehr oder weniger vollständige Bilder von Bildern, von denen wir doch nur Abschattungen kennengelernt haben.

Das Kind hingegen, das Abbrüche noch nicht denkt, behält das Nicht-recht-Verstandene als Nicht-recht-Verstandenes im Kopf. Wir müssen uns die Wahrnehmung des Kindes als endloses Sammelsurium von Anfängen vorstellen, als eine Anhäufung verdutzter Bilderrätsel. Die Blicke der Kinder auf ihre angefangenen Erfahrungen sind ohne Bezug auf das Bewußtsein, sie sind intransisch und sie sind vorerst nicht erzählbar. Wir wissen nicht, nach welchen Modi Kinder ihre sprachlosen Erfahrungsanfänge mehr und mehr in Erfahrungserzählungen umbauen. Auf jeden Fall brauchen sie für all diese Vorgänge eine Form, in der alle Fermente gleichzeitig aufbewahrt werden können: Der Rätsel-Charakter der Objekte, der Verstehensoptimismus des Auges und der allmähliche, langsame Abbau der Vorstellung, daß Schauen auch Durch-Schauen sei.

Diese Form ist das dauerhafte Perplex-Sein der Aufmerksamkeit. Perplex ist ein Wort aus dem Lateinischen, es meint: verdutzt sein, überrumpelt sein, sprachlos sein – aus Verdutztheit. Diese drei Eigenschaften (verdutzt, überrumpelt, sprachlos) sind es, die im gedehnten Blick einen Unterschlupf finden. Wir sehen etwas, was wir nicht mit der gewünschten Klarheit und Eindeutigkeit verstehen, das heißt einordnen, hinnehmen und gelten lassen können, und sind deswegen perplex, das heißt verdutzt, überrumpelt, sprachlos. Die Perplexion ist das Gefäß für die Mannigfaltigkeit der Erfahrung, die wir mit dem gedehnten Blick machen und machen müssen. Die Perplexion ist das allmähliche Vertrautwerden mit der uns melancholisch stimmenden Zumutung, daß wir immer nur Splitter und Bruchstücke von etwas verstehen. Nach meinem Dafürhalten vergessen wir niemals unsere anfängliche Erwartung, wir könnten mit einfachem Schauen auch hinreichend erkennen. Wir können nicht verwinden, daß wir immer nur halb verstanden, nicht verstanden oder fast nicht verstanden haben. Wir können nicht hinnehmen, daß uns das Auge, das uns in der Kindheit am stärksten die unproblematische Verbundenheit mit allem und jedem vorgemacht hat, stärker und früher noch als Sprache, daß uns ausgerechnet das Auge getäuscht haben soll. Nach meiner Einschätzung entwickelt sich im Schutz dieser Enttäuschung ein Affekt. Wir sehen jetzt affektiv, das heißt, wir gehen selbst dazu über, mit rätselhaften Blicken auf die Welt zu sehen.

Wir geben, mit anderen Worten, der Außenwelt die Rätsel zurück, die uns bei ihrer Wahrnehmung nicht erspart geblieben sind, und zwar auf der Ebene des Austauschs von Blicken. Wir haben jetzt selbst einen gelernt rätselhaften

Blick, der die Aspekte und Einzelheiten mischt, wie es den Bedürfnissen unseres Innenlebens gerade paßt. Es ist ein Moment von Vergeltung darin, daß wir uns als Erwachsene so selten phämomengetreu erinnern. Viel näher als die korrekt erinnerte Einzelheit ist uns jetzt der Modus des erinnerten Wahrnehmens selber, unser Verharren in der zerstückelten Rezeption von einst. Zumal wir immer hemmungsloser damit umgehen, mit den übriggebliebenen Bruchstücken frei zu schalten und zu walten. Es ist uns nicht entgangen, daß der einstige Mangel zum Zeichen einer unerwarteten, verspäteten Souveränität geworden ist.

Erst jetzt, als erwachsen gewordene Seher, dürfen wir uns fröhlich eingestehen, daß es keine feststehenden Bilder und Bedeutungen von Bildern gibt, sondern eine immerwährende Fluktuation von Sinneinheiten, die unserem inneren Bilderfriedhof punktgenau entspricht. Wir haben, mit anderen Worten, aus dem defizitären Kinderblick von einst das Bedeutungstheater des Epiphanikers gemacht; und weil die Seh-Arbeit des Epiphanikers überaus lohnend ist, dürfen wir endlich vergessen, daß sich diese Transformation einer Fehleinschätzung verdankt, die uns einmal gekränkt hatte. Die Epiphanie als literarische Technik, mit der uns James Joyce vertraut gemacht hat, war von ihrem Erfinder auf die Erscheinung der Dinge selber bezogen worden. In seinem frühen Roman *Stephen der Held* hat Joyce genau ausgeführt, was er unter einer Epiphanie verstand:

»Unter einer Epiphanie verstand er eine jähe geistige Manifestation, entweder in der Vulgarität von Rede oder Geste, oder in einer denkwürdigen Phase des Geistes selber. Er glaubte, daß es Aufgabe des Schriftstellers sei, diese Epiphanien mit äußerster Sorgfalt aufzuzeichnen, da sie selbst die zerbrechlichsten und flüchtigsten aller Momente seien (...).«

Im folgenden erklärt Stephen, daß – zum Beispiel – von

einer banalen öffentlichen Uhr am Ballast Office in Dublin – eine Epiphanie ausgehen kann. Ich zitiere Stephen Dädalus:

»Ich gehe ein ums andere Mal an ihr vorüber, spiele auf sie an, berufe mich auf sie, blicke flüchtig zu ihr hoch. Sie ist nur *ein* Artikel im Katalog des Dubliner Straßenmobiliars. Dann ganz auf einmal *sehe* ich sie, und plötzlich weiß ich, was sie ist: Epiphanie (...). Stell dir meine flüchtigen Blicke auf diese Uhr als das Getaste eines geistigen Auges vor, das seine Vision auf einen ganz bestimmten Brennpunkt einzustellen versucht. In dem Moment, in dem der Brennpunkt da ist, ist das Objekt epiphaniert (...). Überlege, wie dein eigener Geist sich verhält, wenn mit irgendeinem, hypothetisch schönen Gegenstand konfrontiert. Dein Geist teilt, um diesen Gegenstand wahrzunehmen, das gesamte Universum in zwei Teile, nämlich den Gegenstand, und die Leere, die nicht der Gegenstand ist. Um ihn wahrzunehmen, mußt du ihn von allem anderen sondern: und dann begreifst du, daß er ein integrales Ding ist, das heißt *ein* Ding (...). Der Geist betrachtet den Gegenstand als Ganzes und in seinen Teilen, in Beziehung zu sich selber und zu anderen Gegenständen, überprüft die Balance seiner Teile, bedenkt die Form des Gegenstands, dringt in alle Ritzen der Struktur ein. So empfängt der Geist den Eindruck von der Symmetrie des Gegenstands. Der Geist erkennt, daß der Gegenstand im strikten Sinne des Wortes ein *Ding* ist, eine definitiv konstituierte Wesenheit (...). Dies ist der Moment, den ich Epiphanie nenne. Zunächst erkennen wir, daß der Gegenstand ein integrales Ding ist, dann erkennen wir, daß er eine organisierte zusammengesetzte Struktur ist, faktisch ein *Ding*: schließlich, wenn die Beziehung der Teile vollkommen ist, wenn die Teile auf den einen fixen Punkt eingestellt sind, erkennen wir, daß er das Ding ist, welches er ist. Seine Seele, seine Washeit, springt uns an aus dem Gewand seiner Erscheinung.

Die Seele des gewöhnlichsten Gegenstands, dessen Struktur sich durch diese Blickeinstellung zeigt, scheint uns zu strahlen. Der Gegenstand vollbringt seine Epiphanie.«

Wir halten fest: Joyce bringt vier Instanzen miteinander in Beziehung: 1. den Beobachter, 2. den beobachteten Gegenstand, 3. die Zeit (den ausgewählten Augenblick) und 4. die philosophische Technik des aussondernden Sehens. Es ist eine *bewegliche* Ordnung, in der sich die vier Instanzen zueinander verhalten. Nur die Regsamkeit der Teile bringt die dynamische Erfahrung hervor, die Joyce dann eine Epiphanie nennt. Es ist das Ziel des Beobachters bei Joyce, die verschwimmende Kontur eines Augenblicks wahrzunehmen und diesen Augenblick selber schon als ausgewählt und hervorgehoben wiederzuerkennen; er will seine Wahrnehmung in Kurzzeit-Visionen umbauen, er will den Dingen zu einer Ausstrahlung verhelfen, die sie augenblicksweise aufleuchten läßt.

Wir formen Joyce' Eingrenzungen ein wenig um, beziehungsweise wir bauen sie aus. Joyce bezog seine Ideen von Epiphanien stets auf Gegenstände der Außenwelt, der empirischen Realität; er betrachtete eine Uhr, das Meer, die Wellen, die Gesichter der Leute und das Aussehen der Häuser und trieb deren Anblicke so lange vor sich her, beziehungsweise in seinem Gehirnkino herum, bis sie ihre Epiphanie vollbracht hatten. Wir machen dasselbe, nur schauen wir nicht auf reale Dinge in der Welt, sondern auf ihre Referenz in der Kunst, auf die gemalten oder fotografierten oder beschriebenen Einzelheiten. Wir erwarten dabei nicht (wie Joyce), daß wir dabei selbst einer quasimystischen oder wenigstens metaphysischen Erhebung innewerden. Wir wissen, daß *wir* die Dinge mit Bedeutungen anschauen, an denen die Dinge schuldlos sind. Wir können nicht schauen ohne den Drang nach Bedeutung. Wir können aber wissen, daß Bedeutungen kommen und gehen, daß sie aufsteigen und wieder fallen, das heißt, wir wissen, daß Bedeutungen selber Epiphanien sind.

Die Epiphanie ist für uns das, was uns zwar zufällig, aber zwingend einfällt, wenn wir ein Bild oder ein Foto betrachten, und die Epiphanie ist für uns das, was wir morgen wieder vergessen haben, weil uns schon einen Tag später eine neue Bedeutung einfällt, die wir (als Möglichkeit) zwar ernst nehmen, aber nicht absolut setzen, weil wir ebenfalls wissen, daß wir uns immerzu in einer Aufholjagd des Sinns befinden, die uns mit neuen Einfällen versorgt. Der gedehnte Blick nimmt alles, was er sieht, sorgfältig auseinander und setzt es wieder neu zusammen. Denn alles, was wir über die Zeit anschauen, beginnt eines Tages in uns zu sprechen. Diesen Text wollen wir hören, während wir die Bilder imaginativ umbauen. Der laufende Auseinander- und Wiederzusammenbau der Bilder ist unsere Technik, mit dem Problem fertig zu werden, daß auch der gedehnteste Blick nicht alles zugleich und nicht alles sofort sehen kann. Die unvermeidlichen Bild-Rückstände führen uns beinahe von selbst in eine Ästhetik der Nachhaltigkeit hinein, von der wir rasch merken, daß sie uns nie in eine Leere schauen läßt. Denn von jedem Sehen halten wir etwas zurück, was in unsere je aktuelle Auslegung nicht hineingepaßt hat und was jederzeit zum Anstoß einer Neuauslegung werden kann.

Wir haben, mit anderen Worten, nichts anderes hervorgebracht als eine raffinierte Perfektionierung unseres kindlichen Sehens, das – wir erinnern uns –, immer schon damit zu kämpfen hatte, daß es über die kruden Anfänge eines Verstehens selten hinausgekommen war. Der erwachsen gewordene Seher hat sich – zwar mit Mühe, aber auch mit Lust – an die wechselnden Programme des Bedeutungstheaters gewöhnt. Er rechnet schon lange nicht mehr damit, woran er als Kind noch geglaubt hatte, daß das einfache Sehen ein Erkennen sein könne. Er ist verständig geworden und hält die Idee des Durchschauens für eine infantile, erfahrungslose Vorstellung. Jetzt, in der Perplexität des Sehens, ist er ein erfahrener Konstrukteur des Schauens geworden, der viele Operationen ausführt, über die er sich meistens keine Rechenschaft ablegt, weil sie ihm als Operationen oft nicht bewußt sind. Er bringt es fertig, aus stehenden Bildern bewegliche zu machen, weil er erfahren darin ist, sich etwas Totes als Lebendiges zu denken. Er bringt es fertig, fremde Bildreste in neue, andere Bilder einzublenden, so daß ein Parallelsehen von Geschichtsaspekten möglich wird. Er bringt es fertig, auf Bildern private Zeit mit objektiver, historischer Zeit zu verknüpfen, das heißt, riskante Bildbedeutungen frei zu konstruieren, ohne je etwas von den hermeneutischen Problemen erfahren zu haben, die ein derartig freies Umspringen mit sich bringt.

Wir wollen uns jetzt noch einmal das Foto anschauen. Das Bild lag derweil ein paar Monate lang auf meinem Schreibtisch oder es lehnte gut sichtbar auf einem Bücherregal. Ich habe nicht mitgezählt, wie oft ich es inzwischen angeschaut habe, und ich weiß nicht, wieviel Auslegungen ich inzwischen verworfen habe. Ich möchte nur mit dem letzten beziehungsweise mit dem vorletzten Stand vertraut machen. Ob die Kinder nur traurig ausschauen oder es auch sind, kommt mir jetzt nicht mehr als das zentrale Moment vor. Ja, es sind inzwischen nicht einmal mehr die Kinder selbst, die sich dem gedehnten Blick als wahres Schau-Objekt empfehlen. Sondern die Gegenstände, die die Kinder in den Händen halten, die Ziehharmonika und die Puppe. Die Kinder halten die Objekte wie früh errungene Tröstungen, von denen die Kinder noch nicht wissen, wie sehr sie noch in Anspruch genommen werden. In den Kulturwissenschaften nennt man solche Gegenstände Fetische und meint damit Objekte, von denen eine magische, eine schützende oder eine helfende Wirkung ausgeht. Wir vermeiden diesen Ausdruck, weil solche Worte die Funktion haben, den Diskurs eines Verstehens eher abzuschließen; genau das wollen wir nicht, im Gegenteil, wir wollen das Verstehen ja erst eröffnen beziehungsweise fortsetzen.

Die Ziehharmonika und die Puppe sind für die Kinder plötzliche Stellvertreter des Glücks, sie sind die ihnen momentan erreichbaren Agenten des Lebenssinns. Derartige Glücksbringer – das ist ein Wort aus der Kindersprache – erfüllen eine wichtige Aufgabe; sie bringen eine Kinderfrage mehr und mehr zum Verschwinden, die Frage nämlich, ob sie, die Glücksbringer, das Glück schon sind oder ob sie das Glück nur vorübergehend darstellen. Das heißt, die Gegenstände geben eine schnelle Antwort, und schnell muß die Antwort auch sein, damit sie von Kindern angenommen werden kann. Denn die Schnelligkeit der Antwort ist schon ein Bestandteil des Glücks, daß die Stellvertreter-Frage als Stellvertreter-Frage nicht entlarvt wird. Wenn es den Kindern gelingt, genauso naive Erwachsene zu werden, wie sie naive Kinder waren, werden sie überhaupt nie Anstoß daran nehmen, daß sich das Glück in Gegenstände verflüchtigt und sich dort verdinglicht. Und, so lautete meine anfangs vorgetragene These, Anteil haben schon die Kinder an der schmerzlichen Entdeckung, daß Verstehen von etwas immer nur ein Anfangsverstehen ist. Kinder machen diese Erfahrung zu einem extrem ungünstigen Zeitpunkt; sie sind ihr niemals gewachsen, sondern immer nur ausgeliefert, woraus der Affekt einer verrätselten Wahrnehmung zurückbleibt. Jetzt kommt mir das Foto wie eine Beschreibung dieser Sachlage vor. Die Kinder schauen uns an mit erlernter und rätselhaft bei ihnen verbliebener Verwunderung; die Verwunderung verdankt sich nicht einer momentanen Laune oder einer zufälligen Eingebung, sondern sie hat biographischen Hintergrund. Sie ist der Ausdruck einer bereits lang andauernden Erfahrung des Sehens, welches nicht die Ergebnisse gebracht hat, die die Kinder durch ihr hemmungsloses Vertrauen in diese Erfahrung haben erwarten dürfen. Die Kinder sind jetzt, mit anderen, schon verwendeten Worten, verdutzte, überrumpelte, sprachlose Sehende geworden, die soeben anfangen, mit gedehnten Blicken auf die Welt zurückzuschauen, die aus einem Versuch des Verstehens die Vertagung des Verstehens macht. Eine solche Vertagung absolvieren sie gerade wieder. Sie wissen nicht, warum man sie in ein Foto-Atelier gebracht hat. Sie wissen nicht, warum der Fotograf ihnen zwei Objekte, eine Ziehharmonika und eine Puppe, in die Hand gedrückt hat. Es handelt sich um überraschte Kinder, die den Umgang mit geliebten Dingen kaum gewohnt sind. An der Zerknitterung und bloßen Aufgebügeltheit ihrer Kleidung können wir erkennen, daß es armer Leute Kinder sind, die nur an Sonntagen und zu besonderen Gelegenheiten (wenn man fotografiert wird) kurz und mangelhaft aufgeputzt werden. Wir können jetzt verstehen, warum die beiden Kinder die Gegenstände in ihren Händen zwar angenommen haben, aber dennoch Fremdheit mit ihnen hervorbringen. Sie haben nicht lernen können, im Umgang mit solchen Gegenständen die inneren Bilder einer zukünftigen mentalen Ordnung zu halluzinieren, es hat ihnen an Zeit, Gelegenheit und Zuwendung gefehlt, spezifisch kindliche Beziehungen zu ihnen aufzunehmen.

In der Psychoanalyse werden solche kindlichen Gegenstände Übergangsobjekte genannt. Gemeint ist damit, daß Kinder zwar noch nicht in der Lage sind, sich reale, verläßliche und taugliche Liebesobjekte nach eigener Wahl auszusuchen, daß sie deswegen aber nicht darauf verzichten, ihre

Libido so lange an Ersatz- beziehungsweise Übergangsobjekte abzugeben, bis »richtige« und erwachsene Objekte in ihren Lebensbahnen auftauchen. Aus dem gleichen Grund, warum wir zuvor das Wort Fetisch nicht verwendet haben, verwenden wir auch jetzt nicht das Wort Übergangsobjekt, weil wir den Prozeß des Verstehens auch jetzt nicht mit *einem* Wort dominieren wollen. Gleichwohl behalten wir den Bedeutungsgehalt auch dieses Begriffs im Hinterkopf. Wir verwenden nur Anteile aus beiden Begriffen, nämlich die Anteile des Aufschubs und des Wartens. Das Wartenkönnen, das Wartenmüssen ist die Grundbedingung jedes Verstehens, das Warten ist die Toleranz der unendlichen Vertagung, die das Verstehen vor sich selbst aufbaut. Nach meinem Dafürhalten können Kinder am besten warten, weil sie es noch nicht verdächtigen, weil sie es noch nicht als kulturell wertlos verurteilen müssen. Ich frage mich oft, ob wir das strukturelle Warten nicht selbst schon für das Verstehen halten sollen.

Im Bewußtsein des Wartens können wir alle Bedeutungsanteile eines Inhalts problemlos mischen und kombinieren; das Bewußtsein des Wartens zwingt uns nicht, zu Ergebnissen kommen zu müssen. Die beiden Kinder werden ihre Körper codieren, damit sie das Warten als kulturelle Leistung verstehen können. In ihren Augenpartien bleibt das Schattenbild eines Ausharrens zurück, in dem der Beginn des Wartens immer neu zum Ausdruck kommt.

Ich hatte die Arbeit an diesem Vortrag so gut wie beendet, da fiel mir erst ein, daß es für das Musikinstrument, das der Junge in der Hand hält, für die Ziehharmonika oder das Akkordeon, in meiner Kindheit ein unfreundliches, verächtliches Wort gab: die Quetschkommode. Ich erinnere mich, daß ich das Wort nicht mochte, und ich erinnere mich, daß ich die Herabsetzung, die in dem Wort steckte, irgendwie zurückweisen wollte und natürlich nicht wußte, wie man das macht und ob so etwas überhaupt möglich war: ein Wort zurückweisen. Als ich Kind war, gab es den einen oder anderen Kollegen meines Vaters, der eindrucksvoll Akkordeon spielen konnte. Ich lauschte dem Spiel, seine Klänge begeisterten mich, weil sie mir das öffentliche und taghelle Träumen erlaubten. Ich sah, daß die Akkordeon-Spieler selber Vergnügen an ihrem Spiel hatten, ebenso mein Vater und alle, die sich gerade bei uns aufhielten. Aber ich hörte auch, daß die gleichen Leute, die noch eben von dem Akkordeon in festliche oder erhabene Stimmung versetzt worden waren, daß die gleichen Leute dieses Akkordeon wenig später Quetschkommode nannten und über dieses Wort lachten. Natürlich war es mir als Kind nicht möglich, dieses Rätsel aufzulösen, worin ich heute den Grund sehe, weshalb ich das Wort bald verdrängte und vergaß. Ich darf hinzufügen: Ich kann dieses Rätsel noch immer nicht verstehen und also auch nicht lösen, ich ahne nur, daß in dem Vorgang, der in ihm steckt: die Herabsetzung dessen, was uns gefällt, eine neurotische Urquelle haust.

Tatsächlich verschwand das Wort Quetschkommode über vier, fast fünf Jahrzehnte sozusagen auf Nimmerwiederhören.

Ich fange mit der Auslegung des Bildes keineswegs zum drittenmal an, obwohl es gerade dafür gute Gründe gibt. Es lockt mich, die Vorstellung auszuprobieren, ob nicht die erzwungene Teilnahme an der sprachlichen Verhöhnung der Welt durch die Erwachsenen das zentrale Erlebnis unserer Kindheit ist. Ich versage mir diesen Exkurs und halte mich an das, was wir als Kinder gelernt haben: Wir vertagen (erneut) das nur begonnene Verstehen auf die nächste Gelegenheit. Dennoch möchte ich darauf hinweisen, daß der ikonische Sinn der Wortwiedererinnerung ›Quetschkommode‹ nicht nur zeigt, daß der gedehnte Blick noch über eine zeitliche

Distanz von mehr als vierzig Jahren einen sinnsteuernden Einfall hervorbringt; ebenso spannend erscheint mir, daß sich damit eine Seh-Erfahrung wiederholt, die uns seit der Kindheit vertraut ist, die Erfahrung nämlich, daß es einen Vorrang des Bildsinns vor der Sprache gibt: Wir kennen zahllose Bilder und deren verstandene oder nichtverstandene Botschaften, ehe wir Sprache haben. Es gibt offenkundig eine Korrespondenz zwischen der infantilen Entdeckung, daß wir mehr wahrnehmen als versprachlichen, und der erwachsenen Praxis, daß wir immer mehr ausdrücken als bloß sagen können – und daß das Medium dieser Einsicht der gedehnte Blick auf ein Bild ist, weil Bilder unsere vorsprachlichen Erinnerungen aufbewahren. Ich bin nicht hundertprozentig sicher, ob ich das Wort Quetschkommode wiedererinnert habe oder das Bild; es geht mir ein bißchen wie dem Foto selber: Ich bin voller Ausdruck, kann aber nichts davon wörtlich sagen, das heißt, ich bin nahe dem Unsagbaren, das sich auf oder in einem Bild vergegenwärtigt, und erwarte gerade von diesem Bild, daß es das Unsagbare in ein Sagbares verwandelt.

# *Kleine Huldigung*

Meine Bewunderung für *Mal vu mal dit* (Schlecht gesehen schlecht gesagt) von Samuel Beckett gilt nicht einmal in erster Linie der Textgestalt; die steht bei Beckett sowieso außer Frage. Sondern sie gilt dem unerhörten Kunstsinn, mit dem Beckett das Thema seiner Sterblichkeit formal in sein Schreiben eindringen ließ. *Mal vu mal dit* steht am Anfang von Becketts Spätwerk. Danach schrieb er nur noch eine Anzahl sehr kurzer Texte, in denen sich das Schreiben mehr und mehr auflöst. In *Schlecht gesehen schlecht gesagt* ist eine relative Kohärenz des Textes noch gegeben, obgleich sich die Erosion ankündigt. Zum Beispiel in der Aufhebung des Satzbaus: »Dann vollkommenes Dunkel, Vor-Grabgeläut, ganz leise, süßer Klang, los, Anfang des Endes«. Es gelingt Beckett, sein lebenslanges Thema, das Nicht-enden-Können, in die Figuration der Wörter aufzunehmen. Das Nicht-enden-Können im Leben erscheint so als der Beginn des Enden-Könnens im Text. Das Enden-im-Leben wird in das Verenden des Textes vorverlegt und erscheint doch als das Enden des Lebens. Gewiß kann man nicht sagen, es ist der Tod, der hier schreibt. Aber wir spüren, die Todesnähe ist ein im Text mehr und mehr nachweisbarer Co-Autor. Können wir sagen: Der Tod schrieb mit? Das tut er sowieso, aber nur bei Beckett dringt er in die Textur ein: als Aufhebung der Rede, als Pause, als Schweigen. Das Nicht-enden-Können-im-Leben gibt sich zu erkennen als die allmähliche Verzitterung des Textes. Zugleich spricht, jenseits aller Literatur, das mehr und mehr zum Verstummen gebrachte Leben zum erstenmal über seinen absehbar gewordenen Tod. Wir wissen nicht, wie wir sterben werden, aber dank Beckett wissen wir wenigstens in einem Fall, *wie* das Schreiben vor dem Leben endet. Es ist Becketts unerhörte Lebensführungsleistung, daß ihm das Ende des Lebens und das Ende des Schreibens zusammenfielen. Der Rest des Lebens und der Rest des Schreibens sind eins. Keines verweist klagend auf das andere, keines bleibt ohne das andere zurück.

# *Eine Gabe, die fehlgeht*
Über literarische Erfolglosigkeit

In den frühen fünfziger Jahren des vorigen Jahrhunderts empfahl William Faulkner allen seinen Kollegen die dauerhafte Ausübung eines Zweitberufs. Am besten eigneten sich, so sagte Faulkner in einem Interview, handwerkliche Berufe, also etwa Schuhmacher, Schreiner oder Bäcker. Faulkner hielt die manuelle Arbeitsweise dieser Berufe nicht nur für ein sinnvolles Gegenstück zur mehr intellektuellen Arbeit des Hauptberufs, des Schreibens. Mehr noch hatte er die ökonomischen Krisen des Schriftstellerberufs im Sinn. Sollte eines Tages nicht mehr genug Geld dasein für die Miete und das tägliche Brot, dann sind oder wären die Schriftsteller dank ihrer krisensicheren Nebenbeschäftigung dennoch außerhalb des Risikos. Ungefähr zwanzig Jahre vor diesem Interview, 1932, spitzte sich die Lage von Faulkners europäischem Kollegen Robert Musil derart dramatisch zu, daß sich Musil mit einem Hilferuf an die Öffentlichkeit wenden wollte. Unter dem Titel *Ich kann nicht weiter* wollte Musil der literarischen Welt mitteilen: »Ich schreibe von mir selbst, und seit ich Schriftsteller bin, geschieht es zum erstenmal. Was ich zu sagen habe, steht in der Überschrift. Es ist kältester Ernst (...). Ich glaube, daß man außer unter Selbstmördern nicht viele Existenzen in einem Augenblick gleicher Unsicherheit antreffen wird, und ich werde mich dieser wenig verlockenden Gesellschaft kaum entziehen können. Ich mache hier den einzigen und möglichen Versuch, mich dagegen zu wehren.«

Musil hat diesen Aufruf dann doch nicht drucken müssen, weil sich fast zur gleichen Zeit in Berlin eine Musil-Gesellschaft bildete, ein Hilfsverein, der ihn mit regelmäßigen Spenden unterstützen wollte. Musil war zu diesem Zeitpunkt ein vielfach bewunderter Autor. Der erste Band des *Mannes ohne Eigenschaften* war erschienen und hatte ihm eine Menge Ruhm und Respekt eingebracht, aber viel zuwenig Geld. Der Rowohlt Verlag drängte auf einen Fortsetzungsband, Musil gab nach und bereitete 38 Kapitel für einen zweiten Band vor, der im März 1933 erschien. Wenige Monate später verließ Musil Deutschland und kehrte nach Wien zurück. Auch dort hatte sich eine Musil-Gesellschaft zusammengefunden, die dem Autor regelmäßig unter die Arme griff, freilich nicht ausreichend. Musil wird diese Hilfsbedürftigkeit nicht mehr abschütteln können. Auch sechs Jahre später, als er in die Schweiz emigrierte, blieb er auf fremde Hilfe angewiesen. Der Genfer Pfarrer Robert Lejeune und das Schweizerische Hilfswerk für deutsche Gelehrte spendeten über Jahre hin für das Ehepaar Musil. Interessant ist, daß Musil sich das Versagen moralisch anrechnete, selbst aber untätig blieb. In einem Interview sagte er damals: »Daß du nicht berühmt bist, ist natürlich; daß du aber nicht genug Leser zum Leben hast, ist schändlich.«

Das Zitat ist aufschlußreich. Musil hat nicht gesagt: »Daß du nicht genug Leser hast, ist schändlich.« Sondern er hat gesagt: »Daß du nicht genug Leser *zum Leben* hast, ist schändlich.« Das heißt: Die soziale Dimension, das Vomschreiben-leben-Können, wird von Musil nicht eigens thematisiert; der soziale Aspekt ist ein von ihm niedrig gehängter Bestandteil des literarischen Lebens, dem ein eigenes Scheitern nicht zugebilligt wird. Es stört das Selbstgefühl gerade der besten Autoren, daß es ein soziales Problem des Schreibens überhaupt geben soll. Das Selbstgefühl dieser Autoren verläuft nach innen hin majestätisch und nach außen hin unbelangbar und kompromißlos. Je stärker das innere

Majestätsgefühl, desto härter die äußere Realitätsleugnung. Zurück bleibt die nackte, ethisch unversöhnte Isolation. Wir treffen diese Konstruktion des literarischen Lebens bis in unsere Tage an. Die ebenfalls erfolglose und lebenslang unbeugsame, vor kurzem in Paris verstorbene Undine Gruenter notierte am 28. April 1989 in ihr Arbeitsjournal: »Konkret: Wenn es mir jetzt schlecht geht, weil ich kein Geld habe, ist das meine soziale Schuld – ich werde deshalb aber mein Leben nicht ändern, sondern weiter meine 150 Seiten pro Jahr zustande bringen und hoffentlich immer besser.«

Die Möglichkeit, die eigene Existenz in ein gewöhnliches Doppelleben umzubauen, kommt für diese Autoren nicht in Frage. Man muß dafür nicht einmal Faulkners Idee bemühen. Vorbilder für ein Doppelleben gab es (gibt es) auch in der deutschen Literatur. Ich erinnere an die älteren Modelle Joseph von Eichendorff und E.T.A. Hoffmann, die tagsüber als Juristen wirkten und in ihrer Freizeit als tätige Romantiker hervortraten; ich erinnere an Kafka, Döblin und Benn, die wir uns ohne ihre bürgerlichen Berufe nicht mehr vorstellen können. Für Musil wäre es leicht gewesen, der Faulknerschen Idee zu folgen. Er hatte einen Zweitberuf, sogar einen qualifizierten. Er hatte an der Technischen Hochschule in Brünn Maschinenbau studiert und hätte jederzeit als Ingenieur arbeiten können. Aber für Musil war Schreiben eine unbedingte, absolute, innere und unteilbare Tätigkeit. Das Werk mußte die Integrität seines Ichs ausdrücken, das heißt seine ästhetische Ehre. Ehre ist ein Ausdruck für den Willen nach Ursprünglichkeit und Reinheit. Reinheit ist ein unfaßbarer und deswegen pathologisch dehnbarer Begriff. Reinheit verlangt stets nach der nächsthöheren, der noch reineren Reinheit. So wird Reinheit eine unendliche Größe wie der Ruhm, von dem ebenfalls keine natürliche Grenze bekannt ist. Weil die Schriftsteller seiner Zeit diesen Ehrbegriff nicht teilten, waren sie in Musils Augen kaum mehr als Schwadroneure und Zeilenschinder. Er setzte Joseph Roth, Lion Feuchtwanger und Franz Werfel öffentlich herab. Thomas Mann nannte er den Schriftsteller mit den schärfsten Bügelfalten. Es gibt neben ihm keinen Autor, der sich unermüdlicher abgegrenzt hätte, und es gibt keinen Autor, der dafür einen ähnlich hohen Selbstkostenpreis bezahlt hätte. Insofern dürfen wir sagen: Musils unverdienter Mißerfolg ist nicht nur, aber auch ein Ergebnis seiner Weltverhöhnung und seines Hochmuts, kurz: des unzugänglichen, des subjektiven Faktors.

Es gibt einen Satz von Italo Svevo, den Musil begeistert unterschrieben hätte. Er lautet: »Kurzum, außerhalb der Feder gibt es kein Heil.« Die Idee der Reinheit in der Ehre (beziehungsweise: der Ehre in der Reinheit) ist in diesem Satz auch biographisch grundiert. Svevo bezieht aus dem Schreiben nicht nur die Integrität seines Werks, sondern auch die Würde seines Alltags, er erwartet vom Schreiben – wir zögern, das Wort zu denken – sein »Heil«. Eine krassere Überwertigkeit des Schreibens läßt sich kaum phantasieren. Im Alter von 37 Jahren, 1892, veröffentlichte Svevo in einem unbekannten Verlag seiner Heimatstadt Triest seinen ersten Roman *Una vita* (*Ein Leben*). Es ist der Entwicklungsroman eines Angestellten, der Schriftsteller werden will, ein Meisterwerk, das von der italienischen Kritik ignoriert wird, einige lokale Reaktionen einmal ausgenommen. Sechs Jahre später, 1898, erschien Svevos zweiter Roman *Senilità* (deutsch zunächst als: *Ein Mann wird älter*). Noch einmal übersah die italienische Kritik den Autor und sein neues Buch. Die Nichtbeachtung hat Folgen, die bis heute ärgerlich sind. Svevo war persönlich gekränkt – wir erinnern uns, daß er vom Schreiben sein Heil erwartete – und zog sich für fünfundzwanzig Jahre aus dem literarischen Leben zurück. In seinem Tagebuch lesen wir dazu manchen bitteren Satz, zum Beispiel diesen hier: »Ich habe diese lächerliche und schädliche Sache, die man Literatur nennt, aus meinem Leben ausgemerzt.«

Von heute aus können wir sagen: Schuld an Svevos Verstummen ist der kulturelle Prozeß Italiens, der Svevo nicht in sich aufnahm. Nur müssen wir sofort hinzufügen: Es gibt keinen faßbaren, keinen organisierten literarisch-kulturellen Prozeß, weder in Italien noch sonstwo. Die Kultur als Ganzes hat kein Subjekt und also auch keine Vernunft; sie schreitet weder zeitlich noch ästhetisch, noch sozial sinnvoll voran; es ist nicht einmal ausgemacht, ob sie überhaupt *vor*anschreitet oder ob sie nicht halb- oder ganz blind durch die Geschichte taumelt. Die molluskenartig sich aufblähende und sich wieder ausleerende Kultur hat kein Zentrum, und das heißt: Es ereignen sich in ihrem Namen immerzu Einschlüsse und Ausschlüsse, Verzögerungen und Versagungen, für die sich niemand verantwortlich fühlen muß. Anders gesagt: Es gibt in keiner Kultur ein Recht auf Beifall, nicht einmal ein Recht auf Rezeption. In Svevos Fall ist, sozusagen kurz vor dem Finale, doch noch eine Wende eingetreten. Der längst nicht mehr schreibende, sondern als Industrieller erfolgreiche Svevo nahm Englisch-Unterricht in Triest und traf dort, als betagter Schüler der Berlitz-School, auf den vermeintlich ahnungslosen Englisch-Lehrer James Joyce. Joyce sagte zu Svevo (so lesen wir in Richard Ellmanns Joyce-Biographie): »Wissen Sie, daß Sie ein verkannter Schriftsteller sind! Es hat Stellen in *Senilità*, die selbst Anatole France nicht hätte besser machen können.« Tatsächlich sorgt Joyce dafür, daß *Zenos Gewissen*, der dritte und letzte Roman seines verdutzten Schülers, international beachtet wird. Nun kann man fragen: Gleicht die Anerkennung von Joyce das Versagen der italienischen Kritik nicht aus? Svevo gehört zu den vielen Schriftstellern, deren *Nach*ruhm ihren Ruhm zu Lebzeiten um ein Vielfaches übertrifft. Allerdings schmeckt Nachruhm immer ein bißchen nach Trostpreis und Sauermilch; genaugenommen dient er nur noch als Lockduft für die Nachgeborenen. Wir sehen an dieser Stelle die diversen Nebelbänke, die das Problem umlagern: Was ist eigentlich ein Erfolg und was heißt Mißerfolg? Ist Gedrucktwerden ein Erfolg – oder ist Gedrucktwerden, wenn darauf nichts mehr folgt, schon der Anfang des Mißerfolgs? Ist Rezensiertwerden ein Erfolg? Ist Gut-rezensiert-werden ein Erfolg? Und, nicht zu vergessen: Ist die Nichtzugehörigkeit der Literatur zum Gesellschaftsganzen nicht der allergrößte Mißerfolg, in dem die bloß literarischen Erfolge überhaupt nicht zu Buche schlagen? In all diesen Annäherungen an das Problem finden wir Spuren von Anerkennung. Die Crux ist: Der Schriftsteller braucht die Anerkennung der anderen, ohne diese anderen selbst anerkennen zu können. Nach Hegel ist eine solche Einseitigkeit zum Scheitern beziehungsweise zum Unglück mit sich selbst verurteilt. Hegel hat Anerkennung reziprok konstruiert: »Sie anerkennen sich«, schreibt Hegel, »als gegenseitig sich anerkennend.« Wir sehen in diesem Satz den doppelten Boden der sittlichen Geste, den Hegel uns zeigen will. Personen anerkennen sich nicht nur wechselseitig, sie können sich auch selbst nur anerkennen, wenn sie von außen, von anderen Menschen, zuvor schon anerkannt sind. Die meisten Schriftsteller sind von derart komfortablen Anerkennungsverhältnissen himmelweit entfernt. Der einzelne Autor kann diejenigen, die ihn und sein Werk anerkennen könnten, nicht anonym und vorab anerkennen. Die ihn Anerkennenden brauchen seine Anerkennung nicht einmal. Salopp gesagt: Das kleine Anerkennungsangebot reicht für die vielen, die ohne Anerkennung kaum arbeiten können, bei weitem nicht aus. Wenn aber die Anerkennung ausbleibt, dann muß sich der Autor (siehe Musil, siehe Svevo) die Anerkennung selber machen; das ist eine ungesunde Tätigkeit, die viele Autoren mit dem Preis der individuellen Verschrobenheit bezahlen.

Es ist sonderbar, daß uns das Vorverständnis von der unverdienten Erfolglosigkeit vor allem an unbeachtete Romanciers denken läßt. Von einem Dramatiker oder einem Lyriker, ganz zu schweigen von einer Dramatikerin oder einer Lyrikerin, denken wir der Einfachheit halber das Scheitern der Anerkennung gleich mit. Eine seltsame, weil schwer durchschaubare Erfolgsverweigerung finden wir im Leben der Erzählerin und Dramatikerin Marie-Luise Fleißer aus Ingolstadt. Ihre Geschichte beginnt mit einem frühen Durchbruch. Im Jahre 1926 wird im Deutschen Theater Berlin ihr Stück *Fegefeuer in Ingolstadt* uraufgeführt. Die Autorin ist zu diesem Zeitpunkt 25 Jahre alt. Schon zwei Jahre später, 1928, folgt an der Komödie Dresden die Uraufführung der *Pioniere in Ingolstadt*. Danach inszeniert Brecht das Stück 1929 am Theater am Schiffbauerdamm. Brecht greift eigenmächtig in den Text ein. Marie-Luise Fleißer hat den Umbau später so beschrieben: »Brecht verlegte die Entjungferung Bertas, die hinter der Bühne geschehen sollte, in eine mit einem Fetzen verhängte Kiste, die man rhythmisch wackeln ließ (wohl eine Filmidee, angeregt durch Chaplin). Diese Einzelheit sowie die (...) Szene der Gymnasiasten und der Dialog Korl-Frieda (über die Geschlechtskrankheiten) wurden unter der Drohung eines polizeilichen Verbots der Aufführung (...) wieder gestrichen.«

Der kalkulierte Skandal bringt Brecht und sein Theater in alle Munde, er hilft vielleicht sogar dem Stück, aber er schadet dem Schreibindividuum Marie-Luise Fleißer, das in seinen Anfängen steckt und eine – sagen wir mal so: – kollegiale Aufmerksamkeit viel mehr hätte brauchen können als die Schrillheiten eines Theaterevents. Brechts (wahrscheinlich) gutgemeinte Beförderung des Erfolgs ist der Keim für die lang anhaltende Erfolglosigkeit der Marie-Luise Fleißer. Die erschrockene Autorin flieht zurück nach Ingolstadt und taucht dort in eine kleinbürgerliche Ehe ab, aus der sie als Dramatikerin erst 1970 wieder in Erscheinung trat. Das bedeutet, daß die Dramatikerin Marie-Luise Fleißer mehr als vierzig Jahre nicht gegenwärtig war. Die Autorin hat für das Zurückweichen drei Gründe genannt. In einem Brief schrieb sie 1973: »1946 lagen von mir der *Karl Stuart* und *Der starke Stamm* herum (...). Die deutschen Bühnen spielten nach dem Krieg prinzipiell nur Stücke von Ausländern und begründeten das mit dem Nachholbedarf. Sie besannen sich nicht auf ihre Pflicht gegenüber den Schriftstellern, die in der Nazizeit totgeschwiegen waren.« Im gleichen Brief lesen wir eine zweite, von der ersten stark abweichende Erklärung: »Ich war durch meine Pflichten innerhalb der Ehe und des Existierenmüssens so eingezwängt, daß ich keine neuen Stücke nachschob.« Den dritten, vielleicht entscheidenden Grund finden wir in einem von ihr geschriebenen biographischen Abriß. Dort heißt es: »Das Hauptverdienst der Wuppertaler (Theaterleute, d. A.) liegt darin, daß sie *meine Scheu* überwanden...«

Marie-Luise Fleißer war nur in ihren ästhetischen Verfahren kühn und draufgängerisch. Im praktischen Leben war sie von geradezu lebensgefährlicher Schüchternheit. Sie glaubte sich vergessen, was sie de facto nicht war. Sie erhielt Anfang der fünfziger Jahre mehrere kleine Preise, dann aber, 1953, auch den Preis der Bayerischen Akademie der Schönen Künste. Sogar ihre Heimat, die Stadt Ingolstadt, deren Oberbürgermeister sie 1929 öffentlich geschmäht hatte, überraschte sie 1961 mit einem neu eingerichteten Kunstförderpreis. Nein, weggemobbt war Marie-Luise Fleißer nicht; sie wurde nur nicht gespielt. Unser Kulturleben kann einen Autor würdigen und ihn – oder sie – gleichzeitig einstauben lassen. Marie-Luise Fleißer war es nicht gegeben, in der Art eines Kulturkometen in die Nachkriegsgesellschaft vorzustoßen und dort ihr eigenes Marketing zu betreiben. Einen Schuldigen für diese Zurückhaltung gibt es nicht.

Hat jemand den Mut, Hermann Broch einen nicht verkannten Autor zu nennen? Können wir uns, im nachhinein, einen erfolglosen Bertolt Brecht vorstellen? Beide Autoren hatten nicht unähnliche Intentionen – der eine mit Sozialismus, der andere ohne; beide hatten die endgültige Verbesserung von Mitteleuropa im Sinn, der eine mit politischen, der andere mit ethischen Mitteln. Aus Brechts Leben wurde, trotz Not und Emigration, ein Fall von angewandter Frechheit, aus Brochs Leben wurde, trotz begüterter Herkunft, ein Fall von angewandter Verzagtheit; sie begann schon damit, daß Broch 45 Jahre alt werden mußte, ehe sein erstes Buch erschien. Dürfen wir behaupten, in dieser Anfangsverspätung liegt der Grund für alle nachfolgenden Verspätungen? Brochs Schlafwandler-Trilogie konnte im absolut kulturfeindlichen Klima zu Beginn der dreißiger Jahre ihre Leser nicht finden. Sein Hauptwerk, *Der Tod des Vergil*, 1945 zugleich auf deutsch und englisch erschienen, wurde, wie die Bücher zuvor, nur in Liebhaberkreisen beachtet. Bis zu seinem Lebensende blieb Broch ein Privatschriftsteller für Privatleser. Es war Brochs Freund Elias Canetti, der zu Brochs 50. Geburtstag am 12. November 1936 in Wien eine wundervolle, aber an den Tatsachen vorbeigehende Rede hielt. Canetti behauptete, daß wir in Broch »einen der ganz wenigen repräsentativen Dichter unserer Zeit zu verehren haben«.

Wir reiben uns die Augen, wenn wir diese Projektion heute lesen. Sie hat ihren Grund in der Lufthoheit des Scheins, in der beide Autoren gerne verkehrten. De facto war

Broch in keiner Hinsicht repräsentativ; er war genau das, was die meisten guten Schriftsteller schon damals waren, nämlich ein Gesellschaftsbankert, den niemand haben wollte und der sich seine Familienzugehörigkeit mühsam erschreiben mußte. Für den moralisierenden Broch war das ungebundene Schreiben ein Frevel, ein (so 1935 in seinem Joyce-Vortrag) bloß »unverbindliches Privatschaffen«, mit dem er nichts zu tun haben wollte. Wir erkennen (und ehren ihn deswegen) seinen Wunsch, der Gemeinschaftsseele von Nutzen zu sein, wir bewundern seine Anstrengung, das Individuum vor dem Einbruch des Absurden zu schützen. Insofern sind die Namen Musil, Svevo, Fleißer und Broch (und drei Dutzend andere) der Name eines zusammenhängenden Schmerzes geworden, der mit gemächlicher Brutalität durch ein langes Kulturjahrhundert taumelt. Roland Barthes hat das Schreiben eine »Verausgabung für nichts« genannt. Hinter der banalen Eleganz dieser Formulierung versteckt sich die wirkliche Verzweiflung über das Jenseits der Literatur. Ein Schriftsteller, der Sinn für andere oder überhaupt Sinn hervorbringen will, war damals und ist heute sofort von der Einsamkeit dieses Sinns umfangen; der Sinn entfernt ihn geistig von der sogenannten Allgemeinheit, obgleich er dieser Allgemeinheit doch dienen möchte. Alle diese engagierten Schriftsteller wollen sich nicht damit abfinden, daß ihr Werk nichts weiter sein soll als ein Versuch, am Schreibtisch die Schöpfung nachzuahmen. Als Schöpfer ähneln sie einem phantasierten Gott, der genauso erfolglos war und ist wie alle seine Nachahmer. Alle Schöpfung wird unwürdig in den Händen derer, für die sie, als Geschenk, gedacht war. Schöpfung und Werk sind vergeblich, insofern sie nicht erkannt werden. Das Werk ist eine Gabe, die fehlgeht. In dem Wort Gabe steckt sowohl das Wort Vergabe als auch das Wort Vergeblichkeit. In der Vergeblichkeit verfehlt das Werk seinen

Adressaten und fällt auf seinen stumm ergrimmten Schöpfer zurück.

Man hat mich freundschaftlich gebeten, nicht länger als 20 bis 25 Minuten zu sprechen. Dieses Limit erspart Ihnen und mir, daß ich bis morgen früh hier stehen bleibe und immer neue Namen und neue Gründe für den Hazard der Literatur nenne. Und wenn ich fertig wäre mit meiner Liste, würden Sie aufstehen und andere Namen und andere Gründe aus dem Archiv der Kultur hervorziehen. Und wenn wir mit den Toten fertig wären, würde unser Lamento erst richtig losgehen, denn dann müßten wir uns den Lebenden zuwenden. Sofort würde ich fragen müssen, warum Gerhard Meyer nicht wenigstens ein paar hundert Bücher mehr im Jahr verkauft; warum die groteske Heiterkeit in den Werken des Ror Wolf nicht die spaßbedürftigen Massen ergreift; und warum die großartige Friederike Mayröcker noch immer keine Bestsellerautorin ist.

Für alle diese Fälle hätten wir Erklärungen und Gründe parat – und doch müßten wir uns am Ende eingestehen, daß es aus dem Problem der fehlgehenden Gabe keinen Ausweg gibt, sondern nur ein paar notwendig neurotische Reflexe. Bis vor ein paar Jahren hatte ich die zweifelhafte Angewohnheit, daß ich bewunderten Autoren gerne sagte, ich würde gerade ihr neues Buch lesen. Auf diese Weise habe ich mich in zahlreichen Fällen weniger der Lüge, sondern vielmehr einer riskanten Form der Fürsorge schuldig gemacht. Die Bücher dieser Autoren lagen zwar bei mir zu Hause herum, ich wollte sie auch sicher lesen, allerdings erst später, wenn ich meine eigenen Bücher geschrieben und mehr Zeit hätte. In Wirklichkeit wollte ich nur erreichen, daß dieser und jener Autor nicht durch den Tag geht, ohne wenigstens *einmal* gehört zu haben, daß sein Buch bei wenigstens *einem* Leser angekommen ist. Das war, wenn Sie so wollen, eine déformation professionnelle oder nur der Ausdruck einer Berufsangst, der mit vernünftigen Mitteln nicht beizukommen ist. Zum Glück ist es mir gelungen, die Angewohnheit abzulegen; immerhin hat sie mich belehrt, daß jeder Schreibende sein eigener Illusionsproduzent ist und daß nicht einmal Schriftsteller Schriftstellern Ratschläge erteilen sollten.

## *Fliehendes Denken*
Formen der Sehnsucht

*1* Die unbeugsamsten Extremisten der Sehnsucht zeigt uns das Fernsehen. Sie sind keine Künstler, sie sitzen im Publikum. Es sind Herrschaften zwischen sechzig und achtzig, Damen und Herren in sogenannter Freizeit-Kleidung oder auch in hellblauen Kostümen und dunklen Anzügen. Sie sitzen in der ersten oder zweiten Reihe, inmitten von Jugendlichen, für die die Sendung eigentlich gedacht ist. Ich spreche von der Schlagerparade. Am Vorabend, wenn ich vom Arbeiten erschöpft bin, nicht mehr lesen und nicht mehr schreiben und kaum noch reden mag, schalte ich dann und wann die Schlagerparade an und erhole mich, in dem ich das schwer begreifliche Wunschleben der Alten studiere. Was immer besungen wird (die Jugend, die Liebe, die Sonne, der Süden oder das Glück), die Alten beklatschen es mit einer Leidenschaft, für die die Jungen noch keinen Grund haben. Am liebsten würden die Alten die Bühne stürmen und ihren Lieblingen um den Hals fallen, aber das dürfen sie nicht. Deswegen klatschen und jubeln und hüpfen sie im Sitzen. Die Alten beklatschen nicht einzelne Titel oder einzelne Botschaften, sie beklatschen die Institution Schlagersänger. Er ist der einzige Dauer-Interpret, der die Welt verläßlich und wiederkehrend so darstellt, wie sie sein muß, damit sie endlich akzeptiert werden kann. Auch unter den Schlagersängern gibt es immer ein paar Alte. Mit furchteinflößender Anstrengung halten sie sich fit, sie schwingen das Mikro wie die Jungen, sie springen hin und her wie die Jungen, sie verdrehen die Augen wie die Jungen und reden auch wie sie, kurz: Sie tun so, als gäbe es keine Zeit, keine Erfahrung, keine Distanz. Am Ende bestätigt ihnen der Moderator, daß sie jung geblieben sind. Dafür gibt es den stärksten Beifall des Abends. Ich habe lange gebraucht, bis ich verstanden hatte, daß die Hingabe der Greise nicht Affirmation ist, nicht Einfalt und auch nicht Demenz, sondern die Totalopposition der Sehnsucht. Natürlich nicht Opposition im konventionellen politischen Sinn. Die Opposition der Sehnsucht hat sich nie an der Realität orientiert, dafür war die Wirklichkeit von Anfang an zu defizitär. Der Widerstand der Greise hat im Traum überlebt, er war keine Stunde lang deformiert von der Empathie ins Tatsächliche. Müßte ich die Schlagerparade frühmorgens sehen, könnte ich sie vermutlich nicht ertragen. Abends hingegen, im gefügigen Zustand der Erschöpfung, bin ich überraschend verständig; in dieser Duldsamkeit ist es leichter einsehbar, daß es Sehnsucht als Ataraxie gibt, als individuelle Unerschütterlichkeit, als Seelenruhe, als Delirium des Wünschens, das nicht müde wird, auf seine Paradiese zu hoffen.

Ich würde gerne behaupten, daß es sich bei den Greisen der Schlagerparade um pathologische Fälle handelt. Wer Realität nur aushält auf der Ebene einer vorgestellten Auswechslung gegen eine andere, nur gewünschte Realität, ist ein tief mit sich selbst überworfener Mensch, der von diesem Selbstzerwürfnis gleichzeitig nichts wissen will. Die total gewordene Sehnsucht ist auch die Form, die vor der Entdeckung des Zerwürfnisses schützt. Es kann aber auch alles ganz anders sein. Denn die Sehnsucht ist auch eine Möglichkeit, im Einklang mit der eigenen Pathologie zu leben. In diesem Fall wären die Greise keineswegs bemitleidenswert, sondern klug und weise, weil sie erkannt hätten, wie aussichtslos der Kampf gegen die eigene Irrationalität ist. Sie hätten sich in geschmeidige Kulturneurotiker verwandelt, die nichts dabei finden, ihrem Affen den Zucker zu geben, nach dem es ihn verlangt. Die Sehnsucht wäre dann eine Art Heimweh, das ihnen jeden Tag die Richtung des Lebens angibt; sie hätten erkannt, daß jeder, der lebt, das Leben im Wunsch überschreiten muß und dabei ein wenig irre wird. Sie hätten zwar irgendwann bemerkt, daß sie nicht alle Tassen im Schrank haben, es wäre ihnen aber auch nicht entgangen, daß kein einziges Lebewesen alle Tassen richtig im Schrank haben kann. Sie wollten nur nicht so tun, als wäre ein unneurotisches, ein nicht durch sich selbst gestörtes Leben möglich. Mit anderen Worten: Sie hätten die Pathologie in Kauf genommen, weil sie nichts von ihr wüßten oder weil sie sich vor ihr nicht so fürchten wie die anderen, die sich täglich und stündlich für normal und gesund halten müssen.

*II* Im Abstand von drei bis vier Wochen treffe ich zufällig einen guten Bekannten, fast Freund, und höre eine Weile seinen Erregungen zu. Er empört sich über die neuesten Ungerechtigkeiten, über den mörderisch gewordenen Kapitalismus, über die neue Armut, über die Schlichtheit der Massen; er läßt kaum etwas aus, und beeindruckend ist, daß er in jedem Punkt recht hat. Ich stimme ihm zu, weswegen ich von ihm gelobt werde. Ich sei nämlich einer der wenigen, sagt er, die von der Spaßgesellschaft noch nicht völlig verblödet seien. Das Wort Spaßgesellschaft läßt neue Empörung in ihm hochschießen. Wer die Rhetorik meines Bekannten kennt, weiß auch, daß er sich nicht wirklich für die von ihm beklagten Mißstände interessiert. Ich vermute, *seine* Sehnsucht ist die Empörung selber. Daß er die Unordnung der Verhältnisse nur als Polster für seinen Unmut benutzt, würde er als Idee nicht akzeptieren und wahrscheinlich auch nicht begreifen wollen. Als guter Empörer neigt er nicht zur Reflexion. Zum Abschluß sagt er gern noch ein paar Sätze über sein Hobby, das Motorradfahren. In etwa zwei Jahren wird er pensioniert werden, dann wird er noch mehr Zeit haben, auf dem Motorrad durch Frankreich und Italien zu fahren, was er schon mehrmals gemacht hat. Bisher war er mit einer alten BMW zufrieden, aber wenn er nicht mehr arbeiten muß, wird er sich einen lang gehegten Wunsch erfüllen, er wird sich eine Harley-Davidson kaufen. Es fällt ihm nicht auf, daß er, wenn er auf dem Motorrad durch andere Länder fährt, selber ein Mitglied der Spaßgesellschaft ist, sogar ein privilegiertes. Wir sehen, die beiden Sehnsüchte (die Empörung und das Motorradfahren) nehmen aufeinander Rücksicht, sie wollen sich nicht gegenseitig ausspielen: Sie schützen das Ich, und zwar so unauffällig-elegant, daß es dem Ich selber nicht auffällt. Es wird dem Empörer auch nicht problematisch, daß die Motorrad-Industrie aus seinem Hobby längst eine Kampagne für Rentner gemacht hat, die mit einem Streich Anschluß an den Jugendwahn finden wollen. Die viel delikatere Frage, ob er als umherdüsender Greis vielleicht peinlich oder gar lächerlich wirken könnte, blockt sein auf Wunscherfüllung bestehendes Bewußtsein ebenfalls ab.

*III* In den achtziger Jahren lebte in der Frankfurter Innenstadt eine geistesgestörte Frau, die mit einem Wägelchen durch die Straßen zog, dabei manchmal die Arme schwenkte und dazu fast immer redete, beziehungsweise schimpfte oder schrie. Sie blieb oft stehen und betrachtete die vorüberflutenden Passanten. Die Leute gaben sich Mühe, die Frau nicht zu beachten, aber das Desinteresse war nur gespielt. In Wahrheit waren sie stark an den Lebensäußerungen der Frau interessiert. Sie beobachteten sie verdeckt, in den Spiegelungen der Schaufensterscheiben oder hinter geparkten Autos. Ich beobachtete die Frau und ihre Beobachter, und ich fragte mich oft, was an der verwirrten Frau interessant war. Lange nahm ich an, daß sich die Beobachter nur nach einer Unterbrechung ihrer gewöhnlichen Eile sehnten. Inmitten der allgemeinen und gleichzeitig leeren Geschäftigkeit war die gestörte Frau ein wunderbar lebhafter Moment. Dann glaubte ich, daß es die offenbar starke Sehnsucht der Frau selbst war, von der die Verlockung ausging. Und es war möglich, daß durch den Anblick der Frau die Schuld der Sehnsucht offenkundig wurde, die Schuld der Teilhabe am vergeblich bleibenden Wünschen. Meine letzte Vermutung war: Die Frau sehnte sich offenkundig zurück in die Zeit, als sie noch beruhigt werden konnte. Vielleicht war diese absolut gewordene Sehnsucht sogar der Grund für ihre Verrücktheit. Und sie könnte das Interesse ihrer heimlichen Beobachter erklären. Denn man muß nicht selbst verrückt sein, um sich nach einer Zeit zurückzusehnen, in der man noch beruhigt werden konnte. Manchmal unterbrach die Frau ihr Schimpfen und Schreien und winkte ihren Beobachtern wie aus weiter Ferne zu. Es war, als würde durch dieses Winken die riesige Entfernung angedeutet, die uns von der Erfüllung dieses Wunsches trennt – und die die Sehnsucht danach so wirklich macht.

***IV*** Es ist verlockend, aus den bisher vorgestellten Fällen von Sehnsucht eine kleine Typenlehre des Wünschens zu konstruieren. Es schälen sich drei Typen heraus. Die erste, verbreitetste Sorte ist eine Partial-Sehnsucht; sie richtet sich auf einen einzelnen Gegenstand. Kinder und naiv gebliebene Erwachsene haben an diesem Typus den größten Anteil; der

Motorrad fahrende Rentner gehört in diese Gruppe. Zugrunde liegt dabei ein problemloses Ins-Leben-Rufen einfacher Bedürfnisse. Der Einzelwunsch wird nach einer angemessenen, sehnsuchtsvoll verbrachten Zeit erfüllt. Das Verlangen ist damit beantwortet und erlischt. Vermutlich achten diese Menschen darauf, daß ihre Wünsche im Rahmen bleiben, weil sie nur so erfüllbar sind. Als materiell gesinnte Pragmatiker halten sie nichts von unerfüllbaren Wünschen; sie möchten nicht enttäuscht werden.

Den nächsten Typus könnte man reflexive Sehnsucht nennen. In deren Bannkreis gerät, wer bemerkt hat, daß die materielle Befriedigung von Sehnsucht nicht zu deren Verschwinden führt. Die darüber eintretende Irritation löst eine Dauerreflexion aus, die schließlich zum Entstehen von Bewußtsein, Gedächtnis und Identität führt. Der Ort der reflexiven Sehnsucht ist häufig die Erinnerung. Der sich Erinnernde ist auch der sich Sehnende. Der sich Sehnende baut, was einmal mit ihm geschehen ist, in der Erinnerung um, weil er sich von der umgebauten Sehnsucht (oder von der umgebauten Erinnerung) Aufschlüsse über seine Innenverhältnisse erwartet. In diese Abteilung gehören die heimlichen Beobachter der Geistesgestörten; ihr Anblick löst bei ihnen zahlreiche Einsichten aus, die dem eigenen Leben anprobiert werden können.

Der dritte Typus ist die pathologisch gewordene Sehnsucht, die auf einer Totalauswechslung der Realität gegen eine andere besteht. Teil-Befriedigungen jeder Art sind für diese Sehnsucht nicht akzeptabel. Wer je das frenetisch hingegebene Publikum bei einer Schlagerparade beobachtet hat, zweifelt nicht daran, daß die sich dort verausgabenden Menschen das künstliche Leben für das wirkliche halten wollen – und daß ihnen dieser Tausch auch gelingt, zumindest für die Dauer der Sendung.

Natürlich ist dieses kleine Schema ein Schein; es macht etwas überschaubar, was nicht zu überschauen ist. Dennoch zeigt das Schema, daß jede Sehnsucht ein Steigerungsgeschehen ist, ein immer komplexer werdendes Narkotikum, das als Ganzes irreversibel ist. Es zeigt zweitens, daß es Menschen nicht möglich ist, die Typen der Sehnsucht untereinander zu wechseln. Wer einmal der reflexiven Sehnsucht anhängt, kann nicht mehr auf eine bloß materiell funktionierende Sehnsucht umsteigen; und umgekehrt. Eine über sich selbst aufgeklärte Sehnsucht gibt es auch deswegen nicht, weil deren Stimme uns auch dann noch verwirrt, wenn wir an deren Mitteilungen nicht mehr interessiert sind. Sehnsucht ist zu keinem Ende zu bringen, ihre Stärke überlebt uns. Schon zu Lebzeiten ahnen wir, daß wir, sind wir einmal tot, hinter unserer Sehnsucht zurückgeblieben sein werden und daß man uns dieses Zurückbleiben auch ansieht. Wenn wir tot sind, werden andere Menschen unsere Sehnsucht weitertragen. Es gibt immer jemand, dem wir einmal gestanden haben, daß wir (»eigentlich«) Popstar oder Kunsttischler haben werden wollen. Im Zurückbleiben hinter uns selbst richtet sich ein sanfter Fatalismus ein, den die Sehnsucht für ihre eigene Dauerwiederholung braucht. Das sonderbar verharrende Wünschen entsteht, wenn der Fatalismus endlich nichts mehr dagegen einwendet, immer wieder in seiner samtenen Leere zu enden. Nur dieser Fatalismus hält das immer neue Scheitern der Sehnsucht aus, als würde es kein Scheitern geben, als hätte nicht schon die vorige und vorvorherige Sehnsucht zu nichts geführt. Nur auf diesem Weg kann die Sehnsucht eine Form werden für alles, was kommt und wieder verschwindet und wieder kommt und wieder verschwindet. Der in seiner Sehnsucht Umhergewanderte (der Sehnsuchtsbewanderte) hat längst bemerkt, daß die Sehnsucht eine innere Bewegung geworden ist, ein fortlaufend alle Lebensgründe berührendes Murmeln, ohne dessen Echos wir nicht leben könnten. Denn nicht nur die Sehnsucht selbst ist zu keinem Ende zu bringen, sondern mehr noch deren Deutung. In dem Augenblick, in dem deutlich wird, daß die Sehnsucht auf der Ebene der Lebenswirklichkeit eine Schimäre ist, tritt ihr Charakter als *Spiel* hervor. Nur zum Spiel, das heißt zur Unterhaltung unseres Begehrens, bringt die Sehnsucht entweder immer neue oder immer wieder die alten Bilder hervor, die dem Real-Ich ein zweites, ein Gespenster-Ich zur Seite stellen. Das Gespenster-Ich betreibt eine innere Doppelgängerei, ein erst mit dem Tod endendes Versteckspiel, das nicht preisgibt, ob wir das Versteck oder das Versteckte sind. Der Sehnsuchtsbewanderte stört sich nicht an der Unseriosität dieses Treibens; er hat die Sehnsucht als fliehendes Denken durchschaut und ist nicht verstimmt darüber, daß sie unstet und launisch ist, außerdem untreu, infantil, selbstvergessen, beschämend und unwürdig, aber auch großartig, besänftigend und tröstlich.

# *Rezeptlosigkeit als Rezept*
## Über Claude Simon

Ich fange an mit einem Lieblingssatz aus dem frühen Roman *Das Seil*: »Ich bin mehr und mehr davon überzeugt, daß das beste Rezept, ein Meisterwerk zu schaffen, das Fehlen von Rezepten ist.«

Der Satz fixiert die Lage des Autors im Zentrum der Moderne; er beschreibt die Einsamkeit des Arbeitens inmitten von alten und neuen Ästhetiken, Anforderungen, Ansprüchen, Meinungen, die immer schon im voraus wissen, wie ein Werk auszusehen habe. Das soll heißen: Jeder Autor ist zu jeder Zeit umzingelt von wohlfeilen Rezepten, mit denen er jederzeit hereinfallen kann und die er deshalb – und dieser Hochmut will erst einmal auf der Welt sein – allesamt mißachten muß. Zweitens ist der Satz ein Geständnis: Kein Künstler kann ein Meisterwerk intendieren; ein Meisterwerk entsteht, wenn es entsteht, ohne Absicht. Es verdankt sich dem Zufall. Drittens ist der Satz ein Paradoxon: Aus der Rezeptlosigkeit wird ein neues Rezept. Das hat nichts mit Zauberei oder Mummenschanz zu tun; sondern die Figur des Autors bei Claude Simon ist immer ein extrem Unwissender, der durch Selbstbefragung langsam zum Experten seiner Unwissenheit und damit zu einem Wissenden wird, der sein Wissen freilich nicht anwenden, sondern nur ausbreiten kann.

*Das Seil* ist Simons zweites Buch. Es erschien zuerst 1947. Der Autor erzählt darin von seinem Lebensstoff, von dem er seither immer wieder erzählt: von seiner Teilnahme am Krieg, von seiner Gefangenschaft, von seinem unglaublichen Überleben. In der Wahl des Stoffs wird eine programmatische Entscheidung der gesamten europäischen Nachkriegsliteratur verstehbar: *Nach* der Vergewaltigung des Menschen durch den Krieg *mußte* die Literatur privat werden, weil nur noch in der Privatheit des Subjekts die Wüsten seines Mißbrauchs bedacht und (in der fortlaufenden Traumatisierung) immer neu überlebt werden können. Etwa zwei Nachkriegsjahrzehnte lang sah es so aus, als würde die Literatur aus dieser Zerstörung nie wieder herausfinden. Auch andere bedeutende Autoren (ich nenne hier nur vier: George Orwell, Louis-Ferdinand Céline, Natalia Ginzburg, Danilo Kiš) schrieben private Bücher, in denen der Krieg immer wieder neu ausgehalten und auf diese Weise in einen privaten Nachkrieg umgeschrieben wurde. Doch dann zeigte sich, daß in der Rekonvaleszenz ein anderes Kraftzentrum herangewachsen war: In der scheinbar tödlichen Verletzung hatte sich die Literatur von allen Dogmen befreit. Ein ernst zu nehmender Autor konnte nach dem Krieg kein psychologisches, surrealistisches, expressionistisches, naturalistisches, agitierendes, psychoanalytisches (und wie die Rezepte alle hießen) Buch mehr schreiben. Die Kriegserfahrung hatte auch das Vertrauen in die ästhetischen Verfahren zerstört.

Statt dessen wurde, als Arbeitsprinzip, die unendliche, weil dogmenfreie Formbarkeit des Materials entdeckt. An dieser Entdeckung hatte Claude Simon, besonders mit dem *Seil*, erheblichen Anteil. Erst in der stets erneuerbaren Zuwendung des Autors an sein Material fand er den Schlüssel zu seiner Methode, in der die Rezeptlosigkeit selber zu einem Rezept wird. Freilich zu einem Rezept, das als solches niemals formuliert, sondern nur im je eigenen Inneren aufgefunden und ausprobiert werden kann. Die Verwendung eines Rezeptlosigkeitsrezepts durch einen zweiten oder dritten Autor ist daher ausgeschlossen. Deswegen gibt es in dieser Literatur statt extra erfundener Romanhandlungen nur noch die wortwörtliche Spannung darüber, wie ein Protagonist die (zum Beispiel) Unverständlichkeit des eigenen Überlebens dadurch fixiert (verwindet, bannt, erträgt, bestaunt), indem er sein Material von einem immer wieder anderen Ende her neu aufrollt und neu versteht. Der Titel der französischen Originalausgabe *La Corde Raide* (deutsch etwa: Das gespannte Seil) drückt diese Spannung noch wörtlich aus. Dennoch trifft meines Erachtens der kargere deutsche Titel *Das Seil* das Buch besser, weil er das Unspektakuläre, man kann auch sagen: das leise Daherkommen eines Meisterwerks beiläufiger deutlich macht.

Jetzt, in der freimütig eingestandenen Rezeptlosigkeit, darf sich der Erzähler eingestehen: »... ich gehe ganz auf in der Schwierigkeit zu leben, ich suche, was mir helfen könnte weiterzumachen.« Seine Hände sind »voll Angst und Zeit«, und doch bringt die Suche nach dem, was ihm helfen könnte, das einzigartige Spiel mit dem Material hervor, das Claude Simon zu einem Meister des Arrangements gemacht hat. Er mischt, von keinem Rezept behindert, die Einzelheiten und kommt, auch auf kurzen Erzählstrecken, zu bedeutsamen Erfahrungen.

Zum Beispiel zu dieser hier: »Die Geräusche und die Farben vermischen sich. Das des Lastwagens, das andauert, hartnäckig, auf der ganzen Länge der Avenue, und die der Häuser gegenüber, lila, orange, grau, und die der Bäume wie schwarze Federwische. Alle kommen sie herein und durchstoßen die Mauern mit Fahnen, die hoch oben an den Stangen klatschen, und der grünspänige Löwe, majestätisch, und das scheppernde Karussell der Autos um mich, und der elektrische Vorortzug, der davonfährt im gleitenden Elektrizitätsgeräusch, voll von Männern, die stehend die Abendzeitungen lesen, gemeinsam hin und her gerüttelt. Alles verwirrt und durchdringt sich, und sie fahren an meinem Bett vorbei, ohne sich zu entschuldigen, und sie spielen ihre säuerliche Regenbogenmusik auf meinem Tisch, und Flugzeuge fliegen donnernd durch meinen Kopf, durch die Fensterscheiben, durch die duftenden Blumen. Wegen all dem bin ich nicht ich.«

An diesem Exkurs interessiert uns nicht einmal so sehr sein längst wieder fraglich gewordener philosophischer Hintergrund, nämlich die damals aufgekommene Vorstellung vom Verschwinden des Subjekts, sondern der frappierende Verlauf des Experiments mit der extrem freien Behandlung der Details, der aus einem Sprechen über fast nichts ein Erzählen über fast alles macht: wie sich aus den Straßengeräuschen die Überzeugung herausschält, daß ich nicht mehr ich bin. Der Text ist der präzis abgezirkelte Kompromiß aus dem Zuviel dessen, was immer erzählt werden kann, und der letztlichen Auswahl dessen, was dann auf dem Papier steht. Aus diesem Grund sind die Werke Simons, auch *Das Seil*, absolut komponiert und gleichzeitig fast gestaltlos. Wir können auch sagen, der Text ist nichts anderes als das Erstaunen über sein eigenes Zustandekommen, ein Zusammenspiel von Ahnungslosigkeit, Verwunderung und Produktivität, das auch in diesem Fall seinen Ausgang nimmt von einer echten oder gespielten Unwissenheit des Autors.

## *Das Banale ist das Unaufräumbare*

Die Objekte, über die ich mich hier verbreite, sind in der urbanen Welt inzwischen so heimisch wie Bierdosen oder Pizzakartons; aber sie haben bis jetzt nicht, im Gegensatz zu Bierdosen und Pizzakartons, zu widerstandsähnlichen Stimmungen unter den Konsumisten geführt. Sie sind aus Plastik, man sieht sie an fast jeder Straßenecke, meistens in großen Rudeln. Sie stehen auf vier Beinen, die Sitzflächen sind durchbrochen, ebenfalls die Rückenlehnen. Richtig! Ich spreche von den Plastikstühlen, auf die sich weite Teile unserer Gastronomie inzwischen eingeschworen haben. Es ist fast gleichgültig, wohin wir verreisen, der blaue, grüne oder weiße Plastikstuhl ist schon vor uns da. Verlassen und ein wenig abstoßend steht er herum, oft schon rissig und rauh geworden, weil er auch dann, wenn es regnet oder schneit, nicht abgedeckt wird. Der pausenlose Einsatz bei allen Witterungen hat ihm viel von der sommerlichen Leichtigkeit genommen, die er anfangs vielleicht einmal ausgestrahlt haben mag. Auch die Farben haben gelitten; sie sind verblaßt und an einigen Stellen einheitlich grau geworden. Aber es findet sich niemand, schon gar nicht ein Kellner oder ein Wirt, der die Dinger entschlossen an der Lehne packt und auf die Ladefläche eines vorüberfahrenden Müllwagens wirft.

Am rätselhaftesten ist vielleicht, daß es nicht nur Imbiß-Buden und billige Straßen-Lokale sind, die auf dieses Mobiliar nicht verzichten mögen. Auch sogenannte bessere Adressen, Spezialitäten-Restaurants und urkundengeschmückte Feinschmecker-Tempel bieten dem angeblich verwöhnten Gast nichts Besseres an als diese Schlichtmöbel, die noch dazu ein unangenehmes Scheppern von sich geben, wenn man sie ein Stück weit über den Boden zieht. Nein, noch rätselhafter ist, wie es offenbar einer einzigen Plastikfabrik gelungen ist, ihr Produkt länderweit zu vermarkten, und daß es nirgendwo wenigstens ein Aufmucken gegen diese Zumutung gibt. Vermutlich hängt es mit der Allgegenwart des Plastikstuhls zusammen, daß es vielen Menschen schwerfällt, persönliche Erinnerungen von ihren Reisen mit nach Hause zu bringen. Kein Wunder! Sie saßen ja auch überall auf den gleichen Stühlen! Und waren es nicht auch die gleichen Plastiktische, unter denen sie die Beine ausgestreckt haben, und außerdem die gleichen Sonnenschirme mit dem gleichen Plastikklumpfuß, dessen Gewicht dann doch nicht ausgereicht hat, die Standfestigkeit des Schirms zu garantieren? Es hat keinen Sinn, auf der Piazza San Marco den Campanile anzustaunen, wenn man dabei auf dem immer gleichen Plastikstuhl sitzen muß. Denn plötzlich werden wir von der Empfindung geplagt, daß wir vielleicht nie in Venedig angekommen sind, sondern nach wie vor in unserem heimischen Straßen-Café sitzen, von dem wir nicht mehr loskommen.

Neulich war ich einer besonders tückischen Variante des Plastik-Globalismus ausgesetzt. Hier waren die Plastikstühle auch noch mit Schaumstoff-Kissen ausgestattet, die mit je zwei festen Schnüren an den Streben der Rückenlehne befestigt waren. Das Banale ist das Unaufräumbare, dachte ich, und die Macht der Plastikstühle wirst du nicht brechen können; aber diese miefigen Sitzkissen – das ist zuviel! Ich entblödete mich nicht, die Schnüre des Sitzkissens eigenhändig zu lösen und das Kissen auf dem frei gebliebenen Stuhl neben mir abzulegen. Aber die Bedienung hatte meine widerständigen Handlungen im Hintergrund beobachtet und war schon auf die Terrasse herausgekommen. Die Frau wies mich in ärgerlichem Ton zurecht. Gütiger Himmel, die Bedienung hat vielleicht angenommen, daß du das Kissen mitgehen lassen möchtest. Die Frau band die von mir gelöste ›Unterlage‹ wieder an die Rückenlehne fest. Ich war sprachlos. Der Plastikstuhl und das Sitzkissen verwandeln auch die fremde Welt in eine heimische, sie sind der lange Arm des Weltkleinbürgertums, von dem es kein Entkommen gibt. Im Kopf können wir uns noch so ruchlos fortträumen, der Plastikstuhl und sein Kissen plaudern die wahre Botschaft aus: Wir verharren, ganz wörtlich, auf demselben Fleck. Endlich hatte die Bedienung das Kissen wieder festgebunden und wandte sich an mich, um die Bestellung aufzunehmen. In diesem Augenblick mußte ich lachen. Jetzt war die Bedienung sprachlos, vielleicht auch verärgert. Offenkundig verstand sie das Lachen nicht. Ein paar Sekunden überlegte ich, ob ich es erklären sollte, aber dann schlug ich mich doch lieber auf die Seite der Leute, die »mit ihrem Lachen allein sein wollen« (Kafka) – und verschwand.

## *Fremdheit ist wie das vergebliche Reiben an einem Fleck*

Vor kurzem bin ich mal wieder mit der Straßenbahn nach Hause gefahren. Üblicherweise lege ich den Weg zu Fuß zurück: und kann damit auch seinen Verlauf im einzelnen bestimmen. In der Straßenbahn ist mir der Weg vorgeschrieben. Es war fürchterlich. Im Dickicht des Autoverkehrs kam die Bahn kaum voran. Als wir uns endlich der Riesenbaustelle näherten, ruckelte die Bahn ganz dicht an den Arbeitern mit den Preßlufthämmern vorbei. Scharf wie fliegende Messer prallten die Geräusche der Betonmeißel gegen die Bahn. Die Fahrgäste standen auf und suchten nach den Ausgängen, einige Kinder begannen zu weinen. Erst nach zwei weiteren Haltestellen wurde es ruhiger. Die Bahn drang in den inneren Bezirk der Vorstadt ein, in der ich wohne. Plötzlich bemerkte ich, daß die Leute in der Bahn ihre Taschen öffneten und Brezel, Brötchen oder Äpfel herausholten. Sie begannen zu essen und schauten sich die Einzelheiten der Umgebung an. Ich dachte: Das nicht verabredete und doch gemeinsame Essen ist ein Signal des Wohlwollens und der Beharrung. Nach dem Lärmterror der Innenstadt begann jetzt das Eigenleben der Menschen, das erst in der Vorstadt zum Vorschein kommt. Übrigens haben die Fahrgäste das Gemeinsame ihrer Tätigkeit nicht wahrgenommen. Sie kauten und vergaßen etwas, sie kauten und sanken in sich zusammen und fühlten sich zugehörig im Nirgendwo.

Weil mir das überraschende Picknick der Heimkehrenden gefiel, blieb ich ein paar Haltestellen länger als nötig in der Bahn. Das war nicht schlimm, weil ich bei dieser Gelegenheit in die Nähe eines besonderen Ladens geriet, den ich schon lange schätze. Ich meine das Orientteppichgeschäft von Friedrich Bodendistel. Ich habe etwas mehr als zwei Jahre gebraucht, ehe mir endlich auffiel, wie interessant die beiden Schaufenster des Teppichgeschäftes sind. Eines Tages, nach zahllosen Blicken, bemerkte ich, daß der Inhaber von Zeit zu Zeit kleine Plakate mit der Aufschrift NEUERÖFFNUNG an die Scheiben seiner Schaufenster hängt. Er erhofft von diesen Aktionen endlich eine Belebung seines Umsatzes. Zugleich heftet er an den einen oder anderen Teppich in der Auslage Schilder mit der Aufschrift GELEGENHEIT! Danach schaut Friedrich Bodendistel, ein älterer Herr, aus der Tiefe seines Geschäfts gespannt auf die Passanten, wie sie auf die vielen Gelegenheiten seines – wieder einmal neu eröffneten – Ladens reagieren. Ich bleibe stehen, ich schaue mal auf die Teppiche, mal auf den Inhaber, und ich glaube, Herrn Bodendistel geht nicht auf, daß der Ausdruck seines Gesichts weit und breit die einzigartigste GELEGENHEIT ist, die dramatische Enttäuschung über den derzeitigen Teppichhandel zu studieren. Niemals wird der Teppichhändler auf den Gedanken kommen, daß die Fatalität seines Gesichts ein bedeutsamer Beitrag zur Urbanität der Vorstadt sein könnte. Denn die Peripherie erlaubt ihren Bewohnern, sich so sehr in die Einzelheiten ihrer Umgebung zu vertiefen, bis sich diese im Inneren der Erfahrung in Bausteine einer Zugehörigkeit verwandelt haben.

Dafür spricht auch das Zimmer einer alten Frau, deren Namen ich nicht kenne. Sie wohnt im Erdgeschoß eines Altbaus, sie sieht und hört nicht mehr gut. Man braucht sich nicht anzustrengen, einen Blick in ihr Zimmer zu werfen. Beide Fensterflügel sind fast immer weit geöffnet. Und wer das Innere des Zimmers einmal gesehen hat, wenn auch nur flüchtig beim Vorübergehen, möchte dessen ganz und gar unzeitgemäße Kargheit immer wieder sehen. Ein schmales Bett, ein Stuhl, ein Tisch, eine Kommode, ein kleines Bild, das ist alles. Die Bewohnerin sieht nicht fern, sie hört nicht Radio und sie liest keine Zeitung. Heute denke ich, sie hat nichts gegen die Blicke der ihr inzwischen vertrauten Fremden einzuwenden. Denn sie macht von den Vorübergehenden auf ganz eigene Weise Gebrauch. Wenn sie etwas wissen will, tritt sie an ihr Fenster und fragt den Erstbesten, der gerade vorüberkommt: Heute ist Freitag, oder? Den nächsten fragt sie: Ist der Mittag schon vorbei? Und den dritten fragt sie: War die Müllabfuhr schon da? Diesmal tritt sie nicht an ihr Fenster. Offenbar weiß sie schon alles, was sie für diesen Tag wissen muß. Ruhig sitzt sie auf ihrem Stuhl an der hinteren Stirnwand des Zimmers. Ihre Hände liegen im Schoß. Sie trägt eine saubere, helle Schürze. Ihre Schuhe sind immer geputzt.

Viel rätselhafter ist ein Mann, der zwei Straßen weiter im dritten Stock eines Eckhauses lebt. Er ist jung und kräftig, er trägt bunte Hemden und hat straff zurückgekämmtes Haar. Meistens schaut er eine Weile aus dem Fenster, ehe er auf die Straße herunterkommt. Ich nehme an: Er sammelt Mut. Denn bald verläßt er das Haus mit einem großen Akkordeon auf dem Rücken. Es ist früher Abend, die Straße ist fast leer, die Leute sitzen schon vor den Fernsehapparaten. Der Mann sucht sich eine Bank, setzt sich nieder und fängt an zu spielen. Das macht er vergleichsweise gut, aber es erwartet zu diesem Zeitpunkt niemand Straßenmusik. Da und dort öffnet sich ein Fenster, eine Hausfrau wundert sich kurz und verschwindet wieder in der Wohnung. Bis vor einiger Zeit habe ich geglaubt, der Mann ist extrem einsam und spielt sich in eine selbstschaffene Aufmerksamkeit hinein, die dann doch nichts einbringt. Seit kurzem habe ich eine andere Vermutung: Der Mann ist arm. Er ist nicht arbeitslos, aber er verdient entschieden zuwenig. Akkordeon hat er bisher nur zu seinem privaten Vergnügen gespielt. Jetzt nähert er sich der Zumutung, vor anderen aufzutreten, anonym, auf der Straße, für Geld.

Aber das ist nicht einfach. Bis heute traut er sich nicht einmal, eine Sammelbüchse vor sich hinzustellen oder einfach eine Mütze auf den Boden zu legen. Sie wäre das Geständnis: Ich spiele nicht (mehr) nur für mich. Ein paar Kinder kommen herbei und bleiben stehen. Mehr Publikum ist zu dieser Stunde nicht zu haben. Wenn es ernst wird, muß er sich andere Auftrittsorte suchen. Freilich nur, wenn die Geschichte stimmt, die ich über ihn phantasiere. Es kann alles auch ganz anders sein. Vielleicht befriedigt er nur ein phasenweise auftretendes Geltungsbedürfnis. Ich werde sehen, was sich ereignet.

Die drei hier skizzierten Randexistenzen könnten sich im Stadtzentrum nicht halten. Die Art und Weise, wie sie in Erscheinung treten und angeschaut werden können, sind charakteristisch für die Halbdistanz, die die Vorstadt erlaubt. Nur die Peripherie bringt die ermäßigte Fremdheit hervor, die sich, je nach Gusto, in Nähe oder Distanz verwandeln läßt. Der sinnende Betrachter ist es, der selbst das Zoom seines Interesses einstellt.

Das heißt nicht, daß hier die Anschaulichkeit der Vorstadt gegen das gleisnerische Zentrum ausgespielt werden soll. Wir alle wollen passantisch in mehreren Welten gleichzeitig verkehren, aber am Ende einer Exkursion wollen wir einer bestimmten Umgebung, die uns weniger blendet als andere, den Vorzug geben. Die Vorstadt als belebter Raum ist in gewisser Weise fortschrittsresistent und insofern über lange Zeiträume mit sich selbst identisch. Mit der Vorstadt hat niemand etwas vor; sie wird immer nur hingenommen, sie ist nicht zu beseitigen. Ihr Glück besteht darin, daß sie von Stadtplanern als nicht bedeutsam genug eingestuft wird, um modernisiert zu werden. Auf diese unschuldige Weise ist sie Nutznießerin einer Kunst, die in der Moderne alle verlernt haben – der Kunst, Verhältnisse so zu belassen, wie sie geworden sind. Hier werden nicht plötzlich Parkhäuser gebaut oder Schnellbahnen geplant oder ganze Stadtviertel untertunnelt. Vorstadt heißt: Gleich nebenan gibt es verwilderte Grundstücke, arm gebliebene Leute, vergessene Häuser, schlechtgehende Läden, verkommene Spielplätze, unfeine Lokale, verrostete Fahrradständer. Die Vorstadt gehört, indem sie auf ihrer Unverbesserlichkeit beharrt, zur Konkursmasse der Moderne. Sie zieht Menschen an, die sich der Rückständigkeit ihrer Umgebungen verbunden fühlen oder diese gar selber hervorbringen. Deswegen gibt es auf der Ebene der Lebenswelt angenehm wenige Mißverständnisse. Die Bistroisierung, die die innere City trivialisiert hat, bleibt hier aus. Es fahren keine gebräunten Herren im Sportcoupé vor. Es gibt keine Damen in weißen Hosenanzügen, die an violett gedeckten Party-Tischchen stehen, ein Sektglas in der Hand. Die Leute, die hier wohnen, haben immer mal wieder zuwenig Geld und sind deswegen damit einverstanden, wenn die ihnen vertrauten Straßenzüge nicht über Nacht schicker und teurer werden.

Deshalb täuscht sich, wer in den ausgeglichenen Momenten der Vorstadt schon die Züge einer Idylle sieht. Die Maschine der Vergesellschaftung steht nicht still, sie arbeitet hier nur diskreter und subtiler. In gewisser Weise ist die Peripherie als Lebensform sogar unerbittlicher als das Zentrum, weil die hier versammelten Beobachtungspotentiale mehr in die Tiefe gehen und ihre Ergebnisse dort länger haftenbleiben.

Dazu fällt mir die Karriere eines Inders ein, der vor langer Zeit hier im Viertel ankam. An seinem Turban war zu sehen, daß er ein Sikh war, der seine Religion nicht leichthin opfern würde. Dann aber, nach den ersten Jahren, in denen er nur die üblichen, schlechtbezahlten Jobs hatte, trat eine Wende ein. Er hatte erkannt, daß er in eine Umgebung geraten war, in der sich Religion vergleichgültigt hatte – jedenfalls nach außen hin. Er legte den Turban ab und ließ sich rasieren. Niemand weiß, ob ihm selbst diese Verzichte als Anpassungsakte bewußt waren oder ob sie naturwüchsig geschahen. Dann gelang ihm ein bedeutsamer Schritt: Er eröffnete an einer belebten Ecke einen eigenen Obst- und Gemüseladen. Er war geschickt und freundlich und stellte sich auf seine Kundschaft ein. Der Erfolg blieb nicht aus, er ließ seine Familie nachkommen und kaufte ein großes Auto. Nach weiteren drei Jahren hatte er einen Stand auf dem Wochenmarkt, der inzwischen mehr einbringt als das Hauptgeschäft. Längst hat er die Magerkeit seiner Herkunft verloren. Sein Körper hat – ich meine es nicht diskriminierend – westliche Formen angenommen. Wenn es das Wetter zuläßt, trägt er bunte T-Shirts, auf denen die Slogans des glücklichen Konsums zu lesen sind. Er scherzt auf deutsch, den Kindern seiner Kunden schenkt er eine Banane oder eine Aprikose.

Erstaunlich ist schon lange nicht mehr, daß er ein Inder ist, der deutschen Blumenkohl und italienische Kirschen verkauft. Sondern erstaunlich ist, mit welchem Aufwand er die anderen eben davon absehen machen möchte: und daß die anderen diesen Aufwand bemerken. Im langen Betrachtet-Werden durch die anderen hat seine Fremdheit den Namen gewechselt; sie heißt jetzt Verwunderung und darf unter diesem neuen Namen immer wieder anfangen, ihren Gegenstand zu studieren. Unter dem neuen Namen hat sie ein noch größeres Recht auf Dauer erworben. Und das bedeutet: Die Fremdheit war nie verschwunden, sie schwindet auch in

Zukunft nicht, sosehr sie durch Verhaltenstricks und Anpassung auch geleugnet wird. Fremdheit ist wie das vergebliche Reiben an einem Fleck. Der Fleck taucht phasenweise ab, aber nach einer Weile scheint er wieder durch, wenn auch, vielleicht, in etwas anderer Gestalt. Die Bühne für das Theater des wiederkehrenden Erstaunens stellt die Vorstadt bereit, indem sie nicht ermüdende Individuen anzieht, die sich den Drang nach Einwurzelung von keiner Erfahrung ausreden lassen (dürfen). Das Drama der Fremdheit ist hier nur scheinbar an ein Ende gekommen. Erträglich geworden ist es nur durch eine fortlaufende Sublimierungsleistung aller Beteiligten. Auf dem Grund der Anstrengung erscheint, mitten in der lebendigsten Urbanität, ein Zipfel von der Unbarmherzigkeit des Dorfes, vor der einst alle geflohen sind, auch und besonders der Inder.

Die Geschichte des aus der Ferne angereisten Obst- und Gemüsehändlers (und meine Rezeption von ihr) ist übrigens nur ein Belegstück für wunderbar präzise Überlegungen, die der Kulturphilosoph Georg Simmel in seiner 1908 erschienen *Soziologie* beschrieben hat. Simmel hatte bemerkt, daß das Sehen – gegenüber dem Hören – in den immer größer werdenden Städten von zentraler Bedeutung ist. Es gibt nach Simmel eine Trias zwischen der Stadt, dem Sozialverhalten der Menschen und dem Sehen. Die großen Irritationen des Schauens verschärfen nach Simmel die Gefühle der Vereinsamung und der Desorientierung, und zwar gerade dann, wenn sich dem äußeren Anschein nach eine Befriedung von Gegensätzen eingespielt zu haben scheint. Tatsächlich ist es so, daß sich Vorbehalte im Blick sammeln und dort nie völlig zu stillen sind. Modern ausgedrückt: »Das Auge wird zu den Stätten seiner Betrügereien zurückkehren« (Samuel Beckett).

# *Omnipotenz und Einfalt*
## Über das Scheitern

In einem Wartezimmer sagte ein Kind zu seiner Mutter: Ich langweile mich! Die Mutter gab dem Kind ihre Sonnenbrille. Das Kind setzte die Brille auf, sah ein paarmal in die Runde und stellte dann erneut fest: Mama, ich langweile mich. Die Mutter holte ihr Nagel-Necessaire aus der Handtasche und reichte es dem Kind. Das Kind öffnete das Etui, eine Pinzette und eine Nagelfeile fielen auf den Boden, und das Kind sagte schon wieder: Ich langweile mich. Jetzt machte die Mutter kein weiteres Angebot mehr. Das Kind nörgelte, quetschte das Gesicht gegen einen Ledersessel und sagte mehrmals zu den Leuten im Wartezimmer: Ich langweile mich! Zur Unterstreichung seiner Not ließ das Kind ein wenig Spucke auf den Boden tröpfeln (welch eine wunderbare Darstellung der Langeweile!) und wickelte sich ein paar Teppichfransen um seine kleinen Finger.

Es war ergreifend, das Kind scheitern zu sehen, und gleichzeitig völlig bedeutungslos. Kinder (und Tiere) scheitern, ohne bösartig zu werden. Ihr Lebensprinzip ist die problemlose Wiederholung. Sie machen alles noch einmal und noch einmal und noch einmal. Als Kinder können wir nur selten erfolgreich handeln. Die kindliche Tätigkeit bricht entweder von selbst zusammen oder wird (häufiger) von Erwachsenen beendet. Daraus erwächst eine allmähliche Einübung ins Scheitern, von der wir eigentlich hoffen sollten, daß sie uns auch im Erwachsenenleben zur Verfügung steht. Aber dann zeigt sich, daß wir das gelassene Scheitern trotz der langen Übungszeit doch nicht haben lernen können. Der erwachsene Mensch, ein Wesen mit Gedächtnis, Bewußtsein und Biographie, kann kaum ein Scheitern vergessen, im Gegenteil, es macht aus fast jedem einzelnen Mißerfolg ein bleibendes inneres Vorkommnis. Einerseits gehört das Scheitern angeblich ins Leben (mühsam nehmen wir die Belehrung hin), andererseits ist ein Übermaß davon lebensgefährlich. Aber wo ist die Grenze zwischen dem einen und dem anderen? Die Dunkelheit dieser Scheidelinie haben wir zu fürchten. Denn wir wissen: Jedes neue Scheitern kann zu einem Dementi unseres Ichs führen. Dieses Dementi ist um so fürchterlicher, weil wir es selbst in die Welt setzen. Das Dementi macht uns vorübergehend ungültig. Wir begreifen unser Scheitern nicht (an unserem Willen, es zu verhindern, hat es nicht gefehlt), wir können es nicht gelten lassen und leben doch schon darin. Das Schlimmste daran ist vielleicht: Wir können unser Scheitern nicht ausdrücken und nicht kommunizieren; nein, noch schlimmer ist, wir verheimlichen es sogar vor uns selbst. Wir leben jetzt in einem »inneren Pogrom« (Witold Gombrowicz) – solange der Nachhall des Scheiterns uns im Griff hat. Während dieses Wartens werden wir zu einem Versuchstier unserer selbst.

Viele Lebensversuche können wir nur in begrenzter Zahl wiederholen. Zur Führerscheinprüfung sind wir zwei- oder dreimal zugelassen. Zu einem Examen ebenfalls nur zweimal, höchstens dreimal. Als Ehepartner dürfen wir uns vier- oder fünfmal versuchen, zu mehr reicht unsere Lebenszeit nicht. In vielen Disziplinen ist es verboten, ein einziges Mal zu scheitern. Wir scheitern trotzdem, fühlen uns fortan als Gescheiterte und nennen uns doch nicht so; wer will sich schon selbst stigmatisieren? Es sei denn, wir sind als Gescheiterte prominent geworden und dürfen über unser Unglück öffentlich plaudern.

Zu diesen wenigen, die immer wieder (und erheblich)

scheitern und ihr Geschick (in Form von Bildern, Filmen, Büchern) nachträglich bearbeiten, gehören die Künstler. Ihr Werk macht das Scheitern zu einer Kategorie des allgemeinen Nachdenkens. Durch diese Vorturner des Scheiterns wird die Vergeblichkeit menschlich nobilitiert und gleichzeitig einsehbar. In der Liebe zur gescheiterten Biographie eines Künstlers (zum Beispiel) steckt die Anerkennung der Paradoxie, daß nur ein unmögliches Leben das von uns geliebte Werk hat hervorbringen können. Vielen Künstlern gelingt es, aus ihrem Unglück eine glanzvolle Originalität zu machen. Sie erzählen von ihrem Scheitern wie von wunderbar einstudierten Zirkusnummern. Mit Hilfe dieser virtuosen Leistungen können dann wenigstens ein paar andere Menschen über ihr eigenes, stumm gebliebenes Scheitern wenn nicht sprechen, so doch wenigstens nachsinnen – und sich dadurch (stückweise, stolpernd und temporär) von ihrem Geschick distanzieren. Auf diese Weise haben selbst schwerverdauliche Werke eine tiefe soziale Dimension, die von vielen wiederum geleugnet wird. Noch in dieser Leugnung steckt ein Akt des Niederknüppelns der eigenen Scheiternserfahrung.

War das Scheitern des Menschen nicht schon immer das Thema aller Künste? Von Samuel Beckett stammt der einflußreiche Satz: »Künstler sein heißt scheitern, wie kein anderer zu scheitern wagt.« Der Satz dringt insofern zum Kern des Problems vor, weil der Künstler oft sein ganzes Leben lang die Nähe zum scheiternden Existieren aushält. Anders gesagt: Der Künstler kann mit Scheitern nicht aufhören. Wäre der Künstler ein normaler Mensch, könnten wir ihm sagen: Hör' jetzt bitte auf zu schreiben, vier Romane von dir sind genug! Aber der Künstler ist kein gewöhnlicher (lernfähiger) Mensch, sondern ein schwer erziehbarer Narziß, der seine Sturheit für seinen besten Berater hält. Theodor W. Adorno hat aus dem Satz von Beckett (und aus vielen anderen Sätzen) eine Ästhetik des Scheiterns gemacht. Das Scheitern wird bei ihm zu einem Kennzeichen des »gelungenen« Kunstwerks. Das »falsche Leben« (Adorno) kann nicht mehr, wie früher, ein naiv schönes Kunstwerk hervorbringen; deswegen können Kunstwerke der Moderne einzig im Scheitern ihre Authentizität bewahren und dennoch ihren alten Kunstanspruch aufrechterhalten.

Durch diese Umdeutung verliert das Scheitern alles Deprimierende und Niederschmetternde. Das Scheitern wird zu einem Erkennungszeichen und gleichzeitig zu einem Qualitätsmerkmal. Freilich wird auf diese Weise der rohe Gehalt des Scheiterns auf den Kopf gestellt und ästhetisch neutralisiert. Adornos listenreiche Applikation des Scheiterns ist in den siebziger und achtziger Jahren von vielen Autoren mißverstanden worden. Viele damals entstandene Werke lesen sich heute so, es sei es deren Verfassern nur darum gegangen, ihre Werke mitsamt ihren Protagonisten möglichst schick scheitern zu lassen, damit sie in der hochgeschätzten Perspektive Adornos einen Platz finden. Es ist überhaupt die Frage, ob Samuel Beckett die richtige Leitfigur für eine Ästhetik des Scheiterns war (ist). Denn Beckett hat zwar einen präzisen Satz über das Scheitern hinterlassen, aber er selbst ist schwerlich zu den Scheiternden zu zählen; er hat bis kurz vor seinem Tod, hochgeehrt in aller Welt, arbeiten können. Natürlich ist es ein Unterschied, ob ein Künstler durch das Versiegen seiner Kräfte schnöde aufhören muß und resonanzlos auf seinem Scheitern sitzenbleibt; oder ob ein Künstler das Thema Scheitern zwar ästhetisch bearbeitet, selbst aber (wie Beckett) produktiv bleibt bis fast zum letzten Tag seines Lebens. Deswegen sollte man gerade Beckett nicht zu einer Ikone des erfolgreichen Scheiterns machen.

Zurück zum Leben! Reales Scheitern ist zwar einerseits gewöhnlich, weil es so erniedrigend alltäglich ist und deswegen wertlos scheint, aber es greift gleichzeitig tief in das menschliche Empfinden ein, weil durch das Scheitern buchstäblich alles, auch das Banale, bedeutsam wird. Für die meisten Menschen ist es eine Zumutung, daß aus der schlichten Wiederholungstätigkeit des Alltags, indem sie zuweilen fehlgeht, ein Schmerz in die Welt tritt. Genau aus diesem Stolpern und seiner Unangemessenheit in der Lebensroutine geht das Staunen über die Schöpfung hervor: Wir hätten nicht gedacht, daß soviel schiefgehen kann; daß so viele geringfügige Handlungen so oft wiederholt werden müssen, bis sie endlich gelingen; daß in der Unschuld soviel Tücke steckt.

An diesem Punkt endlich muß das Lob des Scheiterns anheben. Denn jeder Fehlschlag, der uns vorübergehend aus dem Tritt bringt, stößt uns in ein inneres Warten hinein, in dem wir nicht nur erschrecken, sondern auch – zu denken anfangen. Wer scheitert, schaut zurück, und wer zurückschaut, sinnt nach. Im Scheitern wird das Biographische selber reflexiv; allmählich bildet sich eine zusammenhängende Lebenserzählung, eine Innenwelt-Perspektive, eine nicht mehr abbrechende Sinn-Erwägung, kurz: es bildet sich Identität. Durch das momentweise (oder längere) Ausbleiben des Erfolgs, der Zuversicht oder der Kraft treten wir der herrschenden Glückssucht entgegen. Und machen darauf aufmerksam, daß es auch eine Würde des Fehlschlags gibt. In der Auseinandersetzung mit unseren Mißerfolgen phantasieren wir uns in ein anderes Ich hinein und wissen plötzlich ganz genau: Ein weiterer Autounfall darf mir nicht zustoßen; zum drittenmal darf ich nicht die falsche Frau heiraten; noch mehr Geld sollte ich bei meinen Aktienspekulationen auf keinen Fall verlieren.

Karl Valentin hat einmal empfohlen, wir sollten Fremdsprachen, da wir sie sowieso nie völlig fehlerfrei sprechen können, gleich falsch lernen. Dann ersparen wir uns eine Menge Verdruß! Der Vorschlag ist sicher ein wunderbarer Witz, aber er ist weit mehr als ein Witz, nämlich eine Anspielung darauf, daß wir sowieso in einer in großem Stil scheiternden Welt leben müssen, in der es nicht darauf ankommen kann, ein kleines nichtscheiterndes Leben aufzubauen. Ich habe leider erst spät erkannt, daß sich meine vielen kleinen, mittleren und ein paar größere Niederlagen insgesamt vorteilhaft auf mein Leben ausgewirkt haben. Das heißt, ich habe erst spät würdigen können, daß wir Lebewesen sind, die zu einem abgestuften Lebensaufbau, zu einer »gelenkten Anstrengung« (Dieter Henrich) fähig sind. Es ist uns möglich, einen biographischen Plan, wenn er sich momentweise nicht fortsetzen läßt (weil wir mit ihm gerade gescheitert sind), eine Weile ruhen zu lassen, um ihn später wieder aufzugreifen. Wir haben während dieser Unterbrechungen Gelegenheit, uns sowohl mit unserer Omnipotenz als auch mit unserer Einfalt auseinanderzusetzen. Denn beides, Omnipotenz und Einfalt, treibt uns voran. Am Montag möchten wir endlich alles können, am Dienstag doch wieder lieber nichts. Fast noch schlimmer als das eigene Scheitern ist, wenn wir einem guten Freund beim Scheitern zuschauen müssen. Dann müssen wir zur Kenntnis nehmen, daß scheiternde Menschen vollständig verrannt sind. Man kann ihnen keinen Rat geben und ihnen nicht helfen. Wir stehen daneben und wissen genau: Das wird schiefgehen, aber man selber hat die Pflicht, den Mund zu halten. Scheiternde Menschen sind auf eine ganz innerliche Weise allein. Wir dürfen nicht einmal hinterher gestehen, daß wir es geahnt haben. Das würde uns zu einem Schlaumeier machen, und das würde uns der Freund niemals verzeihen. Immerhin: Das Unverstandene an meinen Niederlagen hat einen inneren Text hervorgebracht, ohne den ich heute nicht leben möchte. Ich habe nie so rätselhaft denken können wie das, was mir zugestoßen ist. Mein Denken reichte nicht heran an die Fremdheit des Lebenswiderfahrnisse; außerdem kam es immer zu spät. Ebendiese Mängel sind jedoch seine Vorteile. Um das besser zu begreifen, sollten wir das (mögliche, wahrscheinliche) Scheitern von vornherein in unser Leben einplanen. Warum ist es eigentlich so schwer, für sich selbst einen – sagen wir – persönlichen Scheiternsplan zu entwerfen? Vielleicht so: Gemessen an meiner bisherigen Scheiternsanfälligkeit und bezogen auf meine nicht sehr ausgeklügelten Handlungspläne und auf meine nicht ganz sattelfeste Energie erwartet mich in diesem Jahr eine Scheiternsquote von vierzig Prozent. Diese Vorabeinsicht könnte mich dazu bringen, gewisse Absichten gar nicht erst umsetzen zu wollen. Und schon hätten wir, hoffe ich, unser Scheitern besser im Griff. Ein Scheiternsplan könnte uns auch davon abhalten, ein Mensch zu werden, der sein Leben lang mit irgend etwas abrechnen muß, weil ihn ein bestimmter Mißerfolg zu einem Redeneurotiker gemacht hat. Wir könnten ein Scheitern dann auch mal auf sich beruhen lassen, weil wir wüßten, schon einen Monat später kommt das nächste Scheitern auf uns zu, für das wir unsere ganze Kraft brauchen.

## *Heimat, vorgespiegelt*
Der Ort der Handlung in der Literatur

Ich erinnere mich gut an die Zeit, als ich zum erstenmal die Romane von Samuel Beckett las. Es begeisterte mich, Einzelheiten über das Leben von Molloy, Malone und Mahood zu erfahren, und ich war fasziniert von der sprachlichen Präsentation dieser Details im Text. Die Freude am Lesen war sicher auch der Grund, warum die Frage, *wo* das eigenartige Leben dieser Herren eigentlich stattfindet, mich nicht interessierte, zumindest nicht während der Lektüre. Ich war, entgegen meiner damaligen Erwartungen an den Roman als Form, plötzlich damit einverstanden, mich zusammen mit Molloy, Malone und Mahood und ihren Kameraden oder Doppelgängern Worm, Watt und Yerk in einem Niemandsland zu bewegen, in dem auch die anderen Fragen, die Leser an Protagonisten gewöhnlich herantragen, keine Rolle mehr spielten, also die Fragen danach, welchen Beruf ein Romanheld ausübt, wie alt er ist, ob er verheiratet war oder ist, kurz: all die Treppenhausprobleme, die wir geklärt haben wollen, ob im Leben oder in der Literatur.

Natürlich kann die These von Becketts Niemandsland so nicht aufrechterhalten werden. Richtig ist nur, daß Beckett, was den Ort der Handlung betrifft, sich stets sehr bedeckt hielt. Sowohl über den Ich-Erzähler des Romans *Malone stirbt* als auch über den Ich-Erzähler des Romans *Molloy* teilt Beckett nur mit, daß sie in einem Zimmer leben, über das der Autor dann keine weiteren Angaben macht. Der Eindruck des Niemandslands entsteht nur dadurch, daß beide Erzähler nicht wissen, wo sich ihre Zimmer befinden und wem sie eigentlich gehören. Mehr noch: Sie können nicht einmal sagen, wie sie in die Zimmer hineingekommen sind. Es ist interessant, daß Beckett in beiden Romanen wortwörtlich die gleichen Sätze verwendet, um die Diffusion seiner Protagonisten zu fixieren. Sowohl in *Molloy* als auch in *Malone stirbt* lesen wir: »Wie ich hierher gekommen bin, weiß ich nicht. In einer Ambulanz vielleicht, bestimmt mit irgendeinem Gefährt.«

In dem Roman *Der Namenlose* erspart sich der Autor auch diese Vermutungen. Dafür wird der Wohnort des Namenlosen fast schon üppig beschrieben, jedenfalls für Beckettsche Verhältnisse. Der Namenlose bewohnt eine Art Kanne, die abwechselnd als »Krug«, »Behälter« oder »Vase« bezeichnet wird. Am Boden des Krugs befindet sich (wie in einem Stall) Sägemehl; seine allgemeine Lage beschreibt der Namenlose so: »Gleich einem Blumenstrauß in einem tiefen Krug steckend, bin ich am Rand einer ruhigen Straße in der Nähe des Schlachthofs zur Ruhe gekommen, endlich.«

In Virginia Woolfs Roman *Die Wellen* treffen wir auf sechs jugendliche Personen, die an schmerzhaften Wegkreuzungen ihrer Biographien angelangt sind. Sie fahren, teils aus privaten, teils aus geschäftlichen Gründen, mal nach Rom, mal nach Schottland, mal nach Indien. Aber das Zentrum ihres vergangenen und zukünftigen Lebens ist London. Das wird uns nicht ausdrücklich gesagt. Wir merken es an den Straßennamen. Erwähnt werden Bond Street, Piccadilly, Regent Street, Oxford Street und andere. Dennoch kann man nicht sagen, die Autorin habe das Leben in der englischen Hauptstadt zu Beginn der dreißiger Jahre zu einem besonderen Aspekt ihres Romans gemacht. Es bleibt den ganzen Roman hindurch eine Nebensache, daß wir in London sind. Freilich ist diese Beiläufigkeit romantechnisch kalkuliert; sie verweist darauf, daß die Romanfiguren auch Räume des Bewußtseins bewohnen, die erheblich bedeutsamer sind als real vorfindliche Straßen und Häuser. Bei Virginia Woolf ist der Ort des Bewußtseins das Meer. Es erscheint in zweierlei Figuration; einmal als reales, wirklich vorhandenes Meer, an dessen Ufern man sich erholt, zerstreut, beglückt; und zweitens als Chiffre für das träumende Tätigsein der Menschen, das mit unabhängigen Bedeutungen, je nach Bedarf des Träumenden, angefüllt werden kann.

So wird das Meer einerseits zu einem Bild für die beängstigende Beweglichkeit des Lebens, gleichzeitig für dessen ebenso beängstigenden Stillstand. Beides bringt immer nur stets gleichbleibende Wellen hervor. Das Meer ist außerdem ein Bild für die schon ausgehaltene Fülle des Lebens, gleichzeitig ein Bild für dessen Leere und Wiederholungszwänge oder, anders gesagt: für seinen stets möglichen Neubeginn ebenso wie für seine bösartige, weil unfreiwillige Beendigung, für den Tod.

Wir werfen einen Blick auf das Werk eines ganz anders motivierten Autors, der nie einen Zweifel daran ließ, daß er das Land, in dem er lebte, in einem dramatischen Sinn kritikwürdig fand, und der außerdem sicher war, daß Literatur ein Mittel sei, diese Kritik unter die Leute zu bringen. Ich rede von Heinrich Böll. Für einen Autor wie Böll war schon die Wahl des Handlungsortes ein kritisch gemeinter Akt. Wir greifen seinen 1963 erstmals erschienenen Roman *Ansichten eines Clowns* heraus. In diesem Buch erfahren wir schon auf der ersten Seite, daß der Held des Romans, der Alleinunterhalter Hans Schnier, in Bonn zu Hause ist. Schnier hat ein Problem: Seine Lebensgefährtin Marie, mit der er seit Jahren unverheiratet zusammengelebt hatte, ist »zu den Katholiken übergelaufen«. So drückt sich Böll wörtlich aus, und er meinte damit, daß eine Frau wie Marie in einem katholischen Milieu keine andere Wahl hatte, als sich auch privat konform zu verhalten. Die Wahl des Wohnortes war von

Böll politisch gemeint, und sie ist damals, als der Roman erschien und sofort zu einem Bestseller wurde, auch weithin so verstanden worden. Natürlich griff Böll die Stadt Bonn nicht direkt an; sie ist nur Repräsentant einer Denkungsart, in der Kirche und Staat bestimmen durften, was eine Ehe ist. Bonn stand für die mediokre Welt der damaligen Bundesrepublik, für das hinterwäldlerische Kulturklima im vierzehnten Nachkriegsjahr. Der Roman wandte sich gegen jede Art von Schein- oder Doppelmoral, gegen christlich motivierte Lebensfeindlichkeit, gegen den Mundgeruch der Provinz. Das alles mußte damals nicht narrativ ausgeführt werden. Es genügte die Nennung des Handlungsortes Bonn. In diesem Sinn ist der politische Autor Böll auch in der Wahl seiner Handlungsorte politisch äußerst wirkungsvoll gewesen.

Ich habe, vorgeführt an weit auseinanderliegenden Beispielen, die vielleicht bekanntesten Möglichkeiten skizziert, in einem episch angelegten Text eine Topographie zu situieren: 1. Becketts stark reduktionistische Nicht-Orte, 2. Virginia Woolfs Ort als Metapher (das Meer) bei gleichzeitiger Vortäuschung eines empirischen Spielortes (London) und 3. Bölls kritisch gemeinten Verweis auf einen realen, für einen bestimmten Geist repräsentativ gewordenen Ort (Bonn). Unter progressiven Literaturkennern kann man oft die Meinung hören: Je mittelmäßiger ein Roman ist, desto genauer möchte man wissen, wo er spielt. Man kann auch die Umkehrung dazu hören: Je besser ein Roman ist, desto belangloser ist der Ort der Handlung. Beides klingt fachmännisch, beides ist falsch. In allen Romantypen, von Böll bis Beckett, spielt der Handlungsort nur eine Funktionsrolle; er übernimmt, romantechnisch gesagt, die Verankerung des Sprechers im Text. Eigentümlich ist dabei, daß die Topographie eines Romans vielleicht nur während seiner Rezeption von Belang ist. Nur solange die Lese-Zeit eines Textes anhält, solange wir als Leser selber Teil eines Textkosmos sind, wollen wir verbindlich wissen, das heißt, uns per Vorlauf und Rücklauf erinnern können, *wo* und *wie* das Zuhause des Protagonisten konstruiert ist. Hinterher, wenn wir einen Roman gelesen haben und uns nach seinem Rang fragen, wird es plötzlich zweitrangig, ob Becketts Erzähler in einer Vase hockt oder in einer Mülltonne, ob Virginia Woolfs Erzähler in Indien oder Schottland waren oder nicht oder ob der Böllsche Clown am Ende auf den Treppen des Bonner oder irgendeines anderen Bahnhofs sitzt. Wir sind hier einem Paradox auf der Spur: Ein Roman ohne Topographie ist nicht denkbar, und gleichzeitig ist die Topographie für die ästhetische Bedeutsamkeit eines Romans so gut wie ohne Einfluß.

Heinrich Böll hat 1959 einen kleinen Aufsatz mit dem Titel »Stadt der alten Gesichter« veröffentlicht. Gemeint war Köln, Bölls Heimatstadt. Als Charakteristikum der Stadt hebt der Autor die Gesichter von »Unbekannten« hervor, die auch er nicht kannte und die er dennoch immer wieder sah, viele von ihnen täglich. Es handelt sich um die Gesichter von Straßenbahnern, Straßenhändlern, Zeitungsverkäufern, Polizisten, Ladeninhabern und »müßigen Damen«, die in Cafés herumsitzen. Der Text ist eine Mischung aus Nähe und Anonymität, Heimatkunde und Sozialreport, Distanz und Menschenfreundlichkeit. Er beschreibt, was er beschreiben soll, nämlich die Fixierung eines Autors an seine Stadt, die gegen keine andere austauschbar ist. Wir begreifen, daß Heimat für einen Autor Produktionsmittel ist, und deswegen begreifen wir auch das Gegenteil (das Böll nicht erwähnt), daß der Verlust von Heimat die Einbuße der Produktivität bedeuten kann. Böll behauptet nicht, daß es nicht auch in anderen Städten alte Gesichter zu sehen gibt. Der Aufsatz beginnt so: »Köln ist *für mich* die Stadt der alten Gesichter...« Ich hebe das *für mich* hervor, denn diese Bestimmung ist wichtiger als die alten Gesichter selber. Bölls Text ist nur in einem sehr äußerlichen Sinn ein Text über Köln; er ist vielmehr eine symbolische Erklärung dafür, daß ein Autor »seiner« Umgebung sowieso nicht entkommt, auch dann nicht, wenn er dieses Entkommen versucht hat oder von Fragen religiöser, regionaler oder ethnischer Zugehörigkeit explizit nichts wissen möchte.

Das bedeutet: Im Bezug auf die alten Gesichter steckt der Reflex des Schreibens selber; er ist ein Hinweis darauf, warum aus dem in Köln geborenen und aufgewachsenen Einzelwesen Heinrich Böll ein Schriftsteller werden mußte. Die dort umhergehenden Leute mit ihren alten Gesichtern haben seine Phantasie und sein Ausdrucksbedürfnis in Bewegung gebracht; *sie* haben ihn dazu motiviert, sich diesen und jenen Text auszudenken, sie sind für den Autor ein Teil der Enträtselung des Geheimnisses, warum gerade aus ihm ein Schriftsteller werden mußte. Sie sind ein Beitrag eines Autors zur Beantwortung der unendlich rätselhaften Frage, warum *überhaupt* geschrieben wird.

In diesem – und nur in diesem – Sinn ist es für die Literatur nicht konstitutiv, ob sie in Köln oder Dublin, in Dresden oder am Bodensee »spielt«. Die Örtlichkeiten können nur erklären, warum sie dieses oder jenes Individuum in einen Schriftsteller verwandelt haben. Tatsächlich wäre der Roman *Der Mann ohne Eigenschaften* um kein Gran weniger bedeutsam, wenn uns sein Autor nicht schon auf der ersten Seite mitgeteilt hätte, daß wir uns in Wien befinden. Das gilt auch in umgekehrter Richtung. Robert Walser hat uns nicht verraten, in welcher Stadt *Jakob von Gunten* anzusiedeln ist. Es gibt Anzeichen dafür, daß es sich um Berlin handelt, aber wir, als Leser, sind nicht darauf angewiesen, daß sich diese Leerstelle füllt; der Roman braucht diese Vollständigkeit nicht, um vollkommen zu sein. In einem anderen Roman Robert Walsers, ich meine den *Gehülfen*, nennt der Autor den Ort der Handlung einmal Bärenswil, dann wieder Bärensweil. Eine Erklärung dafür gibt Walser nicht. Wir erkennen in diesem Spiel erneut den sonderbaren Doppelcharakter des Handlungsortes, sein zwiespältiges Schwanken zwischen Bedeutung und Bedeutungslosigkeit.

Vermutlich hat schon Robert Walser gewußt, daß ein allwissender Autor zu einem auktorialen Erzählen finden muß und daß sich der Kunstcharakter eines Werks stets in der Fiktion bewährt und nicht in der Empirie. Das sind gleich drei der Schlaumeier-Formeln, mit denen heutzutage jeder bessere Roman-Lehrling seinen Expertenstatus behauptet. Ich erwähne sie nur, um an ihrer Zersetzung mitzuwirken. Die Wirklichkeit des Romantextes ist so, daß keine ästhetische Reflexion sie ganz trifft; oder, anders gesagt: In der Kunstproduktion gibt es nicht nur keine gesicherten, sondern es gibt überhaupt keine Ansichten. Noch einmal anders gesagt: Der allwissende Autor war nie allwissend gewesen. Der allwissende Autor ist eine Fiktion der erzählenden Germanistik. Ein Autor weiß immer gerade soviel, wie er zur Niederschrift eines Textes wissen zu müssen glaubt. Wenn dieses Wissen nicht ausreicht, hilft nur der Zufall der Idee, das Glück des unvordenklichen Einfalls, über dessen Zustandekommen wir keine seriösen Aussagen machen können. Für unser Thema heißt das: Ich bin sicher, Robert Walser könnte die Frage nicht beantworten, warum es im *Gehülfen* gleich zwei Handlungsorte gibt (die miteinander offenkundig identisch sind, aber verschieden genannt werden), im *Jakob von Gunten* jedoch nicht einen einzigen.

Denn die Wirklichkeit der Literaturproduktion sieht so aus, daß wir nur pragmatisch urteilen sollten, das heißt von Fall zu Fall. Ist ein Roman so gebaut, daß wir am Ende der Lektüre nicht wissen müssen, wo er spielt, dann geht die Unbestimmtheit in Ordnung. Ist der Roman jedoch so angelegt, daß wir seine Spielorte gerne wissen möchten, und der Roman teilt sie uns auch mit, dann ist auch gegen diese Lösung nichts einzuwenden. Es ist offenkundig, daß sich pompös klingende Regeln von diesem dürren Sachverhalt nicht ableiten lassen. Die anspornende Enttäuschung der Kargheit liegt darin, daß Schriftsteller den Ort ihrer eigenen Literatur immer erst selber finden (oder konstruieren) müssen, ehe dieser Ort (vielleicht) auch ein Ort für Leser werden kann. Die meisten Menschen lesen nur, um ihre Unruhe zu bändigen. Vielen Dauerlesern gelingt es, die Unrast so sehr in deren Gegensatz, in ein sanftes Beschäftigtsein, zu verwandeln, daß diese nichts mehr von ihrer Herkunft verrät. Eine gelungene Lektüre versetzt sie gar in die Täuschung, im Text selber eine Art Zuhause, eine überindividuelle Heimat zu finden, von der sie gleichzeitig wissen, daß sie eine Vorspiegelung ist.

Deswegen ist der Ort der Handlung eine doppelte Notwendigkeit und eine doppelte Illusion: Der Autor braucht den Ort, um seinen Text zu organisieren, der Leser sucht den Ort des Textes, um seine Unrast zu bannen. Zum Schluß fällt mir der polnisch-englische Schriftsteller Joseph Conrad ein, gewiß nicht zufällig. Er hat viele Romane über einsame Männer geschrieben, die auf einsamen Schiffen einsame Meere überqueren. Conrad war selbst viele Jahre Seemann und Kapitän, er nannte die Seefahrt seine »Leidenschaft« und das Meer seine »launische Geliebte«, denen er anders als in einem ewigen Schwebezustand gleichwohl nicht nahesein wollte. So wurde für Conrad der Dreimaster oder der Dampfer zu einer Reise-Metapher für etwas Unfaßliches, das seines fluktuierenden Charakters wegen immer nur auf Schiffen Unterschlupf finden konnte. In diesem Sinn erlaubt uns der Ort der Handlung stets auch etwas Unerhörtes: die momentweise Besichtigung des Unaussprechlichen.

II

# *Im Niemandsland der Mitteilung*
oder: Was macht uns lachen?

## *1* Jean Paul

Die Reflexionen über den Witz und das Lächerliche, die Jean Paul in seine im Jahre 1804 erstmals erschienene *Vorschule der Ästhetik* (Programme VI, VII und IX) eingebaut hat, können als die erste zusammenhängende Humor-Theorie im deutschsprachigen Raum gelten. Die Stärke der *Vorschule* liegt in knappen, blitzlichtartig aufleuchtenden Bemerkungen, die zum Teil weit in das moderne Denken vordeuten. Zum Beispiel stoßen wir im § 33 des VII. Programms (»Die vernichtende oder unendliche Idee des Humors«) auf einen Satz, der einer späteren Humor-Auffassung gleichsam den Weg weist:

»Nach jeder pathetischen Anspannung gelüstet der Mensch ordentlich nach humoristischer Abspannung.« Das hier auftauchende Begriffspaar Anspannung/Abspannung nennt die Zerstreuung der Kompensation (durch Humor), die wir eineinhalb Jahrhunderte später, freilich theoretisch ausgebaut, zum Teil bei Freud und zum Teil bei Bergson wiederfinden werden. Bis heute werden solche brauchbar scheinenden Theorie-Splitter weiterverwendet. Ein anderes Beispiel ist die aphoristisch zugespitzte Bemerkung »Freiheit gibt Witz und Witz gibt Freiheit«, die bei Freud wiederkehrt. Die Beispiele sind insofern erhellend, weil sie Jean Pauls Darstellungsverfahren mit abbilden. Man kann dieses Verfahren als pointierende Dichotomie bezeichnen: Indem Anspannung und Abspannung einerseits und Witz und Freiheit andererseits aufeinander bezogen erscheinen, erklären sie sich wechselseitig selber, ohne daß über die Eigenart der verwendeten Begriffe Einzelaussagen riskiert werden mußten. Anteilmäßige Wahrheit über das eine oder das andere entspringt allein ihrer überraschenden und damit selber witzigen Gegenüberstellung; Jean Paul hat damit, wie wir sehen werden, das von ihm beschriebene Witz-Verfahren für seine eigene Darstellungsweise fruchtbar gemacht.

Jean Paul begriff sich, wie er in der »Vorrede zur zweiten Auflage« der *Vorschule* notierte, als »Lehrbuchschreiber«. Gemäß dieser Selbsteinschätzung teilte er seinen Stoff in eine didaktisch anmutende Anzahl von »Programmen« und diese in Paragraphen auf. Damit erweckte er nicht nur den Anschein der vollständigen Behandlung des Materials, sondern auch den Anspruch von Logizität. Die »ordentliche« Zerlegung des Materials legt die Idee nahe, der Stoff sei endlich und deswegen theoretisch ein für allemal zu fixieren. Jean Paul ist damit, sozusagen als »erster« Autor dieser Textsorte, auch ein Opfer der besonderen »Falle« dieses Themas geworden, das Überblickbarkeit immer nur vortäuscht, aber natürlich zu keinem Ende hin ausdifferenzierbar ist. Jean Paul unterscheidet insbesondere das »Lächerliche« von der »Humoristischen Poesie« (VII. Programm), den »Epischen, dramatischen und lyrischen Humor« (VIII. Programm), die »Ironie« (VIII. Programm, § 37), den »Witz« (IX. Programm, § 42) und das »Wortspiel« (IX. Programm). Zwischen den Orientierungspfeilern hat Jean Paul zahlreiche und kürzere Zwischen-Paragraphen positioniert, deren Kohärenz, wie angedeutet, nicht immer einleuchtend erscheint, so etwa die »Humoristische Sinnlichkeit« (VII. Programm, § 35), »Das Komische des Dramas« (VIII. Programm, § 39) oder auch »Der Hanswurst« (VIII. Programm, § 40).

Nicht nur formal (durch das didaktische Moment), sondern auch in manchen inhaltlichen Aspekten ist die *Vorschule* Kants *Kritik der Urteilskraft* verpflichtet. Der wichtigste Bezugspunkt auf Kant ist dessen Erörterung des Erhabenen in der *Kritik der Urteilskraft*. Auch hier wendet Jean Paul das schon erwähnte Verfahren der pointierenden Dichotomie an, was in diesem Fall lediglich bedeutet, daß er den Kantischen Begriff des Erhabenen in sein Gegenteil umdreht und schon damit zu einer griffigen Definition des Komischen gelangt: »Der Humor«, so schreibt er in § 32 des VII. Programms, ist das »umgekehrte Erhabene«; und: das »umgekehrt Erhabene vernichtet nicht das Einzelne, sondern das Endliche durch den Kontrast mit der Idee«.

Das eigentliche Kernstück der J. Paulschen Witz-Theorie sind jedoch der § 43 (»Witz, Scharfsinn, Tiefsinn«) und der § 44 (»Der unbildliche Witz«) aus dem IX. Programm. Dort, im § 43, formuliert J. Paul seinen Grundgedanken. Er lautet: »Auf der untersten Stufe, wo der Mensch sich anfängt, ist das erste leichteste Vergleichen zweier Vorstellungen – deren Gegenstände seien nun Empfindungen, oder wieder Vorstellungen, oder gemischt aus Empfindung und Vorstellung – schon Witz, wiewohl im weitesten Sinn.«

Damit das »Vergleichen zweier Vorstellungen« zustande kommt, bedarf es – siehe Überschrift – des »Scharfsinns« und des »Tiefsinns«. Diese Konzeption des Witzgeschehens steht erkennbar in einem Echo-Verhältnis zur Rolle des Witzes in der (deutschen) Romantik, obwohl die J. Paulsche Theorie nicht in diesem Anklang aufgeht. Zunächst ist aber daran zu erinnern, daß schon die Romantiker den Witz zum »schöpferisch-synthetischen Grundprinzip« erhoben hatten: »Bereits gegen Ende des 17. Jahrhunderts setzt unter dem Einfluß von englisch ›wit‹ und französisch ›esprit‹ ein Bedeutungswandel ein: ›Witz‹ meint nun etwa dasselbe wie das noch heute geläufige Fremdwort ›Esprit‹: die Gabe des geistreichen Einfalls.« Und: »Es entsteht der synthetische Begriff des auf die ›imagination‹ bezogenen Witzes als scharfsinniger Einbildungskraft (Erfindungskunst), die zum Wirklichen das diesem ähnliche Mögliche sucht. Witz wird zu einem Grundbegriff der Literaturästhetik des 18. Jahrhunderts.«

In den Athenäums-Fragmenten hat sich Friedrich Schlegel immer wieder mit dieser Rolle des Witzes in der Universalpoesie auseinandergesetzt. Für unsere Perspektive genügt ein einziges Zitat aus den *Fragmenten*, um die Nähe der romantischen zur J. Paulschen Konzeption zu verdeutlichen. So schreibt F. Schlegel: »Urbanität ist der Witz der harmonischen Universalität, und diese ist das Eins und Alles der historischen Philosophie und Platos höchste Musik.« In einem weiteren Schlegel-Zitat verbirgt sich eine brauchbare Paraphrase von Jean Pauls gesamter Witz-Theorie: »Es gibt unvermeidliche Lagen und Verhältnisse, die man nur dadurch liberal behandeln kann, daß man sie durch einen kühnen Akt der Willkür verwandelt und durchaus als Poesie betrachtet; also sollen alle gebildeten Menschen im Notfalle Poeten sein können, und daraus läßt sich ebenso gut folgern, daß der Mensch von Natur ein Poet sei, daß es eine Naturpoesie gebe, als umgekehrt.«

Die paraphrasierende Stelle, die wir im Auge haben, ist die Formulierung des »kühnen Akts der Willkür«, durch den nach Schlegel das poetische Vermögen in die Welt tritt. Methodisch betrachtet ist der »kühne Akt der Willkür« nichts anderes als das J. Paulsche »Vergleichen zweier Vorstellungen«. Interessant ist, daß sowohl das romantische als auch das witzige Vermögen nicht als eine im Subjekt eingelagerte Substanz gedacht wird, sondern sich auf frei zugängliche Akte der Willkür beruft, und das heißt: auf eine intentionale, auf Anlässe wartende Tätigkeit.

Jetzt ist auch leichter zu verstehen, warum Jean Paul in der Überschrift des § 43 außer dem »Witz« auch den »Scharfsinn« und den »Tiefsinn« genannt hat. Denn beides, Scharfsinn und Tiefsinn, sind nichts anderes als Zuträger zum Gelingen der Witzarbeit. Jean Paul präzisiert: »... der Scharfsinn findet das Verhältnis der Unähnlichkeit, d. h. teilweise Ungleichheit, unter größere Gleichheit verborgen«; der »Tiefsinn« hingegen vergleicht Materialien und Stoffe, um deren »Gleichheit zu setzen«. Oder, anders gewendet: »Der Witz im engeren Sinne findet mehr die ähnlichen Verhältnisse inkommensurabler (unanmeßbarer) Größen, d. h. die Ähnlichkeiten zwischen Körper- und Geisterwelt (...) mit anderen Worten, die Gleichung zwischen sich und außen, mithin zwischen zwei Anschauungen (...). Das witzige Verhältnis wird angeschauet; hingegen der Scharfsinn (...) lässet uns durch eine lange Reihe von Begriffen das Licht tragen, das bei dem Witze aus der Wolke selber fährt (...). Der Scharfsinn (...) muß daher seinem Namen gemäß (denn Schärfe trennt) die gegebenen Ähnlichkeiten von neuem sondern und sichten (...). Jetzo (...) tritt ganz am Horizont hervor der Tiefsinn. Dieser (...) trachtet nach Gleichheit und Einheit alles dessen, was der Witz anschaulich verbunden hat und der Scharfsinn verständig geschieden.«

Was hier anklingt, verdichtet sich gegen Ende des § 43 zu einer Art Metaphysik des Witzes, wenn man will: zu einer Versöhnung des vom Witz Getrennten. Offenkundig wollte Jean Paul die trennende Schärfe des Witzes nicht unkommentiert (und nicht als letztes Wort des Witzes) auf sich beruhen lassen, sondern in eine höhere (Geistes-)Ordnung eingebunden wissen. Der § 43 schließt denn auch mit diesen Worten: »Doch ist der Tiefsinn die ganze gegen die Unsichtbarkeit und gegen das Höchste gekehrte Seite. (...) Der Tiefsinn (...) muß, wenn er eine Verschiedenheit nach der anderen aufgehoben, (...) als ein höherer göttlicher Witz bei dem letzten Wesen der Wesen ankommen und, wie ins höchste Wissen der Scharfsinn, sich ins höchste Sein verlieren.«

Im § 44 (»Der unbildliche Witz«) führt Jean Paul einige Beispiele seiner Witz-Auffassung an und präzisiert dabei seinen Begriff vom Witz. Die Formulierung »unbildlicher Witz« meint, daß diese »älteste, reinste« Form des Witzes ausschließlich »durch den Verstand« zustande kommt. Von seinen Beispielen will ich hier nur zwei wiedergeben. Witzig ist also nach J. Paul eine Zusammenziehung wie diese: »Weiber und Elefanten fürchten Mäuse«; oder ein »attischer Witz«, etwa der Ausspruch des Kato: »Es ist besser, wenn ein Jüngling rot als blaß wird; Soldaten, die auf dem Marsche die Hände, und in den Schlachten die Füße bewegen und die lauter schnarchen als schreien.« Dabei entsteht, so Jean Paul, das »Vergnügen« (...) »nicht aus dem Beisammenstande, z.B. im obigen Beispiele der ›Weiber und Elefanten‹; sondern der ästhetische Schein (...) entsteht bloß durch die taschen- und wortspielerische Geschwindigkeit der Sprache, welche halbe, Drittel-, Viertel-Ähnlichkeiten zu Gleichheiten macht, weil für beide *ein* Zeichen des Prädikats gefunden wird. Bald wird durch diese Sprach-Gleichsetzung im Prädikat Gattung für Unterart, Ganzes für Teil, Ursache für Wirkung oder alles dieses umgekehrt verkauft und dadurch der ästhetische Lichtschein eines neuen Verhältnisses geworfen, indes unser Wahrheitsgefühl das alte fortbehauptet und durch diesen Zwiespalt zwischen doppeltem Schein jenen süßen Kitzel des erregten Verstandes unterhält, der im Komischen bis zur Empfindung steigt.«

Der Schlüssel zu einer weit vorausdeutenden Witz-Auffassung liegt in dem zitierten Satz (aus dem § 43): »Das witzige Verhältnis wird angeschauet...« Der Gedanke, daß zwischen dem schauenden und Außen-Realität rezipierenden Subjekt und frei fluktuierenden komischen Anlässen ein *Verhältnis* besteht, überschreitet nicht nur die Witz-Konzeption der Romantik, sondern gibt zugleich das Stichwort zu einer erst eineinhalb Jahrhunderte später ausformulierbaren Theorie. Jean Paul selbst hat (im § 44) den zur »Verhältnis«-Vorstellung passenden Komplementärbegriff gefunden. Es ist der Begriff der *Tätigkeit*, den Jean Paul mit diesen Worten einführt: »Wenn nun der Verstand eine solche Reihe von Verhältnissen auf die leichteste, kürzeste Weise während der dunkeln Perspektive einer anderen wahren zugleich zu überschauen bekommt: könnte man dann nicht den Witz, als eine so vielfach und so leicht spielende Tätigkeit, den angeschaueten oder ästhetischen Verstand nennen ...« Durch den Einfall, die Witzarbeit des Menschen ein Verhältnis zu nennen und dieses Verhältnis als eine Tätigkeit zu fundieren, tritt erstmals das Konzept einer stets regsamen, komischen Empfindung auf, einer (sozusagen) biographiebegleitenden Reflexion, die dem Menschen als Vermögen eigen ist (oder doch sein kann) und die Jean Pauls *Vorschule* bis heute inspiriert und weitblickend erscheinen läßt.


## 2 *Henri Bergson*

*Das Lachen*, ein »Essay über die Bedeutung des Komischen« des französischen Philosophen Henri Bergson (1859 bis 1941) ist erstmals 1899 erschienen. Die Arbeit faßt drei Untersuchungen (»Von der Komik im allgemeinen«, »Die Komik der Formen und die Komik der Bewegungen« und »Die Ausdehnungskraft der Komik«) zusammen, die gemeinsam auf eine Generalthese hinauslaufen, die der Autor so umreißt: »Das Lachen ist (...) ein Korrektiv und dazu da, jemanden zu demütigen. Infolgedessen muß es in der Person, der es gilt, eine peinliche Empfindung hervorrufen. Durch ihr Gelächter rächt sich die Gesellschaft für die Freiheiten, die man sich ihr gegenüber herausgenommen hat. Das Lachen würde seinen Zweck verfehlen, wenn es von Sympathie und Güte gekennzeichnet wäre.«

Diese Perspektive macht Bergsons Ansatz zur rigidesten unter allen Humor-Theorien. Bergson betrachtet das komische Geschehen nicht als Qualität des Subjekts, in dem es doch sein Zentrum hat, sondern als Regulativ der »anderen«, denen es erlaubt ist, das Lachen als Disziplinierungsmittel einzusetzen. Deswegen untersucht Bergson auch nicht, was im je einzelnen, der eine komische Regung empfindet, vor sich gehen mag; oder wie komische Empfindungen im Innenraum des Menschen zu konstruieren seien. Bergson interessiert, was gesellschaftlich geschieht, wenn ein einzelner Mensch von anderen verlacht wird, und aus welchen Gründen dieses Lachen ausgelöst wird. Sein Befund ist eindeutig: »Das Lachen soll (...) separatistische Tendenzen unterdrücken. Seine Aufgabe ist es, (...) den Einzelnen allen anderen wieder anzupassen, die Ecken abzuschleifen.« Er scheut sich deswegen nicht, das Lachen »für den, dem es gilt«, eine »soziale Züchtigung« zu nennen.

Eine erste Kennzeichnung weniger des Lachens selbst als der Umgebung, in der es auftritt, gibt Bergson mit seiner These: »Es gibt keine Komik außerhalb dessen, was wahrhaft menschlich ist.« Nach Bergson ist der Mensch nicht nur das einzige Wesen, das gewisse Erscheinungen komisch finden kann und diesen Eindruck im Lachen äußert; sondern die komischen Motive des Lachens selbst gehören durchweg dem Bereich des menschlichen Lebens an. »Eine Landschaft mag schön, lieblich, großartig, langweilig oder häßlich sein, komisch ist sie nie.« Auch wenn wir – zum Beispiel – über ein

Tier lachen, dann nur, weil wir nach Bergson »einen menschlichen Zug oder einen menschlichen Ausdruck an ihm entdeckt haben«.

Als zweites Charakteristikum betont Bergson die Teilnahmslosigkeit, die das Lachen gewöhnlich begleite. Verständnis, Sympathie, Mitleid, Anteilnahme oder gar Liebe (zu dem belachten Objekt) beraubt die Wirkung des Komischen ihrer durchschlagenden Kraft, die sich in der körperlichen Explosion des Lachens Geltung verschafft. »Die Komik bedarf also einer vorübergehenden Anästhesie des Herzens, um sich voll entfalten zu können.« Und weiter: »Gleichgültigkeit ist ihr (der Komik) natürliches Element. Das Lachen hat keinen größeren Feind als die Emotion.«

Die Abwesenheit von Empathie führt bei Bergson zur dritten Kennzeichnung des Lachens, seiner gemeinschaftlichen Praxis: »Unser Lachen ist immer das Lachen einer Gruppe.« Denn: »Offenbar braucht das Lachen ein Echo. Wir würden die Komik nicht genießen, wenn wir uns allein fühlten.« Die verbindende Wirkkraft, die das Gemeinschaftserlebnis des Lachens auslöst, ist nach Bergson der Intellekt: Komik »wendet sich an den reinen Intellekt. Dieser Intellekt muß nun aber mit anderen Intellekten in Verbindung bleiben. (...) Komik entsteht innerhalb einer Gruppe von Menschen, die einem einzelnen unter ihnen ihre volle Aufmerksamkeit zuwenden, indem sie alle persönlichen Gefühle ausschalten und nur ihren Verstand arbeiten lassen.«

Die kampfartige Situierung des Lachens – auf der einen Seite die Lacher, auf der anderen der oder die Verlachte – ist die Folie für die von Bergson in vielerlei Varianten vorgetragene Begründung des Lachens: Es wird ausgelöst, wenn einer Gruppe von Menschen an einem einzelnen ein Zuviel an Starre und Unlebendigkeit auffällt und damit der Eindruck entsteht, daß »etwas Lebendiges von etwas Mechanischem überdeckt wird«. Was das Gelächter erregt, ist die »vorübergehende Verwandlung einer Person in ein Ding«. Und es ist nach Bergson das gleiche Gelächter, welches – mit seiner erzieherischen Wirkung – die Rückverwandlung eines Dings in eine Person zuwege bringt. Denn darin sieht der französische Philosoph die »soziale Funktion« des Lachens: »Die menschliche Komik verkörpert also eine individuelle oder kollektive Unvollkommenheit, die nach einer unmittelbaren Korrektur verlangt. Und diese Korrektur wird durch das Lachen besorgt. Das Lachen ist eine bestimmte soziale Geste, die eine bestimmte Art des Abweichens vom Lauf des Lebens und der Ereignisse sichtbar macht und gleichzeitig verurteilt.«

Die Beispiele, die Bergson für seine Entdeckung bringt, daß wir über »alles Steife, Fertige, Mechanische in den Gebärden, Haltungen und sogar in den Gesichtszügen« lachen, sind in ihrer überwiegenden Anzahl überzeugend, weil evident. Aber es gibt auch einige wenige, die sich bei genauerer Betrachtung gegen Bergsons Theorie resistent erweisen. Ihr Scheitern (als Beispiele) kann sich erst heute zeigen, weil wir erst heute ein Problem reflektieren können, das am Ende des 19. Jahrhunderts nicht einmal als Ahnung in die Theoriebildung hat eindringen können, nämlich das Problem der gelingenden oder nicht gelingenden Überwindung der Standortgebundenheit des Betrachters. Für beide Sorten von Beispielen möchte ich je ein Exemplar hier anführen; zunächst das theoriebestätigende Beispiel:

»Betrachten wir zum Beispiel die Gebärden eines Redners. Sie wetteifern mit seinen Worten. Die Gebärde ist eifersüchtig auf das Wort, deshalb läuft sie hinter dem Gedanken her. Auch sie will den Gedanken übersetzen dürfen. Soll sie, dann aber muß sie sich die Mühe nehmen, dem Gedanken auf allen seinen Wegen zu folgen. Ein Gedanke ist etwas, das im Lauf einer Rede wächst, das Knospen treibt, blüht und reift. Nie bricht er ab, nie wiederholt er sich. Jeden Augenblick muß er sich ändern, denn sich nicht mehr ändern heißt nicht mehr leben. Ebenso lebendig sei daher die Gebärde! Sie gehorche der Grundregel des Lebens und wiederhole sich nie! Doch was geschieht statt dessen? Jene Bewegung des Arms oder des Kopfes, immer dieselbe, kehrt sie nicht regelmäßig wieder? Falls ich dies als Zuhörer bemerke, falls es genügt, um mich abzulenken, falls ich unwillkürlich auf die Bewegung warte, und sie kommt, wenn ich sie erwarte – dann muß ich wider Willen lachen. Weshalb? Weil ich jetzt einen Mechanismus vor mir sehe, der automatisch arbeitet. Das ist nicht mehr Leben, das ist ins Leben eingebauter und das Leben imitierender Automatismus. Es ist Komik.«

Überzeugend arbeitet Bergson hier den komischen Effekt heraus. Er ergibt sich aus der Konkurrenz der beiden Arten des Ausagierens (sprechen und gestikulieren), die der Redner nicht hinnehmen will und gerade deswegen zu deren Opfer wird, jedenfalls in der (komischen) Rezeption des Betrachters. Wie aber funktioniert die komische Rezeption im folgenden Beispiel:

»Komisch ist eine Person, die automatisch ihren Weg geht, ohne sich um den Kontakt mit anderen zu bemühen. Das Lachen ist dazu da, den Einzelgänger zurückzuholen und aus seiner Zerstreutheit zu wecken.«

Verwundert fragen wir uns, was an einer Person, die ihres Weges geht, objektiv komisch sein soll oder kann. Bergson fügt zwar, um das Beispiel seiner Theorie anzuschmiegen, noch das Wort »automatisch« hinzu; und doch fühlen wir, daß das Adjektiv das Beispiel nicht wirklich im Sinne der Theorie fruchtbar macht. Im Gegenteil, es weist auf eine Inkonsistenz der Theorie hin. Man könnte sagen: Es macht die Theorie zum Opfer ihrer eigenen Rigidität. Denn nicht jeder, der allein seines Weges geht, ist deswegen schon ein Einzelgänger – aber er wird prompt von Bergsons »sozialer Züchtigung« erwischt. Bergson unterscheidet nicht zwischen Einzelgängern und einzeln Gehenden, weil er in beiden Typen den Gestus der Absonderung entdecken muß, den es gemäß seiner Theorie (und im »Auftrag« der »anderen«) zurechtzubiegen gilt. Man kann behaupten, daß an dieser Stelle zwar nicht Bergsons ganze Theorie, mindestens aber ihre soziale Implikation kippt. Denn es ist leicht, das Beispiel des einzeln Gehenden gegen Bergsons Wahrnehmungsweise zu wenden, der selber (ein von Bergson unentdeckter) Automatismus zugrunde liegt. Denn der einzelne, den Bergson hier ins Visier nimmt, kann genausogut Subjekt der komischen Regung werden wie die Gruppe, die stets meint, den einzelnen seiner Vereinzelung wegen verlachen zu können. Das Thema der komischen Empfindung wäre dann allerdings nicht der einzelne, sondern im Gegenteil die Gruppe, und zwar der Künstlichkeit ihrer Zusammensetzung wegen und der vermeintlichen Auslegungsautorität, die sie aus ihrer bloßen Überzahl ableitet. Doch dieser Umkehrungsgedanke konnte (trotz des dafür geeigneten Beispiels) Bergson nicht kommen, weil durch ihn die Kohärenz seiner Theorie empfindlich geschwächt worden wäre.

## 3 *Sigmund Freud*

Die Anregung zu seinem Essay *Der Witz und seine Beziehung zum Unbewußten*, der erstmals 1905 erschien, verdankte Freud vermutlich einer Bemerkung seines Freundes Wilhelm Fließ, dem 1899 bei der Lektüre der Korrekturfahnen zur *Traumdeutung* aufgefallen war, daß die von Freud dargestellten Träume »zuviele Witze« enthielten. Freud selbst erwähnt diesen Hinweis in einer Fußnote in der ersten Auflage der *Traumdeutung* (VI. Kapitel). Schon zwei Jahre zuvor hatte Freud Wilhelm Fließ brieflich mitgeteilt, daß er eine »Sammlung tiefsinniger jüdischer Geschichten« angelegt habe. Mit der Ausbreitung ebendieser Sammlung beginnt auch die Abhandlung über den Witz. Es sind Anekdoten, die entweder auf einen Witz hinauslaufen oder selbst schon fertige Witze sind. Weit über die Hälfte des Textvolumens der Witz-Schrift hat Freud auf die Ausbreitung und Charakterisierung des Witz-Materials verwendet, ehe er, in Teil B und C (synthetischer und theoretischer Teil), auf den eigentlich analytischen Gehalt zu sprechen kam, nämlich auf den Lust-Mechanismus, der Freuds Auffassung nach Witzen zugrunde liegt.

Zunächst jedoch arbeitet sich Freud durch sein eigenes Witz-Material hindurch und versucht, Kategorien für die verschiedenen Arten von Witzen zu finden, obgleich solche bloß philologischen Zuteilungen nicht im Zentrum seines Interesses gestanden haben dürften. Sie bleiben dann auch unbefriedigend, weil sie den Gesamtbereich des witzigen Erzählgeschehens einzuteilen vorgeben und diese Ordnung aber dann doch notwendig schuldig bleiben müssen. Beispielsweise bezeichnet Freud Witze, die sich durch »schlagfertige Umkehrung«, durch »Eingehen der Abwehr auf die Aggression« auszeichnen, als »Unifizierungswitze«; das heißt, in diesem Fall soll schon das Moment der Schlagfertigkeit die Kategorie stiften. An anderer Stelle etikettiert er Witze, die nach seiner Einschätzung die menschliche Dummheit thematisieren, wenig erhellend als »Dummheitswitze«. Auf diese Art fährt Freud fort, Witz-Kategorien nur dadurch zu finden, indem er deren inhaltliche oder rhetorische Eigentümlichkeit zu Artenbezeichnungen erhebt. Ein drittes Beispiel für solche Kategorien, die über die naheliegende Namensgebung hinaus nicht viel leisten, sind die »Gleichniswitze«. Die Auflösung lautet erwartungsgemäß: Gleichniswitze sind Witze, denen ein Gleichnis zugrunde liegt.

Seinen eigentlichen Verstehensansatz des Witzgeschehens entnahm Freud früheren, eigenen Theoriestücken. Der Witz-Essay liest sich über weite Strecken wie ein modifiziertes Selbstzitat, jedenfalls in seinen spezifischen theoretischen Annahmen. Denn Freud griff auf Konstrukte zurück, die er bereits in der *Traumdeutung* (1899) ausgeführt hatte. Für die Traumbildung hatte Freud drei – hier stark verkürzt und vergröbert wiedergegebene – Stadien unterschieden: Zunächst die Versetzung der »vorbewußten Tagesreste« ins Unbewußte, wobei die Bedingungen des Schlafzustands als mitbeteiligt gedacht werden müssen, zweitens die eigentliche Traumarbeit im Unbewußten (der manifeste Trauminhalt wird von Freud als verstümmelte und abgeänderte Umschrift gewisser psychischer Bildungen verstanden, die, in ihre Bestandteile zerlegt, die »Assoziationsfäden« zugänglich machen, »die von jedem der isolierten Elemente ausgehen«) und drittens die »Regression des so bearbeiteten Traummaterials auf die Wahrnehmung, als welche der Traum bewußt wird«.

Die innerpsychische Funktionsweise von Witzen hat nun insofern Ähnlichkeit mit der Traumbildung, weil bei beiden Vorgängen Hemmungen aufgehoben beziehungsweise umgangen werden. Die »weitgehenden Übereinstimmungen« mit der Traumarbeit fand Freud bei der Aufdeckung von Witztechniken, von denen er besonders zwei in das Zentrum seiner Überlegungen stellt: die sogenannte Technik der »Verdichtung« (mit und ohne Ersatzbildung) und die Technik der »Verschiebung«. Die Leistung beider Operationen besteht darin, unzugänglich gewordene »Lustquellen« wieder ergiebig zu machen. Sie erst geben den Blick frei auf den Mechanismus, der nach Freud dem Lachen zugrunde liegt. In der »Verdichtung« sieht er den »Kern der Technik des Wortwitzes«. Was unter einer Verdichtung zu verstehen ist, hat Freud anhand zahlreicher Beispiele erläutert. Eines der eingängigsten hat er den *Reisebildern* von Heinrich Heine entnommen, und zwar dem Text »Die Bäder von Lucca«. Darin tritt der Lotteriekollekteur Hirsch-Hyacinth aus Hamburg auf, der sich Heine gegenüber seiner Beziehungen zu Baron Rothschild rühmt und schließlich sagt: »Und so wahr mir Gott alles Gute geben soll, Herr Doktor, ich saß neben Salomon Rothschild und er behandelte mich ganz wie seinesgleichen, ganz famillionär.«

Der Witz liegt erkennbar in der Wortbildung »famillionär«. Die Elemente des Wortes verdichten sich mit Hilfe der Silbe »mil« in den Worten »Familie« und »Million«. Die Ersatzbildung besteht in der Herstellung eines (neuen) Mischworts (»famillionär«), welches den Witz hervorbringt. Diese Verdichtungsarbeit war Freud aus der Analyse von Träumen bekannt; nur werden im Traum nicht Mischgebilde erzeugt, sondern »Bilder, die völlig einem Objekt oder einer Person gleichen bis auf eine Zutat oder Abänderung, die aus anderer Quelle stammt, also Modifikationen ganz wie in den Witzen ...«

Für die Technik der Verschiebung sei ebenfalls ein Beispiel zitiert: »Ein Verarmter hat sich von einem wohlhabenden Bekannten unter vielen Beteuerungen seiner Notlage 25 fl. geborgt. Am selben Tage noch trifft ihn der Gönner im Restaurant vor einer Schüssel Lachs mit Mayonnaise. Er macht ihm Vorwürfe: ›Wie, Sie borgen sich Geld von mir aus und dann bestellen Sie sich Lachs mit Mayonnaise. *Dazu* haben Sie mein Geld gebraucht?‹ ›Ich verstehe Sie nicht‹, antwortete der Beschuldigte, ›wenn ich kein Geld habe, kann ich nicht essen Lachs mit Mayonnaise, wenn ich Geld habe, darf ich nicht essen Lachs mit Mayonnaise. Also wann soll ich eigentlich essen Lachs mit Mayonnaise?‹«

Der Verschiebungs-Witz funktioniert aufgrund einer Ablenkung; die »psychische Arbeit« (Freud) verschiebt sich vom Moment der Verarmung auf das Moment eines zwar immer noch ungerechtfertigten, aber dennoch scheinlogisch gewordenen Luxus. Der Verschiebungs-Witz ist also »in hohem Grade unabhängig vom wörtlichen Ausdruck. Er hängt nicht am Worte, sondern am Gedankengange«. Der Witz gestattet dem Hörer den Übergang von einem Sinn-Zusammenhang in einen anderen. »Die Verschiebung gehört (...) der Arbeit an, die den Witz hergestellt hat, nicht jener, die zu seinem Verständnis notwendig ist.«

In beiden Witz-Formen erkannte Freud Wirkungen, die sowohl für den Witze-Erzähler als auch für den Witze-Zuhörer verborgene Lustquellen neu erschließen. Die Lust entsteht durch die »Tendenz zur Ersparnis« von psychischen Energien. Im ersten Fall, der Heine-Anekdote, »erspart« sich der Erzähler ein Eingehen auf komplexe psychische Gegebenheiten, nämlich die umständliche Klärung des Verhältnisses der eigenen Armut zur gastweise genossenen Üppigkeit bei Baron Rothschild, und drückt sie (mit dem Mischwort) dennoch aus; im zweiten Beispiel (Lachs mit Mayonnaise) erspart sich (und: verbittet sich) der bei der »Verschwendung« des geborgten Geldes Ertappte eine Kritik seines Verhaltens – und weist diese Kritik zugleich zurück, ohne dabei (wie im ersten Beispiel) auf den verletzenden Kern der Kränkung eingehen zu müssen.

Diese »Ersparnisse« (an Hemmungs- und Unterdrückungsaufwand) sind es, die uns nach Freud den Lustgewinn an den Witzen bringen: »... der Lustgewinn entspricht (...) dem ersparten psychischen Aufwand«. Die ersparende Tendenz beherrscht laut Freud alle Witz-Techniken, sie ist das

»letzte Gemeinsame« der gesamten Wortwitztechnik. Denn der »Hauptcharakter der Witzarbeit« besteht darin, »Lust frei zu machen durch Beseitigung von Hemmungen«. Das Lachen entsteht also, wenn ein »früher zur Besetzung gewisser psychischer Wege verwendeter Betrag von psychischer Energie unverwendbar geworden ist, so daß er freie Abfuhr erfahren kann«. Die freie Abfuhr ist das Lachen. Der Witz-Hörer »lacht (...) den Betrag gleichsam ab«.

Freud hatte freilich bemerkt, daß seine Witz-Theorie nur jenen Bereich des humorvollen Erzählgeschehens umgreift, der der Form nach dem mehr oder weniger strukturierten Aufbau von Witzen entspricht. Jeder Witz hat, damit er technisch funktionieren kann, eine festgefügte Form, an deren Ende eine Pointe steht. Die Wiedererzählung eines Witzes ist nicht daran gebunden, daß seinem Erzähler selbst komisch oder lustig zumute ist. Die Inszenierung der Lust am Humor (durch den Witz) ist also entscheidend an Form fixiert. Von den anderen Formen des heiteren Erzähl- oder Empfindungsvergnügens und seiner Entstehungsgründe schrieb Freud nur mit dem Eingeständnis schwindender Kompetenz. Gemeint sind die freieren Formen des Komischen, der Satire, der Ironie und des Scherzes, die in Freuds Witz-Theorie nicht recht hineinpassen, weil sie nicht (wie der Witz) formalisiert weitergegeben werden können, sondern viel stärker an die persönliche Erfahrungsweise desjenigen gebunden sind, der diese Formen für seine individuelle Erheiterung in Anspruch nimmt. »An das Problem des Komischen selbst wagen wir uns nur mit Bangen heran«, schrieb Freud; und: »Wir beabsichtigen wirklich nichts anderes als jene Gesichtspunkte, die sich uns als wertvoll für den Witz erwiesen haben, eine Strecke weit ins Gebiet des Komischen zu verfolgen.«

Es drängt sich die Vermutung auf, daß Freud die Untersuchung des Komischen auch deshalb nicht weiter ausgeführt hat, weil er zutreffend erkannt hatte, daß sein Verstehensvorschlag der »Ersparnis« (von psychischer Energie) für das viel offenere Gebiet des Komischen nicht ausreichte. Freilich muß erwähnt werden, daß Freud mehr als zwanzig Jahre später noch einmal, wenn auch viel kürzer, zwar nicht ausdrücklich auf den Witz, so doch auf den Humor zu sprechen kam: in dem 1927 erstmals veröffentlichten Aufsatz »Der Humor«. Nicht nur grenzt Freud in diesem nur knapp fünf Druckseiten starken Essay den Humor eindeutig gegen den Witz ab. Er behält dem Witz gegenüber auch seine frühere Ersparnis-Idee bei, aber der Humor erfährt doch eine neue Betrachtungsweise. Freud gesteht nun den strategischen Gebrauch zu, der vom Humor gemacht werden kann, indem er ihn als Beziehungsverhältnis zwischen Außenwelt und Subjekt begreift – ähnlich wie Jean Paul. Jetzt hat der Humor etwas »Großartiges und Erhebendes«: »Das Großartige liegt offenbar im Triumph des Narzißmus, in der siegreich behaupteten Unverletzlichkeit des Ichs.« Und: »Der Humor ist nicht resigniert, er ist trotzig, er bedeutet nicht nur den Triumph des Ichs, sondern auch den des Lustprinzips, das sich hier gegen die Ungunst der realen Verhältnisse zu behaupten vermag.« In dieser späten Einschätzung erkennen wir den Humor, den schon Jean Paul zwar nicht beschrieben, aber mit zwei entscheidenden Stichworten (Verhältnis/Tätigkeit) ins Auge gefaßt hat: als inneres Potential, das sowohl zur Souveränisierung als auch zum Selbstschutz der Subjekte verwendet werden kann.

## 4 Helmuth Plessner

Den Philosophen und Kulturanthropologen Helmuth Plessner (1892–1985) haben ästhetische Fragen im Umkreis des Themas Humor nicht interessiert. Das Problem, wie (zum Beispiel) das Komische vom Humoristischen zu trennen oder wo die Grenzlinie zwischen Scherz und Ironie zu ziehen sei, wird in seinem 1941 erstmals publizierten Essay *Lachen und Weinen* deshalb auch nicht erörtert. Statt dessen gibt Plessner Antwort auf eine Frage, die wiederum von Humor-Ästhetikern nicht gestellt wird und nicht gestellt werden kann: warum Menschen *überhaupt* lachen (und weinen). Seine Analyse steht deshalb nicht mehr, wie Plessner in der Einleitung schreibt, »im Dienste der Ästhetik des Komischen, des Witzes, der Tragödie, nicht der Psychologie des Humors und der Gefühle, sondern der Theorie der menschlichen Natur (...). Unsere Untersuchung liegt in der Linie einer Theorie des menschlichen Ausdrucks. Wir wollen Lachen und Weinen als Ausdrucksformen begreifen«.

Nach Plessner lebt jeder Mensch in einem (ihm) selbstverständlichen Zusammenhang, der gleichzeitig leibseelisch, sozial und historisch definierbar ist. Diesen Zusammenhang nennt Plessner »Bewandtnis«: »Bewandtnis haben heißt für den Menschen: sich an etwas halten können, weil es das ist und nicht jenes, und mit ihm etwas anfangen können. Etwas als etwas ansprechen können – auf die Gefahr hin, daß es widerspricht; Etwas zu etwas machen können – auf die Gefahr hin, daß es sich dem Zugriff entzieht; Etwas als etwas gelten lassen – auf die Gefahr hin, daß es sich als etwas anderes entpuppt. Mit dieser Gliederbarkeit, Stabilität und Beweglichkeit, einem Minimum von Eindeutigkeit und Elastizität, Ordnung und Bildsamkeit, Geschlossenheit und Offenheit rechnet das Leben.«

Dieses Eingebundensein in (äußere) soziale und innere (psychische) »Bewandtnisse« ist nach Plessner auch die Quelle für zahllose komische Konflikte: »Auf dem Hintergrund solcher Ansprüche, wie sie der Mensch erhebt: auf Individualität, also Einzigkeit, Einmaligkeit und Unvertretbarkeit, auf Würde, Beherrschtheit, Elastizität, Ebenmaß, Einklang zwischen Leib, Seele, Geist – kann so gut wie alles, was er ist, hat und tut, komisch wirken (...). Eigentlich komisch ist (nur) der Mensch, weil er mehreren Ebenen des Daseins zugleich angehört. Die Verschränkung seiner individuellen in die soziale Existenz, seiner moralischen Person in den leibseelisch bedingten Charakter und Typus, seiner Geistigkeit in den Körper eröffnet immer wieder neue Chancen der Kollision mit irgendeiner Norm.«

Für derartige »Kollisionen« nennt Plessner einige Beispiele: »Ähnlichkeit, die zwei Menschen nicht mehr unterscheidbar macht, ist lächerlich; Nachahmung von Gesicht, Tonfall, Bewegungen – lächerlich; Verwechslung – lächerlich; Verkleidung (und jede Kleidung, die lange genug aus der Mode ist, und nicht zu lange, um bereits unserer Einfühlung entglitten zu sein, wirkt als Verkleidung) – lächerlich. Unproportionierte Formen, ungeschicktes Benehmen, Übertriebenheiten jeder Art, Monomanien, Zerstreutheiten, Fixiertheiten: unerschöpfliche Quellen der Komik...«

Auf die »Bewandtnis«, die wir im Zusammenspiel mit der äußeren Lebenswelt sowohl vorfinden als auch konstruieren, antworten wir nach Plessner keineswegs mit leibseelischer Identität. Im Gegenteil; der Mensch ist sozusagen Träger von gleich zwei Ordnungen, die er immerzu miteinander vermitteln muß: »Ein Mensch ist immer zugleich Leib (Kopf, Rumpf, Extremitäten mit allem, was darin ist) – auch wenn er von seiner irgendwie ›darin‹ seienden unsterblichen Seele überzeugt ist – und *hat* diesen Leib als diesen Körper.« Die

Doppelrolle des Menschen heißt also: er lebt »als Leib im Körper« in der »ständig neu auszugleichenden Spannung und Verschränktheit zwischen Körper Sein und Körper Haben«, und das wiederum heißt: Jeder Lebende muß »damit fertig (...) werden«, daß »man einen Leib bewohnt und zugleich ein Leib ist«.

Zur Bewältigung dieses komplizierten Programms der »vermittelten Unmittelbarkeit« steht uns ein Verhalten zur Verfügung, das Plessner die »exzentrische Position« nennt. Diese Position hilft uns, das »Irgendwo-irgendwann-Darinstehen« auszuhalten: »Bald steht die menschliche Person ihrem Körper als Instrument gegenüber, bald fällt sie mit ihm zusammen und ist Körper. Wo immer es auf Beherrschung der körperlichen Mechanismen ankommt, beim Handeln und Sprechen, in der Zeichengebung, in Gesten und Gebärden, erfährt der Mensch die Doppeldeutigkeit physischen Daseins (...). Ohne Gewißheit der Binnenlage meiner selbst in meinem Körper keine Gewißheit unmittelbaren Ausgeliefertseins meiner selbst als Körper an Wirkung und Gegenwirkung der anderen körperlichen Dinge. Und umgekehrt: Ohne Gewißheit des Draußenseins meiner selbst als Körper im Raum der körperlichen Dinge keine Gewißheit des Drinseins meiner selbst in meinem Leib (...). Eines läßt sich nicht vom anderen trennen, eines bedingt das andere, wie es von ihm bedingt wird (...). Diese Position, Mitte und an der Peripherie zugleich zu sein, verdient den Namen der Exzentrizität.«

Diese Exzentrizität bringt nun, so Plessner, zahlreiche Lebenslagen hervor, in denen uns der Bezug auf eine »Bewandtnis« versagt bleibt. Solche Krisensituationen sind gleichsam die Einfallsstellen für Plessners Theorie des Lachens (und Weinens). Wenn wir beispielsweise – physisch oder psychisch – mit etwas »eigentlich nicht fertig werden«, wenn wir gar die »Beherrschung« verlieren und es »mit der sachlichen Verarbeitung« einer Situation »fürs Erste zu Ende ist«, dann müssen wir lachen (oder weinen). Derlei Zuspitzungen begreift Plessner als »Grenzfälle menschlichen Verhaltens«: »Es handelt sich um Situationen, denen gegenüber keine wie immer geartete sinnvolle Antwort durch Gebärde, Geste, Sprache und Handlung noch möglich ist. Mit dem verschwundenen Woraufhin eines möglichen Ausgleichs im Doppelsinn seiner körperlichen Existenz ist also die Desorganisation notwendigerweise da (...) Unbeantwortbarkeit der Situation und zugleich Lagen erregen Schwindel. Der Mensch kapituliert als Person, er verliert den Kopf (...) Unbeantwortbare und *nicht* bedrohende Lagen dagegen erregen Lachen oder Weinen. Der Mensch kapituliert als Leibseele-Einheit, d.h. als Lebewesen, er verliert das Verhältnis zu seiner physischen Existenz, aber er kapituliert nicht als Person (...) Der außer Verhältnis zu ihm geratene Körper übernimmt für ihn die Antwort, nicht mehr als Instrument von Handlung, Sprache, Geste, Gebärde, sondern als Körper. Im Verlust der Herrschaft über ihn, im Verzicht auf ein Verhältnis zu ihm bezeugt der Mensch noch sein souveränes Verständnis des Unverstehbaren, noch seine Macht in der Ohnmacht, noch seine Freiheit und Größe im Zwang. Er weiß auch da noch eine Antwort zu finden, wo es nichts mehr zu antworten gibt.«

Interessant an dieser »geniale(n) Deutung von Lachen und Weinen« (Jürgen Habermas) erscheint, daß sich in diesen wortlosen Entäußerungen dennoch Ausdruck ereignet, eine vor- oder übersprachliche, phonetisch-körperlich gemischte Reaktion. Das in diesen Ausdrucksweisen befangene Subjekt befindet sich sozusagen in einem Niemandsland der Mitteilung. Dabei ist die Plessnersche Deutung nicht so zu verstehen, daß sich das Subjekt während des Ablaufs dieser

Reaktionen gleichsam entindividualisiert. Im Gegenteil; die Lachenden (oder Weinenden) teilen (anderen) zwar nichts prädikativ Bestimmbares mit, aber sie gewinnen ihre vormalige innere Vollständigkeitsüberzeugung wieder zurück. Man könnte sagen: wer lacht oder weint, wirkt nicht-sprachlich auf sich selbst ein: »Indem er lacht, überläßt er seinen Körper sich selbst, verzichtet somit auf die Einheit mit ihm, die Herrschaft über ihn. Mit dieser Kapitulation als leibseelisch-geistige Einheit behauptet er sich als Person. Der außer Verhältnis zu ihm geratene Körper übernimmt für ihn die Antwort; nicht mehr als Instrument für Handeln, Sprechen, Gesten, Gebärden, sondern in direktem Gegenstoß. Im Verlust der Herrschaft über ihn, in der Desorganisation bezeugt der Mensch noch Souveränität in einer unmöglichen Lage (...) Indem er unter sein Niveau beherrschter oder wenigstens geformter Körperlichkeit sinkt, demonstriert er gerade seine Menschlichkeit: da noch fertig werden zu können, wo sich nichts mehr anfangen läßt.«

An anderer Stelle erläutert Plessner, daß dieses Mit-etwas-nichts-mehr-anfangen-Können nicht besagt, »mit seiner Geduld, seinen Kräften zu Ende zu sein oder von einer Sache, einem Menschen genug haben, sondern an eine Grenze gekommen sein, die nicht nur faktisch, sondern prinzipiell jede Möglichkeit der Auseinandersetzung unterbindet (...) Das heißt für den, der ein Wort, ein Bild, eine Lage so nimmt, daß er lachen oder weinen muß, gibt es keine andere Antwort, auch wenn andere seinen Humor nicht begreifen, ihn für albern oder rührselig halten und anderes Benehmen am Platze finden (...) Gemeinsam ist Lachen und Weinen, daß sie Antworten auf eine Grenzlage sind«.

Widersprüchlich und insofern nicht aufgeklärt ist, daß Plessner, obgleich seine Beispiele allesamt aus der Sozialsphäre des Menschen herrühren, dennoch behauptet, das

»Komische selbst (...) ist kein Sozialprodukt«. Zu dieser Unstimmigkeit gehört, daß Plessner Bergsons Theorie des Lachens offenkundig zwiespältig rezipiert hat. Denn obgleich er die Verankerung des Komischen in der Sozialwelt zurückweist, zitiert er Bergson zustimmend, daß sich im Lachen »unser sozialer Instinkt wehrt«, weil er im »Komischen einen Verstoß gegen das Grundprinzip des Zusammenlebens« erkenne: »Sei elastisch, passe dich allen Lagen an, nimm dich zusammen.« Und unser Lachen »eine Strafe« dafür sei, daß sich – nach Bergson und Plessner – im Komischen ein »Verfall der Lebendigkeit ins mechanisch Erstarrte« ereigne: »Wir lachen den Zerstreuten aus, wir lachen als Tadel, als Korrektur, aber auch als Warnung.«

Wer – wie Bergson und teilweise auch Plessner – das Lachen so stark als Regulativ des Sozialen verortet, muß stets den intersubjektiven Charakter des komischen Geschehens betonen: »Das Komische liegt ganz auf der Seite des Gegenstandes, der Situation, des Charakters unseres Gegenübers (...) Es ist eine Qualität seiner Erscheinung.« Diese Vereinseitigung ist sowohl erstaunlich als auch, was Plessners eigene Theorie angeht, nicht ganz adäquat, weil Plessner an anderer Stelle ein Sensorium für die sich nicht intersubjektiv ereignende Innerlichkeit des Komischen zeigt. Plessner berücksichtigt ausdrücklich, daß es eine sich nicht unbedingt mitteilende Empfindungsebene des Komischen gibt, zu der dann seine Behauptung, das Komische sei an seine »Erscheinung« gebunden, nicht passen mag. An diesem Widerspruch zeigt sich die Einstiegsstelle für die Innenwelt des Komischen.

# *Die komische Empfindung*

Zu den Ungereimtheiten des Themas gehört, daß die Begriffe Komik, Witz, Humor, Ironie und Lachen nicht exakt genug getrennt werden können und in der allgemeinen Debatte auf ihrerseits komische Weise durcheinandergeraten, ebenso die Begriffe des Lächerlichen, des Grotesken und des Burlesken. Ich werde auf den folgenden Seiten versuchen, wenigstens zwischen zwei Großbereichen, nämlich zwischen dem öffentlich wirksamen Humor einerseits und der eher privat empfundenen Komik andererseits, eine Trennlinie zu ziehen, indem ich ihre Erzählsituationen unterscheide. Die Innerlichkeit des komischen Geschehens werde ich die komische Kompetenz oder die komische Empfindung nennen.

Literatur über Komik, Witz, Humor, Lachen und Lächerlichkeit orientiert sich gern an der Vorstellung, daß wir, um lachen zu können, einen in der Außenwelt vorfindlichen und objektiv komischen oder humoristischen Anlaß benötigen. Sei es, daß wir eine »lustige Szene« beobachten können, die uns ein Lachen entlockt, oder sei es, daß uns jemand eine entsprechende Geschichte erzählt, »wir können erst lachen, wenn uns der Witz seine Hilfe geliehen hat« (Sigmund Freud). Daß es außer und neben dieser Kausalität auch eine Innerlichkeit der komischen Regung gibt, die auf eindeutige Außenreize nicht fixiert ist, schlägt sich in den bekannten Humor-Theorien nicht oder kaum nieder.

Schon der Titel (»Die komische Empfindung«) zeigt Schwierigkeiten an, die man bedenken muß, aber nicht aufheben kann. Denn Empfindungen entziehen sich der Anschaulichkeit und damit auch der unmittelbaren Kontrolle. Ihr Status ist deswegen umstritten, ihre Diskursfähigkeit problematisch. André Jolles hat die Tätigkeit, aus der sich der Witz ergibt, eine »Geistesbeschäftigung« genannt. Geistesbeschäftigungen haben ihren Sitz im Bewußtsein. Edmund Husserl hat für alles, was sich im Bewußtsein ereignet, das Wort »Erlebnisse« verwendet. Er unterschied intentionale Erlebnisse von nichtintentionalen. Die nichtintentionalen nannte er (allerdings auch nicht durchgehend) »Empfindungen«. Empfindungen sind nach Husserl solche Erlebnisse, die den sinnlichen Qualitäten von wahrgenommenen Gegenständen entsprechen. Auch diese Bestimmung reicht indessen nicht aus, Empfindungen den Makel fluktuierender Uneindeutigkeit zu nehmen. Ich mache, um dennoch vom Gegenstand sprechen zu können, von einem Begriff Wilhelm Diltheys Gebrauch, der »inneren Erfahrung«, »in welcher ich meiner eignen Zustände inne werde«. Allerdings führt auch dieser Begriff keineswegs aus der Schwierigkeit heraus, aus dem »peinlichen Umstand« nämlich, daß wir »auf Empfindungen nicht einfach hinzeigen können, auch nicht in der Reflexion. Diese Schwierigkeit (...) legt denn auch stets den Verdacht nahe, Empfindungen seien bloße Fiktionen oder theoretische Konstrukte« (Manfred Sommer).

Diesen »Verdacht« kann eine Beschreibung von Empfindungen methodisch nicht grundsätzlich ausräumen. Die einzige Art und Weise, den Verdacht so klein wie möglich zu halten, sind genaue Beschreibungen, die durch ihre Präzision den »peinlichen Umstand« wenigstens momentweise unerheblich erscheinen zu lassen.

Eine Eigentümlichkeit der meisten Humor-Analysen besteht darin, daß sie das Auftrittsfeld des Komischen und des Humors unzulässig eingrenzen oder kanalisieren. Wir wollen nicht den Fehler machen, den Gegenstand vollständig begrifflich fassen zu wollen, sondern nur begrenzt gültige Unterscheidungen treffen. Eine solche, nur funktionale Abgrenzung soll hier am Anfang stehen. Sie dient nur der Klärung der Grenzlinie zwischen dem Humoristischen und dem Komischen, und zwar anhand ihrer Auftrittsfelder. Die dafür verwendeten Begriffe sind den Kommunikationswissenschaften entnommen. In diesen Disziplinen ist es geläufig, jegliche Nachrichtenübermittlung in ein Sender/Empfänger-Verhältnis zu zerlegen. Wenn wir dieses Sender/Empfänger-Verhältnis auf das mal mehr, mal weniger öffentliche Geschehen der Belustigung beziehen, dann können wir eine Unterscheidung treffen, die uns hilft, das Komische und/oder Humoristische voneinander zu trennen. Indem Humor oder ein Witz von außen, nämlich von einem oder mehreren Erzählern (= Sender) an uns herangetragen wird, dann sind wir Zuhörer (= Empfänger) einer Geschichte (= Nachricht), deren Zweck es ist, uns zum Lachen zu bringen. Jegliches verbale Belustigungsgeschehen, das auf diese Weise (also: von außen) zu uns findet, soll hier das Humoristische genannt werden. Dazu im Gegensatz steht das Komische oder die komische Empfindung (Empfindung deswegen, weil ihr Ausdruck im Innen des Menschen verbleiben kann), die wir selber hervorbringen; wir brauchen für ihre Entstehung keine externe Instanz. Das Komische in uns wird uns von niemandem erzählt. Wir empfinden es beim Anblick gewisser Situationen, Bilder und Ereignisse, die wir aus der Fülle des realen Geschehens selber auswählen und die, für sich genommen, etwas objektiv Komisches haben können, aber nicht müssen. Eine komische Empfindung haben wir nicht, weil wir in der Außenwelt ein lächerliches Objekt sehen, sondern weil dieses Objekt in eine heitere oder komische Beziehung tritt zu unserer privaten Lebenswelt. Die komische Empfindung ist das Ergebnis einer Relation, die zwar ein (auslösendes) Objekt benötigt, das nicht komisch sein muß, aber vom Subjekt hergestellt wird. Ich schlage also vor, extern vor uns ablaufendes Belustigungsgeschehen außengeleiteten Humor zu nennen und die innengeleitete Erheiterung, die nicht appellativ an uns herantritt, das Komische oder, zutreffender, die komische Empfindung.

Am Zustandekommen der komischen Empfindung sind wir als Wahrnehmende, und das heißt hier: als Autoren von bestimmten Eindrücken, die unser Sinnenleben stimulieren, beteiligt. Die Verwendung des Wortes »Autor« mag in diesem Zusammenhang überraschen. Im üblichen Verständnis gilt als Autor nur derjenige, der etwas komponiert, schreibt, filmt oder sagt. Dieses Verständnis muß man erweitern, wenn man die Tätigkeit des Komischen verstehen und wenn man, zweitens, das Komische vom Humor und vom Witz nach den Quellen seines Auftretens unterscheiden will. Autor im Sinne der Entstehung komischer Regungen ist jeder, der für sich eine innere Betonung hervorbringt, die einen Gegenstand oder einen Vorgang aus der empirischen Welt in ein neues, persönliches Licht versetzt. »Autor« in der hier verwendeten Weise ist nur ein anderer, sinngleicher Begriff für »Absender«, weil wir selbst es sind, die eine komische Empfindung in uns und für uns selbst hervorbringen.

Das ist der entscheidende Unterschied zur Erzählsituation des Witzes, der, indem er uns nur mitgeteilt wird, unsere eigene Mitarbeit nicht benötigt. Der Witz und der Humor brauchen Erzähler und Publikum, das Komische hingegen nur einzelne Entdecker. Von hier aus ergibt sich ein weiterer Unterschied: Ein Witz läßt sich jederzeit und von jedermann erzählen, die Erträge des Komischen können jedoch nicht ohne weiteres vermittelt werden. Der Grund dafür ist: Das Komische rundet sich nicht oder nur sehr selten zu Geschichten mit Pointen, über die auch die anderen, an der je persönlichen komischen Entdeckung unbeteiligten Personen lachen könnten. Die Sinnebene des Komischen ist auf die biographische Singularität des Komik empfindenden Menschen zugeschnitten; ein Beispiel für diese Unteilbarkeit ist in Gustav Janouchs *Gesprächen mit Kafka* zu finden:

»›Meine Mutter spricht fließend jiddisch‹«, sagte ich stolz. Ich erzählte ihm, wie ich als sechzehnjähriges Kind mit meiner Mutter in die Schwarzgasse des Judenviertels in Przemysl kam. Wie aus alten Häusern und dunklen Kramläden Männer und Frauen herausliefen, meiner Mutter die Hände und den Rocksaum küßten, lachten und weinten und ›Unsere gute Frau! Unsere gute Frau‹ riefen. Ich erfuhr später, daß meine Mutter während Pogromunruhen viele Juden in ihrem Hause verborgen hatte.

Franz Kafka sagte, als ich das Erzählen dieser Erinnerungen beendete: ›Und ich möchte zu diesen armen Juden des Ghetto hinlaufen, ihnen den Rocksaum küssen und nichts, gar nichts sagen. Ich wäre vollkommen glücklich, wenn sie stillschweigend meine Nähe ertragen würden.‹

›So einsam sind Sie?‹ fragte ich.

Kafka nickte.

›Wie Kaspar Hauser?‹ bemerkte ich.

Kafka lachte: ›Viel ärger als Kaspar Hauser. Ich bin einsam – wie Franz Kafka.‹«

Die Frage, die uns an diesem Text ausschließlich interessiert, lautet: Warum hat Franz Kafka gelacht? Auch noch in einem Augenblick, als er das vielleicht bedrohlichste Thema seines Lebens, seine Einsamkeit, aussprach? Der Text von Janouch gibt uns keinen Hinweis; er liefert nur die karge Skizze der Gesprächssituation. Fixiert wird darin nur, daß Kafka im Augenblick, als Janouch dessen Einsamkeit mit der Einsamkeit Kaspar Hausers verglich, lachen mußte, bevor er antworten konnte. Vielleicht war es der Vergleich zwischen der historischen, abgelebten Einsamkeit des Kaspar Hauser mit seiner eigenen, lebendigen Einsamkeit, die Kafka zum Lachen brachte; möglicherweise spürte er in diesem Augenblick zum erstenmal, daß aus seiner (eigenen) Person eine Figur der Literaturgeschichte werden könnte. Das wäre, nach Helmuth Plessner, eine »unbeantwortbare Situation«, die man nur mit einem Lachen quittieren kann. Vielleicht mußte Kafka nicht über sich, sondern über seinen Gesprächspartner lachen, und zwar deshalb, weil dieser überhaupt eine historische Vergleichsfigur ins Spiel gebracht hatte. Oder: Kafka lachte, weil er in der Formulierung seiner Antwort, er sei »viel ärger« einsam als Kaspar Hauser, eine ihm geläufige literarische Form, nämlich die der ins Groteske gesteigerten Übertreibung, auf eine harmlose Weise wiedererkannte.

Wie sehr wir den Fall auch drehen und wenden, wir können die Frage, warum Kafka gelacht hat, nicht beantworten. Die Unzugänglichkeit des Anlasses für Dritte macht gerade die Qualität der komischen Empfindung aus: Das Lachen, das aus ihm hervorgeht, wird dadurch authentisch, persönlich, unwiederholbar. Wichtig ist, daß der Anlaß der individuellen Erheiterung verborgen bleibt, weil die Relationen seiner Auslösung allein dem Betroffenen zugänglich sind. Die komische Empfindung wird dadurch sichtbar als ein Verhältnis der Anspielung, das zwischen den frei agierenden Zufällen äußerer Anregung und innerer Anrührung hin- und herspringt. Das heißt, die komische Empfindung ist das krasse Gegenteil des entpersönlichten Witzes; in ihr steckt die volle Subjektivität dessen, der als wahrnehmender Autor von Empfindungen ein Außenereignis für seine komischen Zwecke benutzt. In unserer Sprache ist diese Differenz übrigens genau abgebildet: Wenn wir uns Witze erzählen lassen, sprechen wir davon, »daß wir uns zum Lachen bringen lassen«; von etwas Komischem hingegen sagen wir, daß es »uns komisch *vorkommt*«. Etwas ist also nicht objektiv komisch, wir machen es dazu.

Im dunklen, vollbesetzten Kino lachen plötzlich zwei Zuschauer, alle anderen nicht. Zwei Kinobesucher haben ein bestimmtes Handlungsdetail des Films zu Anregern ihres komischen Potentials werden lassen. Die anderen Kinobesucher erfahren nicht nur nicht, worüber die beiden lachen mußten; vielleicht könnten sie den Anlaß auch nicht verstehen, wenn sie von ihm erführen. Es ist sogar möglich, daß die beiden Kinobesucher zwar zugleich, aber dennoch nicht über dasselbe gelacht haben. Das Komische ist nicht (wie der Witz) an seine eigene Erzählbarkeit gebunden, um jemandem »erscheinen« zu können. Aus diesem Grund kann es keine positive Festlegung dessen geben, was komisch ist. Es ist eine oft nicht bewußte, gelegentlich verheimlichte Möglichkeit des Menschen, zu der ihn umgebenden Realität nichtsanktionierte Haltungen einzunehmen. Gewöhnlich geht es uns wie Franz Kafka; wir haben weder die Fähigkeit noch das Interesse, die inneren Gründe (oder die äußeren Auslöser) unseres Lachens zu veröffentlichen. Das komische Geschehen bleibt eine individuelle Selbstbelustigung mit der Tendenz zur Selbstbereicherung. Es ist deshalb in der Regel nicht sinnvoll, eigene komische Empfindungen anderen mitteilen oder gar erklären zu wollen; solche Mitteilungen entbehren gewöhnlich jener Pointen, die sie für den Zuhörer gerade schätzenswert machen könnten. Solche »inneren« Details sind für andere ohne Bezug, weil diese anderen in ihren je eigenen Komik-Relationen empfinden.

Ich nenne zwei Beispiele aus meiner eigenen – sozusagen – komischen Praxis, die beide der Welt des Fernsehens entnommen sind. Und beide gelten Männern, die durch dieses Medium weithin bekannt sind: Helmut Kohl und Bernhard Grzimek, die ich beide, dies sei vorausgeschickt, für objektiv nicht komisch halte oder hielt.

Im ersten Beispiel saß Helmut Kohl in einem Flugzeug und kehrte von einem Staatsbesuch zurück. Da näherte sich ihm ein Fernsehreporter und stellte ihm ein paar Fragen. Der damalige Bundeskanzler beantwortete die Fragen, aber während er sprach, konnte er nicht damit aufhören, immer wieder seinen Krawattenknoten zurechtzuschieben. Ich bemerkte, daß mich die Bemühungen Kohls, ordentlich auszusehen, von Anfang an mehr beeindruckten als die Beschreibung seiner politischen Gespräche. In dieser Verschiebung der Aufmerksamkeit kann man den Beginn der Herausbildung eines eigenen Sehpunktes (die komische Relation) erkennen. Das Interview mit Helmut Kohl nahm seinen Lauf, aber der Krawattenknoten rückte nicht an die vom Kanzler gewünschte Stelle. Erst als Helmut Kohl dem Kleidungsstück mit der Hand einen Schlag versetzte, schien das Problem gelöst zu sein. Nun aber konnte Helmut Kohl der Versuchung nicht widerstehen, auch den richtigen Sitz des Krawattenknotens immer wieder neu zu überprüfen. Wenige Tage nach dem Interview im Flugzeug sah ich den Bundeskanzler wieder, diesmal während eines Bonner Empfangs für Funktionäre des Deutschen Beamtenbunds. Kohl ging einen Flur entlang und überprüfte nach etwa jedem dritten Schritt die Vorderseite seines Anzugs, indem er an sich herunterschaute. Wohl aus Furcht, der Anzug könnte sich plötzlich öffnen, überprüfte er auch den Zusammenschluß der beiden Revers. Danach glitten seine Hände zu den Anzugtaschen und kontrollierten tastend die Taschenklappen. Sie durften nicht halb in die Taschenöffnungen eingeklemmt sein, sondern sie mußten sauber auf den Taschen aufliegen. Die Bewegungen Kohls liefen offenkundig vollautomatisch ab. Nach der Inspektion des Anzugs folgte wieder die Überprüfung der Krawatte; diesmal mußte sie präzis auf der Hemdenknopfleiste aufliegen. Sie durfte auf keinen Fall aus dem Anzug heraushängen oder seitlich eingequetscht sein. Kaum saß der Bundeskanzler in der Reihe der Ehrengäste, faßte er sich erneut an die Anzugknöpfe; aber der Anzug hatte sich bis dahin zum Glück nicht geöffnet. So schob sich die rechte Hand des Kanzlers rasch weiter zur Krawatte, weil auch deren Lage erneut kontrolliert werden mußte. Diese und andere Ordnungsrituale wiederholen sich, sobald Helmut Kohl in der Öffentlichkeit auftritt. Das Beispiel ist interessant, weil sein komischer Gehalt (die Leere der Ordnung) auch mit einem hier schon vorgestellten Erklärungsschema aufgehellt werden kann, nämlich mit der Theorie Bergsons. Wir erinnern uns, Bergson behauptet, daß wir immer dann lachen, wenn etwas Lebendiges von etwas Mechanischem überdeckt wird oder zu sein scheint. Jedenfalls liest sich der folgende Abschnitt aus Bergsons Essay wie eine weitere Beschreibung Kohls:

»Was war doch gleich so komisch daran? Daß der lebende Körper zur Maschine erstarrte (...). Das allgemein gültige Gesetz dieser Erscheinungen läßt sich wie folgt formulieren: Komisch ist jedes Geschehnis, das unsere Aufmerksamkeit auf das Äußere einer Person lenkt, während es sich um ihr Inneres handelt (...). Das, was unser Gelächter erregte, war die vorübergehende Verwandlung einer Person in ein Ding (...). Wir lachen immer dann, wenn eine Person uns an ein Ding erinnert. Die menschliche Komik verkörpert also eine individuelle oder kollektive Unvollkommenheit, die nach einer unmittelbaren Korrektur verlangt. Und diese Korrektur wird durch das Lachen besorgt (...). Deshalb auch lacht man über alles Steife, Fertige, Mechanische in den Gebärden, Haltungen und sogar in den Gesichtszügen (...). Wirklich komisch ist nur, was automatisch vollbracht wird. Komisch an einer schlechten und sogar an einer guten Eigenschaft ist das, wodurch ein Mensch sich unbewußt preisgibt, es ist die unwillkürliche Gebärde...«

In dieser Beschreibung erscheint Kohl, wenn wir sie auf ihn beziehen, objektiv komisch. Die Details des »Objekts« stimmen mit den Details von Bergsons Analyse überein. Ich möchte die Analyse anzweifeln und damit die nur begrenzte Verwendbarkeit von Bergsons Theorie (erneut) behaupten. Und zwar mit diesem Argument: Komisch ist Kohl nicht, weil ein Teil seines Verhaltens automatisch geworden und damit mindestens vorübergehend verdinglicht zu sein scheint, sondern deswegen, weil uns seine Selbstdarstellung an unser eigenes, inzwischen mehr oder minder abgelegtes Verhalten erinnert, ja, es ruft bildhaft und flüchtig ganze Sozialisationswelten in uns wach, denen wir (vielleicht) glücklich entronnen oder vielleicht nur halb entronnen sind und bei deren kompletter Wiederkehr bei anderen uns eine komische Überwältigung streift. Oder, begrifflich ausgedrückt: »Subjekt ist in Wahrheit nie ganz Subjekt, Objekt nie ganz Objekt« (Theodor W. Adorno). Es ist diese Erörterung in uns, die rasch und fehlerhaft und deswegen auch komisch feststellen möchte, *wieviel* Subjekt und *wieviel* Objekt wir je in uns tragen, eine Erörterung, die wir in der notwendigen Klarheit und Schnelligkeit nicht leisten können, weswegen wir als komisch gerührte Subjekte zurückbleiben. Wichtig ist, daß diese Klärung eine verinnerlichte ist, die, weil sie im Raum der nie ganz aufgelösten Reflexion verbleibt, die Form einer Empfindung annimmt, deren komischer Ertrag dem Empfindenden zufällt. Wir sind, obwohl Subjekt, tief mit dem Objekt verbunden, mehr noch: wir sind unauflöslich mit diesem verstrickt. Daß sich dieses Objekt immer auch durch sein mechanisches Verhalten in ein Ding verwandelt, wie Bergson feststellt, ist zwar zutreffend, aber für die Enthüllung der eigentlich komischen Relevanz nicht ausschlaggebend. Konstituierend für die (innere) komische Regung ist vielmehr die wechselnde Betonung verschiedener Ich-Anteile des »Subjekt(s) als Vielheit« (Friedrich Nietzsche) – »und zwar sowohl nach außen wie nach innen, also sowohl im Sinn eines Lebens inmitten dieser unterschiedlichen sozialen und kulturellen Kontexte als auch im Sinn eines Lebens, das in sich mehrere solcher Entwürfe zu durchlaufen, zu konstellieren, zu verbinden vermag« (Wolfgang Welsch).

Der Adressat der komischen Empfindung, die Innenwelt, ist auch der Grund, warum das Komische nie ein Publikum unterhält, sondern immer nur einzelne, die den je subjektiv komischen Gehalt der Außenwelt abphantasieren und diesen an und mit ihrer Innenperspektive relativieren. Man kann an dieser Stelle sogar die Behauptung riskieren, daß durch die vorübergehende Zusammenbindung vergangener und gegenwärtiger Ich-Anteile das Subjekt den Schein einer Identität erreicht, deren Verlust es in der Moderne zu beklagen gelernt hat. Es ist der »Einfällehaber in mir« – diese unvergleichliche Formulierung stammt von Robert Walser –, der zum Zweck der egoistischen, persönlichen Belustigung vorgegebene Bilder entstellt und verballhornt. Das Komische ist die nicht entdeckte, aber stets auf einen Entdecker wartende Lächerlichkeit, an der der Entdecker selbst teilhat.

Die innere Tätigkeit, die zu solchen Entdeckungen führt, darf äußere Realität verdrehen und umdichten, ohne daß der Autor dieser Veränderung je fürchten müßte, seine Weltverunstaltung rechtfertigen oder gar verantworten zu müssen. Wer Komik empfindet, hat keine andere, bessere (weil moralischere) Wahrheit zur Hand (wie der Humorist und der Satiriker), sondern er beläßt es dabei, die vorhandene Welt privat zu deformieren. Komik will nirgendwo »eingreifen«. Wer Komik schätzt, ist oft auch ein geheimer Kompagnon versteckter Mängel und Fehler, die die komische Tätigkeit erst in Gang bringen. Wir können sagen: Die komische Empfindungstätigkeit ist eine intime Freude an der Querulanz. Es zeigt sich in ihr sowohl die Unverbesserlichkeit der empirischen Welt als auch die Unverbesserlichkeit dessen, der sie empfindet. Die Art und Weise, wie die Querulanz des Komischen zustande kommt, ähnelt einem Falschverstehen, das von seiner Absicht weiß. Ich verstehe schon, daß Helmut Kohl jederzeit einen ordentlichen Eindruck machen will, aber ich billige ihm das richtige Verstehen (wenigstens vorübergehend) nicht zu, sondern ich verstehe ihn so, wie er nicht verstanden sein will, nämlich intentional falsch, damit mein komisches Bedürfnis auf seine Kosten kommt. Die sanfte Verzerrung, die mit dem falschen Verstehen einhergeht, leitet den komischen Gewinn ein; ihr liegt eine Reduzierung eines komplexen Geschehens auf abgelegene Details zugrunde: Etwas Nebensächliches steht plötzlich anstelle des Ganzen, das die Aufmerksamkeit suggestiv auf sich zieht. Diese sanfte Verzerrung befördert das innere Lachen, das seinen Autor zum Gewinner einer neuen, persönlichen Bedeutung macht.

## *Der außengeleitete Humor*

Über Jahrzehnte hin betreute der Frankfurter Zoodirektor Dr. Bernhard Grzimek eine äußerst beliebte, monatlich wiederkehrende Fernsehsendung mit dem Titel *Ein Platz für Tiere*. Für jede Sendung brachte der Zoologe ein paar Tiere mit ins Studio, über deren Leben er die Zuschauer informierte. Die Tiere liefen vor ihm auf dem Tisch herum, während der Zoologe in die Kamera sprach. Allerdings konnte Dr. Grzimek den Bewegungsdrang der Tiere nicht immer adäquat steuern. Gelegentlich mußte er ihnen freien Lauf lassen. Aber die Tiere entfernten sich nicht von ihm, im Gegenteil; sie begannen, auf dem weißen Hemd des Zoodirektors herumzuklettern, sich ihm an die Krawatte zu hängen oder sich in seine Jackentaschen zu setzen. Einmal hatte Dr. Grzimek junge Tiger mitgebracht. Die Tiere waren zwar noch klein, aber doch schon so stark, daß es Dr. Grzimek nicht gelang, sie von einer Liebesbekundung abzuhalten – wenn man das so sagen kann. Denn die Tiger reckten sich vor ihm und neben ihm auf und begannen, ihm die Glatze zu lecken. Der Zoodirektor wehrte sich, aber er war nicht kräftig genug, die Tiere von sich wegzudrücken. Und weil er die Sendung nicht gefährden durfte, redete er zwar geniert und bedrängt, aber unentwegt weiter, wobei sein Gesicht immer wieder hinter Tigerkörpern fast völlig verschwand.

Derlei Turbulenzen zwischen Mensch und Tier ereigneten sich in zahlreichen Sendungen des Zoodirektors. Dennoch ist Dr. Grzimek im Laufe seiner TV-Karriere keineswegs als Komiker bekannt geworden. Die ganz überwiegende

Mehrheit der Zuschauer fand ihn nicht komisch, im Gegenteil; für sie war immer klar, daß Dr. Grzimek eine so seriöse wie stets lehrreiche Tiersendung gestaltete. Alles, und das heißt: der ganze Ernst, der sich in der Fernsehstunde ereignete, war legitimiert durch die Information der übergeordneten Genre-Bezeichnung »Ein Platz für Tiere«. Sie leitete den Sinn der Zuschauer. Wer dennoch Komik dabei empfand, mußte zu einer komischen Vorleistung bereit sein, zu einer jener intentional-komischen Verzerrungen, von denen schon die Rede war. Die komische Wirkung entstand in diesem Fall durch eine Unterschlagung der sinnorientierenden Vor-Information »Ein Platz für Tiere«. Durch Ausklammerung (oder Überschreitung) dieser rezeptionssteuernden Einpassung war es möglich, die Bizarrerien der Sendung mit einem neuen, anderen, eben: komischen Sinn zur Kenntnis zu nehmen. Von diesem Augenblick an war es möglich, in Dr. Grzimek einen Medienschaffenden zu sehen, dessen Handlungen nicht mehr dadurch gedeckt waren, daß sie im Rahmen einer billigenden Einfassung geschahen. Augenblicksweise erschien Dr. Grzimek als früher Vertreter einer hybriden Unterhaltungsomnipotenz, an die das Fernsehen seine Zuschauer heute längst gewöhnt hat.

Auch an diesem Beispiel ist zu sehen, daß die komische Empfindung durch eine bewußte Intention des Subjekts eingeleitet wird; sie ist es, die die (innere) Transformation vorgefundener und an sich nicht komischer Materialien hervorbringt. Diese Perspektive wendet sich auch gegen die Auffassung Freuds, der für die Entstehung von Komik entsprechend prädeformierte Objekte für notwendig hielt; in seinem Witz-Essay lesen wir:

»Um der für das Komische gültigen Bedingung auf die Spur zu kommen, ist die Wahl eines Ausgangsfalles das Bedeutsamste; wir wählen die Komik der Bewegungen, weil wir uns erinnern, daß die primitivste Bühnendarstellung, die der Pantomime, sich dieses Mittels bedient, um uns lachen zu machen. Die Antwort, warum wir über die Bewegungen der Clowns lachen, würde lauten, weil sie uns übermäßig und unzweckmäßig erscheinen. Wir lachen über einen allzu großen Aufwand. In gleicher Weise sind uns andere Mitbewegungen oder auch bloß übermäßig gesteigerte Ausdrucksbewegungen komisch auch bei Erwachsenen. So sind ganz reine Fälle dieser Art von Komik die Bewegungen, die der Kegelschieber ausführt, nachdem er die Kugel entlassen hat, solange er ihren Lauf verfolgt, als könnte er diesen noch nachträglich regulieren; so sind alle Grimassen komisch, welche den normalen Ausdruck der Gemütsbewegungen übertreiben, auch dann, wenn sie unwillkürlich erfolgen wie bei an Veitstanz leidenden Personen; so werden die leidenschaftlichen Bewegungen eines modernen Dirigenten jedem Unmusikalischen komisch erscheinen, der ihre Notwendigkeit nicht zu verstehen weiß. Ja, von dieser Komik der Bewegungen zweigt das Komische der Körperformen und Gesichtszüge ab, indem diese aufgefaßt werden, als seien sie das Ergebnis einer zu weit getriebenen und zwecklosen Bewegung. Aufgerissene Augen, eine hakenförmig zum Mund abgebogene Nase, abstehende Ohren, ein Buckel, all dergleichen wirkt wahrscheinlich nur komisch, insofern die Bewegungen vorgestellt werden, die zum Zustandekommen dieser Züge notwendig wären, wobei Nase, Ohren und andere Körperteile der Vorstellung beweglicher gelten, als sie es in Wirklichkeit sind. Es ist ohne Zweifel komisch, wenn jemand ›mit den Ohren wackeln kann‹, und es wäre ganz gewiß noch komischer, wenn er die Nase heben oder senken könnte. Ein gutes Stück der komischen Wirkung, welche die Tiere auf uns äußern, kommt von der Wahrnehmung solcher Bewegungen an ihnen, die wir nicht nachahmen können.«

Freud braucht also, um das Zustandekommen des Komischen zu erklären, *reale* Abweichungen: den Buckel, die abgebogene Nase, die abstehenden Ohren. Unsere Beispiele haben dagegen gezeigt, daß die komische Tätigkeit solche real existierenden Entstellungen nicht benötigt. Sie kommt im Gegenteil durch die allzu synthetische Glätte der Erscheinungen (oder das Verlangen nach ihr) in Bewegung. Die komische Verzerrung wird dann als Anti-Programm gegen die Ansprüche herrschender Verstehensweisen wirksam. Das heißt nichts anderes, als daß die komische Empfindung nicht – wie die Lust am Witz –, aus unseren unbewußten Archiven gesteuert wird, sondern aus der aktiven Tätigkeit des Wachbewußtseins hervorgeht. Die komische Empfindung braucht nicht (wie der Witz) den Umweg über die Verdrängung, um an unsere Lust heranzukommen. Wir selbst (als Autoren unserer Regungen) müssen etwas sehen, empfinden, entdecken oder beschreiben, damit wir unserem Bewußtsein Spielanlässe für sein komisches Wirkenwollen zuführen können. Die komische Tätigkeit steht also im Dienst einer jederzeit entzündbaren Trennungsarbeit zwischen der privaten Welt, die für das Einzelsubjekt Verbindlichkeit hat, und den Normen der offiziell geltenden Ansprüche, die umfassende Gültigkeit bloß anmelden und deshalb von einer komischen Empfindung immer neu relativiert werden müssen. Im komischen Affekt macht sich auf diese Weise eine Privatautonomie des Subjekts geltend, die einer fortschreitenden Selbstentdeckung ähnelt. Das gleichwohl immer nur kurz Aufblitzende der komischen Anwandlung und die flüchtigen Anlässe ihrer Herkunft stehen gemeinsam im Dienst einer Verbergung: Das innere Lachen verdeckt unsere nie ganz aufgegebene Widerspenstigkeit; sie ergibt sich aus der abwertenden und verzeichnenden Tendenz dessen, was die komische Tätigkeit hervorbringt, sie ist eine subtil abgeschwächte

Form des Widerstands gegen den Funktionalismus der Lebenswelt. Ohnehin macht fremder Ernst gern gemeinsame Sache mit dem je eigenen Ernst – und entlockt dem Subjekt dann Übereinstimmungen, die nicht im Dienst seiner Souveränität stehen. Indem sich die komische Empfindung von den außen herrschenden Instanzen abwendet, stärkt sie die Innenausstattung des Subjekts gegen diese. Damit sie diese Aufgabe erfüllen kann, muß sie unabhängig und selbstbewußt, mit einem Wort: sie muß frei sein. Weil sie frei ist, hat sie oft keinen Geschmack, keinen Stil, keine Ästhetik. »Ist die Komik die der Befreiung, so bleibt sie auch auf das, was sie auflöst, notwendigerweise bezogen und gewinnt ihre Lust stets nur aus dem Bewußtsein dessen, was nicht mehr gilt« (Dieter Henrich). Durch ihre kuriose Freiheit wird sie individuell; wäre sie vergleichbar, wäre sie auch erzählbar und damit schon wieder passend für den Wettbewerb der Beeinflussungen, dem sie durch ihre Eigenart gerade entkommen ist.

Ich füge ein weiteres Beispiel an, diesmal eines aus der Literatur. In Jean-Paul Sartres Theaterstück *Geschlossene Gesellschaft* wird zweimal gelacht. Wir erinnern uns: In der *Geschlossenen Gesellschaft* treten vier Personen auf, zwei Frauen (Inès und Estelle) und ein Mann (Garcin). Dann und wann erscheint ein vierter Mann, ein Kellner, der die drei anderen Personen zu bedienen hat. Die drei (oder vier) Leute sind sich nie in ihrem Leben begegnet. Nun aber, nach ihrem Tod, erscheinen sie nacheinander in einem Hotelzimmer, in dem sie auch zusammenbleiben werden.

Nach Sartres Selbstauskunft wollte er mit diesem Stück ausdrücken, was die Hölle ist – oder wie wir sie uns vorstellen können. Warum Hölle? Weil jeder der drei Zimmerbewohner zu stark davon abhängig ist, wie der je andere ihn (oder sie) sieht und beurteilt. Es sind die beiden Frauen, Inès und Estelle, die in dem Stück je einmal lachen. In beiden Fällen ereignet sich das Lachen, ohne daß ihm ein Witz vorausgeht. Denken wir uns zwei Frauen und ein Mann in einem Zimmer. Dann heißt es in Sartres Text:

»Garcin setzt sich auf das mittlere Sofa und legt den Kopf in die Hände.
Inès: Estelle!
Estelle: Mein Herr, Herr Garcin!
Garcin: Bitte?
Estelle: Sie sitzen auf meinem Sofa.
Garcin: Verzeihung. (Er steht auf)
Estelle: Sie schienen ganz in Gedanken versunken.
Garcin: Ich ordne mein Leben. (Inès fängt an zu lachen) Statt zu lachen, sollten Sie es lieber auch tun.«

Es fällt auf, daß Inès *allein* und plötzlich zu lachen beginnt und daß auch die beiden anderen Personen nicht in ihr Lachen einstimmen. Es gibt offenkundig nichts zu lachen – und trotzdem war etwas komisch, jedenfalls für Inès. Wenn wir die Textstelle genauer betrachten, dann stellen wir fest, daß Inès' Lachen *nach* einem bemerkenswerten Satz von Garcin plaziert ist. Ich lese Ihnen die Abfolge der beiden Sätze, die ich im Visier habe, noch einmal vor:

»Estelle: Sie schienen ganz in Gedanken versunken.
Garcin: Ich ordne mein Leben. (Inès fängt an zu lachen)«

Da wir keinen anderen Anhaltspunkt haben, beziehen wir das Lachen von Inès auf den letzten Satz von Garcin: Ich ordne mein Leben. Beinahe möchten wir wie Garcin selber zurückfragen: Was gibt es darüber zu lachen? Es ist ganz offenkundig die Vorstellung, man könne sein Leben ordnen, die Inès zum Lachen bringt. Garcin kann darüber noch nicht lachen, im Gegenteil, er postuliert die Idee, das Leben sei ordnungsfähig. Inès scheint schon aus größerer Entfernung auf diese Idee zurückzublicken – und reagiert, da sich ihr diese Idee vielleicht als Illusion enthüllt hat, nur noch mit einem komischen Reflex, einem Lachen. Tatsächlich gehört der fortlaufende Schwund dessen, was Menschen in früheren Phasen ihres Lebens einmal »geglaubt« oder doch »ernst genommen« haben, zum Kernbestand ihrer späteren Individuation. Wir erkennen Fragmente unseres Ichs, wenn wir bemerken, daß uns Werte oder Vorstellungen, denen wir früher Bedeutung beigemessen haben, im Laufe unserer Lebenserfahrung bedeutungslos geworden sind. Dabei wollen wir nicht vergessen, daß das Gefüge unserer Überzeugungen, die wir für persönlich und individuell halten, in Wahrheit eminent gesellschaftlich ist. Zu Anfang sind wir fraglos überzeugt, daß die in einer Gesellschaft anerkannten Verhaltensweisen und Lebensziele auch die unseren sind oder doch immer mehr werden. Erst später bemerken wir, daß wir vielleicht für ein falsches Ziel gekämpft haben, weil wir keine Ahnung davon haben konnten, in welch unerhörter Weise Verblendung und Irrtum in unser Leben hineinspielen. Den Augenblick des inneren Aufmerkens, wenn wir erstmals eine falsche Verausgabung für dieses oder jenes ahnen, quittieren wir in Zukunft mit einem mal enttäuschten, mal verwunderten, vielleicht auch mal verbitterten Lachen. Es ist unter anderem immer auch komisch, wenn wir den Lauf unserer Vorstellungen ändern müssen oder sollen.

Das zweite Lachen in Sartres *Geschlossener Gesellschaft* ist in mancher Hinsicht abgründiger und undurchschaubarer als das erste. Ich stelle Ihnen die Situation des Lachens im Stück vor. Die drei Hauptdarsteller, also die beiden Frauen Estelle und Inès und der Mann Garcin, haben nacheinander das Hotelzimmer betreten, und der Kellner meldet ihnen:

»Der Kellner: Es kommt niemand mehr.«
Daraufhin sagt:

»Estelle (erleichtert): Aha! Dann bleiben wir also allein, der Herr, die Dame und ich? (Sie fängt an zu lachen)«
Daraufhin:
»Garcin (kühl): Was gibt es da zu lachen?«
Daraufhin:
»Estelle (lacht weiter): Aber diese Sofas sind so häßlich. Und sehen Sie nur, wie sie aufgestellt sind, ich komme mir vor wie am Neujahrstag, wenn ich meine Tante Marie besuche. Jeder hat sein eigenes, nehme ich an. Das hier ist meins?«

Wir machen uns die Frage von Garcin zu eigen und fragen ebenfalls: Was gibt es da zu lachen? Auch diesmal ist kein Witz erzählt worden, kein Scherzwort ist gefallen, keine lustige Verwechslung ist geschehen. Trotzdem hat Estelle gelacht. Wir halten uns genau an den Text und stellen fest, Estelle fing an zu lachen, als sie ihre Lage fixierte. Ich wiederhole: Estelle sagt: Dann bleiben wir also allein, der Herr, die Dame und ich? Dann: (Sie fängt an zu lachen.) Wir dürfen annehmen: Sie lacht, ohne es auszusprechen, über die Konstellation: zwei Frauen und ein Mann. Wir müssen denken: Estelle kennt diese Konstellation offenbar aus ihrem früheren Leben. Wir denken, ihr Lachen bezieht sich auf das Alleinsein der drei Protagonisten in *einem* Zimmer. Zwei Frauen und ein Mann. Wir denken, vermutlich genau wie Estelle, an eine erotische Verwicklung zwischen diesen Figuren, und wir stellen uns, ob wir es selbst erlebt haben oder nicht, das zuerst peinliche und dann gewiß lächerliche Ergebnis einer solchen Verwicklung vor. Wir gehen noch einen Schritt weiter und fragen uns, ob Garcin, der Mann, zuerst Estelle oder Inès wählen wird. Ich sage deshalb: *zuerst*, denn Garcin ist ein Mann, noch dazu ein Mann in einer bedrohten Situation, und als solcher wird er *beide* Frauen haben wollen. Er wird sie nicht zugleich haben können, er wird aber vor sich selber so tun müssen, als würde er die eine *vor* der anderen auswählen, und wir nehmen weiter an, daß Estelle das alles weiß, weil sie eine erfahrene Frau ist und die Männer kennt. Als Garcin *kühl* fragt: ›Was gibt es da zu lachen?‹ – lacht Estelle weiter, und zwar deswegen, weil sie das von Garcin nicht durchschaute männliche Gehabe natürlich nur lächerlich finden kann. Möglicherweise ist Estelle eine selbstbewußte Frau und ihrer erotischen Möglichkeiten sehr gewiß. Deswegen könnte sie auch deswegen lachen, weil sie weiß, daß sie in jedem Fall *die* Frau ist, bei der Garcin schließlich bleiben wird, und dies auch dann, wenn er sich zunächst der möglicherweise jüngeren Inès zuwendet und diese deswegen schon glaubt, sie hätte die erotische Auseinandersetzung bereits für sich entschieden. Ein weiterer Grund für Estelles Heiterkeit können wir darin sehen, daß sich die erotischen Handlungen in jedem Fall immer in *einem* Raum zutragen werden, daß *eine* Person also *immer* Zuschauer sein wird und daß diese Hyper-Öffentlichkeit die Intimität einer erotischen Begegnung in jedem Fall zerstören und daß eine Person, denken wir an die Theorie von Helmuth Plessner, sich dieser Über-Nähe des Intimen nur durch ein Lachen wird erwehren können. Das Lachen von Estelle bezieht sich aber auch auf die Sofas, die im Zimmer stehen. Sie lacht und sagt: »Aber diese Sofas sind so häßlich. Und sehen Sie nur, wie sie aufgestellt sind, ich komme mir vor wie am Neujahrstag, wenn ich meine Tante Marie besuche.« Die Sofas erinnern Estelle an gewisse, wenig hübsche Dinge aus ihrer Kindheit, über die sie damals nicht hat lachen können oder dürfen. Jetzt genügt der Wiederanblick eines häßlichen Sofas, und mit der Erinnerung ist auch das Lachen da. Es gibt einen Satz von Samuel Beckett, den ich hier zitieren muß. Er lautet: »Man hat so lange das Schlimmste vor sich, bis es einen zum Lachen bringt.« Jetzt lachen wir erneut, diesmal über einen

Satz von Beckett, aber wir wissen immer noch nicht, warum Estelle und Inès gelacht haben. Die Rekonstruktion beziehungsweise die Aufzählung der Gründe des Lachens hat uns dessen Wahrheit nicht nähergebracht und hat doch das einzig Wahre über das Lachen zutage gebracht: Das von den Dingen ausgelöste Gelächter kennt seinen tieferen Grund selbst nicht. Die komische Empfindung entsteht, wenn wir ausdrücken wollen, daß sich etwas, worin wir einmal Sinn vermutet haben, als nicht sinnvoll erwiesen hat. Wir lachen über eine Null-Erfahrung, die wir aus unserer Biographie nicht tilgen können, im Gegenteil, an die wir immer wieder erinnert werden, meistens sogar unfreiwillig – und von der wir uns nur durch ein knappes Lachen distanzieren können, das uns momentweise zu entschädigen scheint. Die komische Kompetenz fungiert also als Distanzierung, als Kommentar und mithin als Deutungsbewegung, die uns – und zwar nur vor uns selber – erlaubt, eine Revision zu bekunden. Hans-Georg Gadamer hat ein solches Ineinanderfließen einer früheren Sinn-Annahme und ihrer späteren Revision eine »Horizontverschmelzung« genannt: Weder Inès noch Estelle können ihre früheren Sinn-Annahmen einfach vergessen. Sie behalten sie sozusagen als Positionslampen ihrer Entwicklung in Erinnerung – und werden von ihnen künftig zum Lachen gereizt, sobald sie mit Menschen in Kontakt kommen, die noch diesseits markanter Enthüllungen leben oder dies jedenfalls vorgeben. Ernst Tugendhat nennt dieses Sich-zu-sich-selbst-Verhalten, in dem wir uns als Subjekt wie ein Objekt betrachten, ein »Selbstverhältnis«. Tatsächlich befinden wir uns das ganze Leben lang in einem solchen Selbstverhältnis, das einen komischen Grundcharakter hat. Seinen Anfang nimmt das Selbstverhältnis der komischen Empfindung, wenn wir uns, meist in der Postpubertät beginnend, in die vorhandenen Verhältnisse irgendwie einfügen wollen und dabei merken, daß uns dies nicht mit wünschenswerter Restlosigkeit gelingt. Wir fühlen, daß wir nicht ganz passend sind. Wenn uns diese Differenzen auffallen, sagen wir gern, daß wir uns komisch vorkommen. Wir können nicht exakt sagen, was an der Vermittlung zwischen uns und den Verhältnissen nicht ganz stimmig ist. Zu dem Zeitpunkt, an dem wir erstmals die Entdeckung machen, daß wir nicht ganz in die Welt passen und sie uns – oder wir uns selbst – deshalb komisch vorkommen, können wir noch nicht wissen, daß das Nicht-aufeinander-abgestimmt-Sein zwischen Welt und Ich zum Kernbestand unserer Erfahrung überhaupt gehören wird. Erst sehr viel später, wenn wir die Prozesse der Individuation durchlebt haben, nehmen wir die Objektivität dieser Differenz wahr. Unsere komische Empfindung hilft uns jetzt, die eben beschriebene Differenz zwischen gewünschter Anschmiegung und verfehlter Anpassung auch bei anderen Menschen zu sehen. Wir erleben die Außenwelt plötzlich mehr oder weniger komisch und können doch nicht recht sagen, wie es zu dieser Optik gekommen ist. Aber wir erkennen: Die komische Kompetenz geht aus der Geschichtlichkeit unserer Erfahrung hervor. Ihr Grundelement lautet: Wir sind genauso mangelhaft laboriert wie die Welt, in der zurechtzukommen uns aufgegeben ist. Künftig werden wir immer öfter auf innere Lachreize stoßen, wenn wir unsere Vorstellung dabei erwischen, daß sie sich zu romantische oder glatte oder sonstwie gefälschte Bilder von etwas gemacht hat und wir auf diese Bilder wieder und wieder hereinfallen. Wir lachen über die Entdeckung unserer immer wieder neuen Täuschbarkeit.

Als komisch Kompetente nehmen wir uns das nicht übel. Wir wissen inzwischen, daß wir eine schwache, weil unscheinbare Gegenwart haben und eine starke, weil durch die Vielzahl nachträglicher Wertungen flexibel gewordenen

Vergangenheit. Stark ist sie, weil uns das biographische Erinnern viel Gelegenheit gibt, diverse Episoden unseres Lebens immer wieder neu deuten zu können. Biographisches Deuten besteht in der Regel aus den Verwerfungen früherer Erfahrungsweisen. Das Mittel dazu ist die komische Brechung, das Lachen über das vergangene Vergebliche oder das ergebnislos Vergangene. Wenn wir die frappierende Leere dieses Lachens aushalten, in der die unaufhebbare Fremdheit unseres Lebens momentweise aufblitzt, können wir sowohl zu unserer Vergangenheit als auch zu unserer Gegenwart die Haltung eines ironischen Spielers einnehmen, dessen Tätigkeit frei ist von Häme und Vergeltung, weil seine Belustigung innerlich bleibt und niemanden beeindrucken oder gefallen muß. Die komische Kompetenz ist ein Reflexionsspiel, dessen Ziel es ist, uns das Geschenk der Distanz zu machen. Der schon erwähnte Hans-Georg Gadamer hat vom Spiel zutreffend geschrieben, daß »ich mir selbst im Spielen wie ein Zuschauer gegenübertrete«. Gadamer erläutert: »Was lebendig ist, hat den Antrieb der Bewegung in sich selber, ist Selbstbewegung. Das Spiel erscheint nun als Selbstbewegung, die durch ihre Bewegung nicht Zwecke und Ziele anstrebt, sondern die Bewegung als Bewegung, die sozusagen ein Phänomen des Überschusses, der Selbstdarstellung des Lebendigseins, meint... Das Ziel, auf das es hier ankommt, ist zwar ein zweckloses Verhalten, aber dieses Verhalten ist als solches selber gemeint. Es ist das, was das Spiel meint.«

Das Gegenstück zur verinnerlichten Auftrittsform des Komischen ist der öffentlich wirksame Humor. Ich erinnere an das Sender/Empfänger-Schema der Kommunikation, welches uns das komisch-humoristische Geschehen nach den Quellen seines Auftretens erklären helfen soll. Der außengeleitete Humor hat einen eindeutigen Sender, nämlich den professionellen Humoristen, der ein verbal fixierbares Geschehen (einen Witz, eine lustige Geschichte oder eine Anekdote = Nachricht) an uns heranträgt – ein strategischer Akt, dessen Ziel es ist, uns zum Lachen zu bringen. Man kann sagen: Der so verstandene Humor ist die veröffentlichte und damit ins allgemein Erlebnishafte vergröberte Form der Komik. Die (gesellschaftliche) Kippstelle des Komischen zum Humor zeigt sich immer dann, wenn uns eine Außeninstanz (ein Witzerzähler, ein Humorist) die eigene komische Kompetenz abnehmen will und öffentlichen Humor »produziert«. Die verinnerlichte komische Empfindung ist am stärksten individualisiert und deswegen vom öffentlichen Lachen über einen Witz am meisten entfernt. Jeder weiß, was ein Witz ist und wie wir auf ihn reagieren (sollen); es ist eine kurze Geschichte mit einer Pointe am Ende, über die wir uns öffentlich amüsieren dürfen, können, sollen, müssen. Die Wirkung der Geschichte, unser Lachen, ist das Wichtigste am Witz. Unser Lachen ist ein gesellschaftliches Signal, auf das Wert gelegt wird. Die Rückwirkung des Lachens auf die erzählte Geschichte qualifiziert den Humor-Produzenten. Wer über einen öffentlich erzählten Witz nicht lacht, disqualifiziert nicht den Erzähler, sondern stellt den Grad seiner Vergesellschaftung zur Disposition. Denn die Sprachkonvention des Witzerzählens löst das tiefsitzende Problem, daß wir nicht recht wissen, worüber wir lachen dürfen und worüber nicht. Diese Unklarheit löst die Lizenz des Witzes und des öffentlichen Humors: über ihn darf, über ihn muß gelacht werden. Der Witz ist die gesellschaftlich formalisierte Erlaubnis, dieses oder jenes objektiv lächerlich finden zu dürfen. Die Erlaubnis ist deswegen wichtig, weil sie uns von der Aufgabe befreit, uns selbst Gründe für unser Lachen suchen zu müssen. Wenn wir anderen, im öffentlichen Raum tätigen Humor-Produzenten die Erfindung der Anlässe für unser Lachen überlassen, sind wir auch das Problem losgeworden, uns über die Entfernung von der Gesellschaft klarzuwerden, die in einem unentschärften Lachen steckt. Dürfen wir über einen so ernsthaften wie anständigen Mann wie Alt-Bundeskanzler Kohl lachen? Wir dürfen es nicht oder wir dürfen es dann, wenn es fertig formulierte, aus der Gesellschaftspraxis heraus erzählte Helmut-Kohl-Witze gibt – vorher können, vorher dürfen wir es nicht. Ein bereits vorhandener Witz übernimmt die Verantwortung dafür, daß andere gesehen haben, worüber wir haben lachen müssen. Der öffentliche Witz ist ein sanktionierter Anlaß und spricht uns frei von der Unbotmäßigkeit, deren wir uns durch das Lachen (wäre es nicht durch den Witz neutralisiert) schuldig gemacht haben. Indem uns Witze das bestimmte Lachen erlauben, zensieren sie gleichzeitig das unbestimmte. Das (innere) Lachen ohne die vorausgehende Erlaubnis des Witzes (die komische Empfindung) ist unheimlich, weil sein Anlaß im Dunkel privater Gründe verborgen bleibt und dennoch Urteile über Gesellschaftliches freisetzt. Witze hingegen machen auch die Anlässe des Lachens öffentlich. Wer öffentlich über einen öffentlich erzählten Witz lacht, erlaubt damit immer auch Einblicke in seine Intimsphäre; er gibt sich preis und wird für die Dauer des Witzes geheimnislos.

Deswegen sind Humor-Produzenten beunruhigt, wenn Witze nicht Lachen, sondern – sagen wir – Beklemmungen oder Schweigen hervorrufen. Es ist ein Ausdruck der schon erwähnten Sprachkonvention des Witzes, daß in solchen Situationen der Grund für die Verletzung der Konvention nicht beim Humor-Produzenten, sondern bei den Rezipienten gesucht wird. In der Regel folgt dann an sie die Erkundigung: Haben Sie den Witz nicht verstanden? Sie haben verstanden, aber sie können die Kollision nicht ausdrücken, deren Opfer sie geworden sind: Öffentliche Humorproduzenten haben die je individuelle Komik-Kompetenz unterschritten. Sie haben den Witz nur allzugut verstanden, aber sie fanden den humoristischen Effekt entweder zu derb, zu geläufig oder zu dürftig; sie haben sich gewundert, daß sie mit so geringem Aufwand »unterhalten« werden sollten.

Für professionelle Entertainer, ob im privaten Umkreis oder im öffentlichen Raum, ist das Humoristische eine fraglose Größe. Für sie ist das Erzählen von Witzen überpersönlich, antiindividuell und reaktionsnormierend. Das Problem, daß wir nicht recht wissen, wann und warum wir lachen, ist für sie ohne Belang. Sie orientieren sich pragmatisch am oft beklagten Mangel allgemein belustigender Anlässe. Sie packen das Publikum auf dem kürzesten Weg bei seinem Bedürfnis und sehen ihre Aufgabe als erfüllt an, wenn ringsum Gelächter ertönt. Die andern, die in die Heiterkeit nicht mit einstimmen mögen, nehmen nicht Anstoß am Vergnügtsein einer Mehrheit, wohl aber an der Normiertheit des Lachens, das die Bedingung der Möglichkeit dieses Vergnügens ist. Ihnen gefallen schon die Erzählsituationen nicht, die den Normierungen vorausgehen; sie schätzen es nicht, auf Fluren, in Treppenhäusern oder Büros von Mitmenschen zur Seite genommen und zum Adressaten einer anrüchigen Intimität oder einer intimen Anrüchigkeit gemacht zu werden.

Die Übersetzung dieser Erzählsituation in die gesellschaftliche Dimension ist der volle Saal mit dem Humor-Produzenten auf der Bühne. Im Zuschauerraum schließen sich dabei vordem einzelne zu einem Publikum zusammen – oder werden zusammengeschlossen. Es wird damit gerechnet, daß alle einander gleichen. Und so ist es dann ja auch: das Publikum lacht komplett und pünktlich »nach Pointen«. Hat eine Pointe besonders gut eingeschlagen, gibt es (zum Beispiel in Karnevalsveranstaltungen) einen Tusch: als Bekräftigung einer überbordenden Gemeinschaftlichkeit, wie sie vielleicht nur bei solchen Anlässen möglich ist. Es herrscht der »kalkulierte fun der Kulturindustrie« (Theodor W. Adorno), dessen Erfolg die Melancholie auch derer neutralisiert, die keine eigene komische Kompetenz haben ausbilden können. Bei den Auftritten der massenwirksamsten Humor-Produzenten wird das Ich der Rezipienten auf *eine* Reaktion, das Dauerlachen, reduziert. Die Veranstaltung (als Ganzes) und die gleichgeschalteten Erlebnisse (der einzelnen) gelten als gelungen, wenn ununterbrochen gelacht wird. Je einheitlicher das Publikum reagiert, desto eher kann es damit rechnen, von seinem Unterhalter das höchste Lob zu hören: »Sie sind ein wunderbares Publikum.« Sie werden dafür ausgezeichnet, daß sie alles, was sie sonst von ihrem Nächsten unterscheidet, zugunsten einer Verschmelzung aufgegeben haben. Der Verdacht, daß die Stimmung in solchen Sälen deshalb so gut ist, weil dasselbe Publikum im sogenannten Alltag nicht viel zu lachen hat, stellt sich von selbst ein. An dieser Stelle muß an die volkstümliche Maxime »Lachen ist gesund« erinnert werden. Die Gesundheit, die während der Vergesellschaftung durch Humor zustande kommt, zielt dabei weniger auf momentweise private Entlastung, sondern auf das glückhafte Eingebundensein in ein heiteres Gesamt, in den Schein einer Gemeinsamkeit, von der eine Versöhnung ausgeht: Das Massenschicksal kann augenblicksweise als Einzelschicksal erfahren werden.

Das strenge Über-Ich der meisten Menschen trennt scharf zwischen den Bezirken des Heiteren und des Ernsten. Von dieser Trennung profitieren die öffentlichen Humor-Produzenten; sie vertrauen darauf, daß das Publikum die Welten nicht durcheinanderbringt, daß es – humortechnisch betrachtet – nicht an unpassenden Stellen lacht. Das große Publikum braucht, wenn es lacht, immer auch die Bestätigung, die anderen mitlachen zu hören; es benötigt für sein Vergnügen die Fiktion, daß das Lachen die Menschen erst richtig zusammenführt und dann auch zusammenhält. Diese Fiktion erscheint so teuer, daß in ihrem Namen auch flauer Humor gemacht werden darf, über den selbst Anspruchslose nicht mehr recht lachen können. Ich nenne ein Beispiel für diesen entleerten Humor, der nur noch um seiner Gemeinschaft stiftenden Funktion willen in die Welt gesetzt wird. Die italienische Fußball-Nationalmannschaft war im Spätsommer 1982 Fußball-Weltmeister geworden. Nun absolvierten die Italiener ihr erstes Spiel nach dem Gewinn des Titels, und zwar gegen die Schweiz, die im Fußball noch nie eine herausragende Rolle gespielt hat. Ausgerechnet gegen diesen schwachen Gegner verlor der gerade gekürte Weltmeister Italien mit 0:1 Toren. Ein kurioses Ergebnis zweifellos, besonders für diejenigen, deren Urteilsbildung auf normierende Ereignisse angewiesen ist. Zu diesen darf die Redaktion der Bild-Zeitung gerechnet werden, für die das Ergebnis so frappierend und unfaßlich war, daß sie meinte, es nur mit den Mitteln des Humors melden zu können. So erschien auf Seite 1 der Bild-Zeitung vom 30. Oktober 1982 zunächst die Schlagzeile:

*Alle lachen*

Darunter die zweite Schlagzeile:

*Schweiz schlägt Weltmeister Italien 1:0*

Und der Spielbericht begann mit diesen Sätzen: »Die Fußball-Welt lacht über Weltmeister Italien. Im ersten Länderspiel nach dem WM-Sieg (...) verlor Italien in Rom nach einer schlimmen Vorstellung gegen den Fußball-Zwerg Schweiz 0:1 ...«

Warum soll eine starke Fußball-Mannschaft nicht ein schwaches Spiel absolvieren dürfen und warum soll eine schwache Mannschaft nicht einen starken Tag haben können? Der vergesellschaftete Humor sieht derartige Umkehrungen nicht vor. Beziehungsweise: Der Humor wird benötigt, wenn sie trotzdem vorkommen. Seine harmonisierende Brauchbarkeit ist das Kennzeichen jedes Humors, der Konventionen schützt und Vorverständnisse verewigt. Die Übereinkunft, die in diesem Fall geschützt werden muß, lautet: Eine Mannschaft, die Weltmeister geworden ist, hat die Geltung des Titels zu sichern, andernfalls können wir, das Publikum, nicht an den Sinn solcher Titel glauben. Nur um den Preis einer humoristischen Pointe darf die Realität die Konvention korrigieren: die Verletzung wird in einen Anlaß zum Lachen umgedeutet, damit sie akzeptiert werden kann. In Wahrheit ist die erneute Verwendung des Schutzes einer Konvention etwas Trauriges geworden, vor dessen Anblick uns die Humor-Produzenten bewahren zu müssen glauben. Zugleich gewährt uns das Beispiel Einblicke in das Denken derer, die uns die Anlässe unseres Lachens vorgeben. Eine Pointe, über die sehr viele Menschen lachen müssen – oder besser: lachen müssen sollen –, muß weitgehend entpersönlicht worden sein. Ein Witz gar, der alle erheitern soll, darf überhaupt keinen individuellen komischen Gehalt mehr haben. Deshalb ist er ein Witz für alle, eine leere Geschichte für keinen geworden. In öffentlichem Humor dieser Bauart ist ein Imperativ spürbar: Spaß muß sein! Gemeint ist damit offenkundig eine Art humorigen Wiedererkennens, die Bereitschaft, an die gemeinschaftsstiftende Funktion des Humors zu glauben, auch wenn diese Funktion ihr Versprechen, das Lachen, schon lange nicht mehr einlösen kann.

Die Einübung in diese Funktion des Humors setzt früh ein. Jeder hat schon einmal diese Straßenszene beobachtet: Eine junge Mutter kitzelt ihr Baby, das noch im Kinderwagen sitzt, und sagt dazu: Kille kille. Wenn das Baby darüber nicht in Lachen ausbricht, hebt es die Mutter zu sich empor und kitzelt und schüttelt es nun verstärkt und so lan-ge, bis es in ein Lachen ausbrechen muß. Dieser Versuch einer plötzlichen humorigen Kontaktaufnahme durch Lachen (= Gemeinschaft) ist vermutlich die früheste Form einer humoristischen Überwältigung, die wir kennen: Ein außerhalb von uns selbst tätiger Humor-Agent, der gleichzeitig ein Vergesellschaftungs-Agent ist, in diesem Falle eine Mutter, tritt an uns heran und läßt nicht locker, bis wir das physische Zeichen des Lachens von uns gegeben haben. Der physische Reflex ist das Erfüllungszeichen für den gelungenen Akt der Vergemeinschaftung. Die Hilflosigkeit des Schüttelns und Rüttelns des kindlichen Körpers drückt nur aus, daß es noch keine andere Art und Weise gibt, mit der ein so kleiner Mensch an die (auch körperliche) Erfahrung der Vergemeinschaftung herangeführt werden kann. In dieser Szene können wir den gesellschaftlichen Anteil am Imperativ des Humors deutlich erkennen: Man will uns lachen sehen, je früher desto besser. Und nicht nur das; Humor-Produzenten wollen immer auch wissen, *worüber* gelacht worden ist. Das Unheimliche an einer Belustigung wird kleiner, wenn das Moment seiner Auslösung zu keiner Besorgnis Anlaß gibt. Ein Witz erlaubt uns zwar kurzfristig die Entfernung von der Normenwelt; aber durch die gleichzeitige Einsicht in das, worüber gelacht worden ist, liefert uns derselbe Witz wieder an das Normenkollektiv aus. So steckt in jedem öffentlichen Witz, der doch Befreiung sein will, gleichzeitig die Kontrolle dessen, der sein Lachen zuvor an die Lizenz des Witzes abgetreten hat.

## *Der Professor im Schrank*

Adorno und die Verweigerung des Lachens

Lachende Philosophen sind selten. Der Ernst ihrer Arbeit erlaubt ihnen nicht die Flucht in die Entlastung. Im Gegenteil, sie durchschauen die Entlastung als Schein – und sind daraufhin noch ernster als zuvor. Von Sigmund Freud gibt es keine lachenden Porträts, auch nicht von Martin Heidegger, Nietzsche oder von Max Weber. Von *einem* Philosophen gibt es viele heitere Abbilder, von Theodor W. Adorno. Wir sehen ihn verschmitzt lachend in den vierziger Jahren in seiner Wohnung in Los Angeles; wir sehen ihn breit lachend während einer Podiumsdiskussion Ende der sechziger Jahre in Frankfurt, zusammen mit seinem Schüler Hans-Jürgen Krahl, der ebenfalls offen lacht. Wir sehen ihn, weise lächelnd, als älteren Herrn. Und wir sehen Theodor W. Adorno lachend in Gesellschaft mit schönen Frauen. Sein Gesichtsausdruck läßt keinen Zweifel, daß ihm die gewinnende, erotische Wirkung eines vergnügten Gesichts durch und durch bewußt ist. Merkwürdig an diesem der Lebensfreude und dem Lebenswitz offenkundig zugeneigten Philosophen ist nur, daß er dem Lachen in seinem Werk kein gutes Zeugnis ausgestellt hat, ganz im Gegenteil. Er verunglimpfte das Lachen, wo er nur konnte, er hielt es für reaktionär und also verdummend, ja: der menschlichen Würde nicht oder – durch den Verlauf der Geschichte – nicht mehr für angemessen.

Die Zurückweisung des Lachens (und, implizit, des Vergnügens, welches dem Lachen vorausgeht und es auslöst) beginnt Anfang der vierziger Jahre in den USA, wo Adorno zusammen mit Max Horkheimer sein bis heute einflußreichstes Buch verfaßte, die *Dialektik der Aufklärung*. Im Kapitel über die Kulturindustrie stoßen wir auf die massivsten Angriffe auf das Lachen. »Vergnügtsein heißt Einverstandensein«, verkünden die Autoren. Wie wir das zu verstehen haben, erklärt uns Adorno – er ist der Autor des Kapitels über die Kulturindustrie – mit diesen Worten:

»Der Triumph übers Schöne wird vom Humor vollstreckt, der Schadenfreude über jede gelungene Versagung. Gelacht wird darüber, daß es nichts zu lachen gibt. Allemal begleitet Lachen, das versöhnte wie das schreckliche, den Augenblick, da eine Furcht vergeht. Es zeigt Befreiung an, sei es aus leiblicher Gefahr, sei es aus den Fängen der Logik. Das versöhnte Lachen ertönt als Echo des Entronnenseins aus der Macht, das schlechte bewältigt die Furcht, indem es zu den Instanzen überläuft, die zu fürchten sind. Es ist das Echo der Macht als unentrinnbarer. Fun ist ein Stahlbad. Die Vergnügungsindustrie verordnet es unablässig. Lachen in ihr wird zum Instrument des Betrugs zum Glück. Die Augenblicke des Glücks kennen es nicht, nur Operetten und dann die Filme stellen den Sexus mit schallendem Gelächter vor. Baudelaire aber ist so humorlos wie nur Hölderlin. In der falschen Gesellschaft hat Lachen als Krankheit das Glück befallen und zieht es in ihre nichtswürdige Totalität hinein. Das Lachen über etwas ist allemal das Verlachen, und das Leben, das da Bergson zufolge die Verfestigung durchbricht, ist in Wahrheit das einbrechende barbarische, die Selbstbehauptung, die beim geselligen Anlaß ihre Befreiung vom Skrupel zu feiern wagt. Das Kollektiv der Lacher parodiert die Menschheit. Sie sind Monaden, deren jede dem Genuß sich hingibt, auf Kosten jeglicher anderen, und mit der Majorität im Rücken, zu allem entschlossen zu sein.«

Die Wucht dieser Formulierungen läßt auf persönliche Betroffenheit schließen; gleichwohl hat der Affekt gegen die

Unterhaltung auch einen starken philosophischen Hintergrund. Was in der Kritik des Lachens durchscheint, ist Adornos lebenslange Auseinandersetzung mit der Vermittlung des Allgemeinen mit dem Besonderen, also mit Hegel. Hegels Denkvoraussetzung, daß das Leben jedes einzelnen unauflöslich mit dem Geschick aller verschlungen ist, führte nach Adornos Auffassung zu dem für ihn unannehmbaren Ergebnis, daß das einzelne, das nicht weiter aufschließbare Individuelle, das Opake, das Adorno gerne das Nichtidentische nannte, auf dem Weg der Zwangsvereinigung mit dem Allgemeinen von Hegel geopfert wurde. In der *Negativen Dialektik* lesen wir, daß »die Wirklichkeit von der Philosophie derart zugerüstet« wird, »daß sie der repressiven Identität mit jener sich fügt. Das Wahrste an Hegel, das Bewußtsein des Besonderen, ohne dessen Schwere der Begriff der Wirklichkeit zur Farce verkommt, zeitigt das Falscheste, schafft das Besondere fort, nach dem in Hegel Philosophie tastet«. Und: Hegel »verzerrt den Sachverhalt, indem er das Identische bejaht, das Nichtidentische als freilich notwendig Negatives zuläßt, und die Negativität des Allgemeinen verkennt. Ihm mangelt Sympathie für die unter der Allgemeinheit verschüttete Utopie des Besonderen, für jene Nichtidentität, welche erst wäre, wenn verwirklichte Vernunft die partikulare des Allgemeinen unter sich gelassen hätte«. Der Groll gegen Hegel gipfelt schließlich in dem Satz: »Seine Philosophie hat kein Interesse daran, daß eigentlich Individualität sei.«

Schon in den vierziger Jahren in den USA und seit den fünfziger Jahren in der Bundesrepublik erkannte Adorno die Anbahnung dessen, was uns heute als Wirklichkeit fast täglich ins Haus steht: die Ergreifung der Massen durch eine totalitär gewordene Unterhaltung. Im Dienst ihrer politischen Lenkbarkeit, von der die Unterhaltungsgesteuerten nichts wissen müssen, arbeitet die Kulturindustrie an der mentalen

Übereinstimmung aller mit allen. Als Prämie für die Unterwerfung lockt – und darin liegt der Grund für die Begeisterung der Massen – die temporäre Auflösung der schichtenübergreifenden Lebensleere. Adorno sah im Lachen, besonders im organisierten Lachen der Kulturindustrie, den stärksten Agenten der Vernichtung des von ihm so stark privilegierten Nichtidentischen. In den öffentlich wirksamen Unterhaltern und Humoristen erkannte er die Claqueure von Hegels Metaphysik der falschen Versöhnung des Allgemeinen mit dem Besonderen. Unter den vielen Sätzen der Verwerfung findet sich sogar ein witziger; er steht in der *Negativen Dialektik* und lautet: »Wem gelänge, auf das sich zu besinnen, was ihn einmal aus den Worten Luderbach und Schweinstiege ansprang, wäre wohl näher am absoluten Wissen als das Hegelsche Kapitel, das es dem Leser verspricht, um es ihm überlegen zu versagen.« Luderbach und Schweinstiege! Zwei Worte, die ihn einmal ansprangen, brachten ihn näher an das absolute Wissen als der ganze Hegel; und weil die beiden Worte, trotz des Zusammenstoßes mit ihnen, nicht preisgegeben haben, worin ihr Geheimnis liegen mochte, wurden sie für Adorno zu einem Innerlichkeitsbesitz, das heißt zu einem Zeichen des Nichtidentischen, sowohl zu einem Rätsel als auch zu einem Moment der persönlichen Unfügsamkeit.

Wir betreten jetzt das Gebiet der für Adorno so wichtigen Idiosynkrasien. Überempfindlichkeit war für Adorno so etwas wie ein persönliches Quellgebiet, aus dem er ein Leben lang schöpfen konnte. Gemeint sind sowohl geistige als auch körperliche Idiosynkrasien; die körperlichen schätzte er vielleicht sogar mehr als die geistigen, ihrer Unbegrifflichkeit wegen. Für die Art der nicht einschätzbaren Wirkungen, für die Idiosynkrasien einstehen, hat Adorno seinen Lesern ein eindrucksvolles Beispiel hinterlassen. Während seiner

Exiljahre in den USA hatte er einmal das Glück, während eines Empfangs für Hollywood-Größen Charlie Chaplin zu begegnen; Jahre später schrieb er darüber eine Skizze, der die folgenden Auszüge entnommen sind:

»Daß ich von ihm rede, darf ich vielleicht mit einem Privileg rechtfertigen, das mir, ganz ohne mein Verdienst, zuteil wurde. Er hat mich nachgemacht; sicherlich bin ich einer der wenigen Intellektuellen, denen das widerfuhr, und die von dem Augenblick Rechenschaft zu geben vermögen. Wir waren, mit vielen anderen zusammen, in einer Villa in Malibu, am Strande außerhalb von Los Angeles, eingeladen. Einer der Gäste verabschiedete sich früher, während Chaplin neben mir stand. Ich reichte jenem, anders als Chaplin, ein wenig geistesabwesend die Hand und zuckte fast zugleich heftig zurück. Der Abschiednehmende war einer der Hauptdarsteller aus dem kurz nach dem Krieg berühmt gewordenen Film *The best Years of our life*; er hatte im Krieg die Hand verloren und trug an deren Statt aus Eisen gefertigte, aber praktikable Klauen. Als ich die Rechte schüttelte, und sie auch noch den Druck erwiderte, erschrak ich aufs äußerste, spürte aber sofort, daß ich das dem Verletzten um keinen Preis zeigen dürfte, und verwandelte mein Schreckgesicht im Bruchteil einer Sekunde in eine verbindliche Grimasse, die weit schrecklicher gewesen sein muß. Kaum hatte der Schauspieler sich entfernt, als Chaplin bereits die Szene nachspielte. So nah am Grauen ist alles Lachen, das er bereitet und das einzig in solcher Nähe seine Legitimation gewinnt und sein Rettendes.«

Wir erkennen in dieser knappen Skizze, wie ein und derselbe Vorgang bei Chaplin eine humoristische Reaktion auslöst und bei Adorno einen Schreck. Chaplin müssen wir zugestehen, daß er den plötzlich erstarrenden Adorno mit seinem Ernst nicht allein lassen wollte. Chaplin hat Adornos

Erfahrung umgeformt – und damit umgewertet – in eine spaßige Folgehandlung, die aus Adornos Schreck dessen Gegenteil herausschlagen wollte. Wir sehen in Chaplin das Urbild des Unterhalters, der meint, daß Ernst nicht auf sich selbst beruhen darf, der sofort in seine humoristische Tätigkeit verfällt, weil er glaubt, daß jegliche Erschütterung den kompensatorischen Versuch des (komischen) Beistands nötig macht. Aus dem Schrecken soll ein Spaß werden. Wir sollen zwar wissen dürfen, meint der Unterhalter, daß es den Ernst des Lebens gibt, aber wir sollen nicht bei diesem Ernst verharren müssen.

Der Unterhalter springt in die Sinnlücke und steht dem frappierten Subjekt mit einem Jux bei. Der Unterhalter sieht sich als Tröster. Sein Jux funktioniert wie ein seelsorgerischer Akt, in dem eine Hoffnung steckt, die der Unterhaltene erkennen muß – damit die Rechnung aufgeht. Die Hoffnung zielt auf die Abwehr der Lebensnot, die uns im Moment einer Gefahr zu bedrohen scheint. Die Hoffnung heißt: Wir sollen den Schreck der Ananke nicht für dauerhaft halten. Der Spaß ist ein Zuspruch, der uns ermutigen will, das Laufrädchen nicht zu verlassen. Was uns heute mißrät, wird uns morgen (so tröstet der Spaß) vielleicht doch gelingen. Es mißlingt uns ohnehin viel zuviel. Deswegen fliehen wir massenhaft in den Humor. Das Lachen ist der nachträgliche Frieden mit allem Gescheiterten. Deswegen brauchen wir diesen Frieden so oft. Eigenartig ist, daß der Humorist von seiner Rolle als Kompensator oft nichts wissen will. Er schiebt sein Wirken auf das Ergebnis, auf das prompte Lachen der anderen. Mit dem Trost, den uns Humoristen zusprechen, beschwichtigen uns diese auch über ihre eigene Tätigkeit. Wir sollen, indem wir lachen, nicht merken, daß wir des Trostes überhaupt bedürftig sind. Denn jeder Belustigung, ob sie von außen oder von innen kommt, liegt ein Schmerz zugrunde.

Verschmerzt wird im Lachen die Melancholie darüber, daß wir der dauerhaften Aufhebung von Sinn standhalten. Zur Belohnung für unsere Sinnabschiede tritt uns der Spaßmacher zur Seite und versichert uns, daß alles nicht so schlimm ist. Wir lachen aus verwandeltem Schmerz. Die wunderliche Erfahrung, daß wir dabei momentweise von uns selbst getrennt werden, macht uns zu Ironikern wider Willen. Der öffentlich tätige Humorist ist jemand, der von dieser Trennungsarbeit weiß und uns bei ihrer Bewältigung helfen möchte. Der Humorist hilft vor allem der großen Mehrheit derer, die kein eigenes Witz-, das heißt, kein eigenes Wirklichkeits-Verzerrungsvermögen haben, die also im Kern humorlos sind. Gerade humorlose Menschen halten sich nur deswegen, weil sie viel Fremdhumor brauchen, schon selber für humorvoll. Gerade von dieser Fehleinschätzung sollen sie, indem sie lachen, nichts merken.

»Immer leben wir«, lesen wir bei Hans Blumenberg, »zwischen den Extremen des Zerfallens und der (Re-)Integration.« Der Humorist übernimmt die Rolle des öffentlich tätigen Re-Integrierers, entschärft damit die melancholisch explosive Einbildungskraft seiner Zuhörer und befreit sie außerdem vom Schuldgefühl der Dissoziierung. Jetzt verstehen wir auch, daß die zahllosen humoristischen Entladungsprogramme, die es in jeder Gesellschaft gibt, elementar und konstitutiv sind. Jeder Mensch soll das Recht haben, alle Leute, die er kennt, ebenfalls alle Verhältnisse, in denen er lebt, humoristisch zu diskrimieren (oder diskriminieren zu lassen), ferner alle Leute und Verhältnisse, die er nicht kennt und gerade deswegen verunglimpfen möchte. Da ihm dieses Recht jedoch um des inneren Friedens willen nicht zugestanden werden darf, muß die Tätigkeit der humoristischen Schmähung entweder in den Innenraum des Menschen verlegt werden (das ist das Feld der komischen Empfindung) oder in die öffentlichen Säle und auf die Bildschirme, wo es kontrollierbar und also folgenlos bleibt.

Chaplin hat sofort erkannt, daß die eiserne Ersatzhand Adorno tief erschreckte. Chaplin hat durch die parodierende Wiederholung der Szene Distanz und in der Distanz den Raum für Komik eröffnet, aber Adorno konnte den Raum der Komik nicht betreten. Wir erfahren aus Adornos Text nicht, ob er selbst über die Parodie lachen konnte oder nicht. Es ist beredt, daß Adorno zwar die Wirkung des Scherzes beschreibt, selbst aber nicht preisgibt, ob diese Wirkung auch ihn ergriff oder nicht. Statt einer Auskunft über einen doch bloß körperlichen Reflex wendet sich dem Leser der bewährte Theoretiker zu: »So nah am Grauen ist alles Lachen, das er (Chaplin) bereitet und das einzig in solcher Nähe seine Legitimation gewinnt und sein Rettendes.«

Ich vermute: Adorno verzog keine Miene, sondern bemerkte das Lachen der anderen. Auch in der versuchten Überwältigung durch einen komisch gemeinten Schrecken konnte er das Moment der an ihn weitergereichten Verstümmelung nicht einfach ausblenden. In der Berührung mit der Prothesen-Hand lag für ihn die Berührung mit der Geschichte, konkret: mit dem noch kaum überwundenen Krieg, mit dem eben erst ausgestandenen beziehungsweise gerade nicht ausgestandenen Faschismus. Über einen Witz über die buchstäblich handgreiflich gewordenen Verwüstungen mochten andere lachen, Adorno nicht.

In einem kleinen Essay aus der Nachkriegszeit, in den *Marginalien zu Theorie und Praxis* aus dem Jahr 1969, distanzierte sich Adorno ausdrücklich von dem von ihm so genannten »Mitlacher-Humor« derjenigen, die auf Geheiß von Witzen loslachen können, erst recht dann, wenn sie dabei gegen die Pietät ihrer Erfahrung verstoßen und den darin sedimentierten Schmerz verraten. Obgleich wir die Empfindungswahrheiten, die aus der Berührung mit der Prothese hervorgehen, im Auge behalten müssen, so glaube ich doch nicht, daß die eiserne Klaue das Zentrum von Adornos Erfahrung war. Der Schlüsselsatz aus der Chaplin-Erinnerung steht an deren Anfang; er lautet: »Er hat mich nachgemacht.«

Das Grauen der Belustigung der anderen steckt in der Entdeckung, daß er, Adorno, durch Chaplins Parodie zum Objekt wurde, das heißt jederzeit nachahmbar und dadurch ausbeutbar für das zuschauende Vergnügen der anderen – zugunsten eines dann fremden Lachens, das seine, Adornos, Erfahrung nur benutzt und im Augenblick der Benutzung mißachtet und verfälscht. Das heißt: *Vor* dem Mißbrauch der Erfahrung steht die In-Dienst-Nahme als Objekt. *Das* ist der Augenblick der Vergesellschaftung des Ichs durch öffentlichen Humor. Die Idiosynkrasie wird sichtbar im Moment einer von außen kommenden Umwandlung, die vom Subjekt dann nicht mehr reprivatisiert, nicht mehr rückverwandelt werden kann.

In einer Fernseh-Diskussion über das Werk Samuel Becketts aus dem Jahr 1968 hat Adorno die Sentenz »Esse est percipi« des irischen Empirikers George Berkeley als Daseinsmetapher für Becketts Figuren in Anspruch genommen. Esse est percipi – Sein ist Wahrgenommenwerden – soll heißen: »... in dem Augenblick, wo er beobachtet wird, *ist* er, existiert er, und gerade das ist das Furchtbarste: er *will* ja nicht existieren«, sagt Adorno über den Protagonisten von Becketts *Film*. Adorno sagt diese Sätze so präzise wie emphatisch, weil die Sätze über Beckett auch Sätze über ihn selber sind. Es ist der vom Wahrgenommenwerden ausgehende Identitätszwang, den Adorno genauso fürchtete wie Becketts Figuren. In seinen Worten ausgedrückt: »Das Fatale liegt darin, daß (...) das Wahrgenommenwerden überhaupt etwas ist, dem man nicht ausweichen kann, weil man durch die Selbstwahrnehmung immer noch an die Welt gekettet bleibt.«

An die Welt gekettet sein, und zwar auf dreifache Weise. Erstens durch den Zwang, ein ganz bestimmter Mensch sein zu müssen, zweitens durch die Fremdbeobachtung des Zwangs und drittens durch die Gefahr, als Opfer dieser Zwänge auch noch bespöttelt, parodiert, verhöhnt oder verlacht zu werden. Wir ahnen, wie tief die Überempfindlichkeit sitzt, mit der Adorno auf die Vergesellschaftung des Individuums durch Humor reagiert hat. Einen besonderen Essay über Komik und Humor, über das Lächerliche und das Lachen hat Adorno gleichwohl nicht geschrieben. Es gibt von ihm lediglich über das gesamte Werk verstreute Bemerkungen zum Thema, die tief in die Archäologie der nach Adorno verlorenen Autonomie des Menschen hineinführen. Die Intention dieser Bemerkungen geht stets in die gleiche Richtung. Nicht nur alle Formen humoristischer oder komischer Fremd- oder Selbsterheiterung werden von ihm mit Vehemenz verurteilt; auch das Lachen selbst, als Verhalten, erscheint als suspekt und obsolet. Wer heute noch lacht, so lesen wir in der *Ästhetischen Theorie*, tut dies nur um den Preis der »Rohheit«. In der *Dialektik der Aufklärung* wird Lachen kurzerhand als »Krankheit« abqualifiziert. Denn der (gesellschaftliche) Auslöser des Lachens, der öffentliche Humor, ist – so steht es ebenfalls in der *Ästhetischen Theorie* – »abstoßender als alles Abstoßende«. Nicht einmal das stille Vergnügen an der nach innen gekehrten Form des Humors, der Komik, hat bei Adorno eine Chance. In seinem Essay *Ist die Kunst heiter?* erteilt er dazu diese Antwort: »Was einmal Komik war, stumpft unwiederbringlich sich ab; die spätere ist verderbt zum schmatzend einverstandenen Behagen. Am Ende wird sie unerträglich.«

Erstaunlich an dieser Zurückweisung ist zunächst, daß Adorno, ganz gegen seine sonstige Praxis, die von ihm schroff abgelehnten Phänomene keiner genaueren Analyse unterzieht. Er trennt nicht nur nicht zwischen Humor und Komik, er trennt nicht einmal zwischen deren ästhetischer Erscheinungsebene einerseits und ihrem körperlichen Ausdruck andererseits. Das eine ist ihm auch das andere, und beides ist allemal – so heißt es in dem *Versuch das »Endspiel« zu verstehen*: »... veraltet und widerlich, ohne Kanon dessen, worüber zu lachen wäre; ohne einen Ort der Versöhnung, von dem aus sich lachen ließe; ohne irgend etwas Harmloses zwischen Himmel und Erde, das erlaubte, belacht zu werden«.

Die Versöhnung zwischen (grob gesagt) Subjekt, Gesellschaft und Natur ist ausgeblieben, und wir, die einzelnen, die gegen ihren Willen eine Masse sind, und die Masse, die gegen ihren Willen in einzelne auseinanderfällt, wir sind nichts als deren trauernde Hinterbliebene. Was uns entgangen ist, hat Adorno so umschrieben: »Der versöhnte Zustand hätte sein Glück daran, daß das Fremde in der gewährten Nähe das Ferne und Verschiedene bleibt, jeweils des Heterogenen wie des eigenen.« Weil wir den »Ort der Versöhnung« nicht haben finden können, kann unser Lachen nur ein zynisches sein, das der Humanist Adorno nicht hinnehmen mochte. Nach der gescheiterten Versöhnung bleiben unsere Verhältnisse die, die sie immer waren: Wer auf die Welt kommt, sucht nach einer Möglichkeit der Vergeltung für diese. Nur als Versöhnte könnten wir befreit auflachen, denn dann hätten wir die quasi göttlich vernünftige Erlaubnis, auf endgültig hinter uns liegende Schrecken zurückzublicken. Nur *diese* Rückschau wäre heiter. Nur eine versöhnte Welt wäre eine Welt ohne Vergeltungszwang, eine Welt ohne den Spott, den die Not nach sich zieht, und ohne Witze, die in ihrer Wirkung dem Nach-Luft-Schnappen-Müssen von Fast-Erstickten oft bedrückend ähnlich sind.

Das unversöhnt zurückbleibende Subjekt muß so desillusioniert und vor allem ernst gedacht werden, daß es harmlose Kunst, also auch Humor und Komik, als inadäquat empfinden muß. In der *Ästhetischen Theorie* heißt es: »Kunst vermag mit ihrer eigenen Existenz nur dadurch zu versöhnen, daß sie die eigene Scheinhaftigkeit, ihren inwendigen Hohlraum nach außen kehrt. Ihr verbindlichstes Kriterium heute ist, daß sie, allem realistischem Trug unversöhnt, ihrer eigenen Komplexion nach kein Harmloses mehr in sich duldet.«

Wer also, nach der ausgebliebenen Versöhnung, Harmloses immer noch duldet oder gar lacht, ist affiziert von der »abscheulichen Gesundheit der bürgerlichen Kultur«. Und abscheulich ist diese Kultur deswegen, weil sie den Erfahrungsgehalt des Scheiterns mit sich selbst nicht ernst nimmt und deswegen nur noch Barbarei hervorbringt: »Vulgär ward Kunst durch Herablassung: wo sie, zumal durch Humor, ans deformierte Bewußtsein appelliert und es bestätigt. Der Herrschaft paßte es ins Konzept, wenn das, was sie aus den Massen gemacht hat und wozu sie die Massen drillt, aufs Schuldkonto der Massen verbuchen würde (...). Gesellschaftlich ist das Vulgäre in der Kunst die subjektive Identifikation mit der objektiv reproduzierten Erniedrigung.«

Nach diesem Befund kann Humor nur einverstandener Humor sein, und einverstandener Humor ist eine Form des Verrats des einzelnen an Herrschaft. Auf diese Weise ordnet sich Adornos Perspektive auf Komik und Humor jener »Kälte« unter, die er das Prinzip der bürgerlichen Subjektivität genannt hat. Adorno sah, daß überall dort, wo über Menschen gelacht wird, Opfer des (Aus-)Lachens zurückbleiben, die an der Belustigung kein Vergnügen finden können. Deshalb fragt er zum Beispiel: »Wer jedoch könnte (...) noch lachen über den (...) sadistischen Spott über den, welcher vorm bürgerlichen Realitätsprinzip versagt?«

Adorno erkannte, daß das Lachen eines Dritten über uns die Form eines Urteils hat. Das in unserer Umgebung, in Hörweite, auftönende Lachen ist immer anzüglich, weil es nicht sagt, *was* es an uns verurteilt. Das Lachen drückt nur das fertige Urteil aus, nicht seinen Inhalt und nicht seine Begründung. Es bezieht sich in der Regel auf unser Empfindlichstes, auf unsere Erscheinung; auf unser Gesicht, auf unsere Figur, auf unsere Kleidung, auf unsere Sprechweise, auf unser Alter, auf unsere Gebrechen, auf jeden Fall auf unser Ungeschick. Es meint immer einen Mangel. Das Urteil des Lachens hat den Auftrag, uns mit uns selbst zu befremden. Es gibt den ersten Anstoß, damit wir uns selbst – temporär, aber mit Tiefenwirkung – anstößig werden: in Form einer Depersonalisierung mit weitreichenden Folgen: Wir sollen zukünftige, dann aber manifeste Ausschlüsse antizipieren können. In unserem vorzeitigen Lachen soll vergessen werden, daß jeder Witz der Kränkungsgeschichte des Menschen entnommen ist; gerade deswegen ist für Adorno das Lachen ein besonders klirrendes Moment in der bürgerlichen Kälte. In der *Minima Moralia* lesen wir dazu: »Noch über Roheit, Stumpfheit und Beschränktheit, die den Unterworfenen objektiv auferlegt sind, wird mit subjektiver Souveränität im Humor verfügt. Nichts bezeichnet den zugleich integralen und antagonistischen Zustand genauer als solcher Einbau der Barbarei.«

Adorno sah deswegen im öffentlich wirksamen Humor ein Steuerungsinstrument, von dem Impulse der gleitenden Disziplinierung und Unterwerfung ausgehen. Ungeklärt in diesem Problemaufriß bleibt, warum Adorno auch die verinnerliche Form der Komik – und ihr nicht gering zu schätzendes Identitätsversprechen – nicht hat retten können oder wollen. Die Tiefe dieser Verweigerung ist deshalb auffällig, weil es in Adornos Werk durchaus eine Denkschneise gibt, die eine Nutzung des komischen Vergnügens (oder besser: des Vergnügens an der Komik) möglich erscheinen läßt. Dazu müssen wir uns eines Lieblingswortes von Adorno erinnern, das, ähnlich wie der Begriff der Versöhnung, immer wieder im Werk auftaucht. Ich meine das von ihm gern – besonders in der *Ästhetischen Theorie* und in *Minima Moralia* – benutzte Wort »Schlupfwinkel«. Der Schlupfwinkel (so wird das Wort von Adorno verwendet) ist die Zuflucht für das im Spätkapitalismus mehr und mehr bedrohte Individuum, der Ort für dessen Rettung in die Unbelangbarkeit, der Schauplatz für seinen Versuch des Selbstentzugs vor jeglicher Herrschaft, an dem die von Adorno stark gemachte »Fähigkeit des Standhaltens« ausgeübt wird: »... die Kraft zur Reflexion, zur Selbstbestimmung, zum Nicht-Mitmachen«.

Zur Ausstattung dieses Schlupfwinkels gehören auch – oder hätten doch gehören können, wenn wir die Linien von Adornos Denken versuchsweise ausziehen – die Reflexionsqualitäten der verinnerlichten komischen Empfindung. In einem Bewußtsein, in dem diese sich entfalten darf, ist sie ein Zentrum der inneren Distanz – und als solches gegen Zugriffe von außen geschützt. Warum, so können wir fragen, hat sich Adorno gegen die Verlegung der komischen Lust in die Innerlichkeit gesperrt?

Es ist auffällig, daß Adorno die Idee des Individuums im Spätkapitalismus stets für obsolet erklärte, das Individuum aber gleichzeitig verteidigte und beschützte, sobald er es von den Mächten der Moderne angegriffen sah. Allerdings beschnitt und bevormundete er das Subjekt auch wieder, sobald er es zu stärken meinte. Die zwiespältige Behandlung des Gegenstands ist ihrerseits ein Symptom der Idiosynkrasie. Idiosynkrasie heißt: Jemand kann nicht voraussetzungslos über etwas nachdenken oder empfinden, jemand kann nicht wirklich Abstand von etwas gewinnen. Die Idiosynkrasie ist vor allem Nachdenken da; das Subjekt wird von ihr verfolgt wie von seinem Schatten. *Ein* Aspekt dieser Ich-Einschränkung (bei gleichzeitiger Ich-Verteidigung) ist, daß Adorno seinem eigenen Ich die verinnerlichte komische Tätigkeit nicht zubilligen mochte, weil diese eine eminent individuelle Tätigkeit ist und deswegen seine generelle Subjekt-Verwerfung gefährdet hätte. In der komischen Differenz, ist diese Differenz einmal als Schlupfwinkel entdeckt, kann jedes Ich der Melodie seiner eigenen Weltverdächtigung folgen. Im komischen Winkel hätte Adorno sogar einige seiner Lieblings-Axiome, zum Beispiel den Vorrang des Objekts, mit neuem Material ausstaffieren können. Tatsächlich *zerfällt* die Einheit des Individuums im Verlauf einer komischen Empfindung. Wir sind, indem wir etwas lächerlich finden, immer sowohl Objekt als auch Subjekt. Das Ich ist – denken wir einen Augenblick an die eiserne Klaue zurück – tendenziell verwirrt, es schwankt zwischen Subjekterfahrung und Objekterfahrung hin und her, es weiß momentweise nicht, wo es nach verläßlicher Identität suchen könnte. Das offene Lachen ist immer gnadenlos, weil es alles und damit stets zuviel ausdrückt. Die verinnerlichte komische Empfindung dagegen behält ihr Bestes zurück: Sie wird für die zarteren Verrückungen des Innenlebens beansprucht.

Es gab Augenblicke in Adornos Leben, in denen er in den Labyrinthen der Komik unterwegs war, ohne es (vermutlich) bemerkt zu haben. Unter Adorniten erinnert man sich gern an ein *Spiegel*-Interview aus dem Jahr 1969. Das Interview begann mit dieser Frage: »Herr Professor, vor zwei Wochen schien die Welt noch in Ordnung.« Die Antwort Adornos lautete: »Mir nicht.« Man kann lange darüber spekulieren, ob es sich bei dieser Antwort um objektive, unfreiwillige, verinnerlichte, verhüllte oder arrogante Komik handelt. Durch ihre Knappheit hat die Antwort selbst die Form eines Witzes, die Spruchblasen-Qualität eines Comics. Mit dieser Antwort ist es Adorno gelungen, seine ganze Theorie in zwei Worten zusammenzufassen. Es mag Millionen von Menschen geben, die die Welt für in Ordnung halten – Adorno zählt jedenfalls nicht zu ihnen. In der *Negativen Dialektik* steht der Satz: »Philosophie ist das Allerernsteste, aber so ernst wieder auch nicht.« *Wie* unernst die Philosophie ist oder sein kann, hat uns Adorno nicht verraten. Der Grund für seine Reserve liegt auf der Hand: Hätte er den Unernst der Philosophie erklärt, hätte er sie ernsthaft nicht mehr betreiben können.

Er beließ es dabei, daß ihm Komik eher zustieß oder unverhofft begegnete, damit er sie besser übersehen konnte. Einmal, zu Beginn der fünfziger Jahre, gratulierte Adorno einem damals verehrten Kollegen, dem Soziologen Leopold von Wiese, öffentlich zu dessen 75. Geburtstag. Für Adorno war Leopold von Wiese damals, so wörtlich, der »einzige Deutsche« unter den Sozialwissenschaftlern, dessen Horizont offen und weit genug war, um an die international fortgeschrittene Soziologie, etwa die eines Émile Durkheim, anschließen zu können. Entsprechend stark war Adornos Wertschätzung. Etwa zehn Jahre danach war von dieser Hochachtung kaum noch etwas zu spüren, im Gegenteil. 1961 traf Adorno auf dem Soziologenkongreß in Tübingen wieder mit Leopold von Wiese zusammen. Auf dem Kongreß-Programm war der Redner »Prof. Dr. Dr. Leopold von Wiese« angekündigt; auf dem erhalten gebliebenen Programm von Adorno sehen wir, daß er jeden einzelnen Doktor-Titel des Kollegen mit eigener Hand umkringelt hat; darunter steht: »3 x Dr. = Rindvieh«.

Dieser komische Reflex ist so schroff wie hilflos, so direkt wie verborgen, so ungnädig wie infantil. Das Subjekt Adorno entkommt, weil es im Augenblick nicht anders geht, mit Hilfe einiger Zeichen und Wörter auf einem persönlich verunstalteten Programmzettel. Komisch ist, daß der Slalom des Lebens die Menschen zu derartig deutlichen Positionswechseln zwingt. Komisch ist also nicht ein hervorgehobener Einzel-Witz innerhalb einer besonderen Konstellation, sondern komisch sind die Wirren des Lebensverlaufs selbst. Noch vor zehn Jahren ein hochgeschätzter Kollege – jetzt nur noch ein dreifach promoviertes Rindvieh. Der komische Einfall funktioniert als Abstandshandlung. Das innere Lachen einer komischen Eingebung ähnelt der Erfindung einer subjektiven Trennungszone zwischen zwei Personen. Die komische Verzerrung (das Umkringeln der Titel) unterbricht die als zu aufdringlich empfundene Präsenz eines anderen. Sie eröffnet außerdem die Chance zur Reflexivität. Jemand, in diesem Fall Adorno, fühlt sich durch die Erscheinung eines Kollegen subjektiv provoziert und betätigt sich als Verzerrer einer Form. Das Spannende an der komischen Handlung ist, daß unaufgeklärt bleibt, ob der Wunsch nach Formverzerrung vom betrachtenden Ich ausgeht oder ob der Keim der Verunstaltung schon im Objekt angelegt ist. Sagt das Objekt: Man muß mich subjektiv diskriminieren, weil man mich sonst unerträglich findet? Oder sagt das Subjekt: Ich kann das Objekt W. nur aushalten, indem ich es subjektiv komisch verhöhne? Wem diese Nachempfindung zu weit hergeholt erscheint, sollte unbedingt drei Zeilen lesen, die ich in der *Dialektik der Aufklärung* gefunden habe; sie lauten: »Die bloße Existenz des anderen ist das Ärgernis. Jeder andere ›macht sich breit‹ und muß in seine Schranken verwiesen werden, die des schrankenlosen Grauens.« Die beiden Sätze sind nicht nur rückhaltlos offen, sie beschreiben auch einen dialektischen Grenzfall: Man kann nichts in seine Schranken verweisen, wenn die Schranken ihrerseits schrankenlos sind.

Das kann nur heißen: Der Soziologenkongreß geht weiter, man wird am Abend oder am nächsten Morgen wieder mit dem Dr. Dr. Dr. zusammentreffen und sogar nett mit ihm plaudern, aber man hat doch – mit Hilfe eines schülerhaften Einfalls – einen komischen Vorbehalt eröffnet. Es ist immer komisch, wenn ein Gefüge von Einzelheiten, deren Zusammengehörigkeit bislang außer Zweifel war, plötzlich ihr Nichtzusammengehöriges enthüllt. Der Effekt ist nicht so stark, daß wir – wie über einen Witz – gleich darüber lachen müßten, aber das Auseinandertreten bislang zusammengedachter Einzelheiten geht nicht ohne komische Regung ab. Der komische Akt ist eine Art Dank für eine dringend benötigte Unterbrechung. Nach dem Ende der Unterbrechung geht der Ernstfall der Konvention von allein weiter, als wäre er nie suspendiert worden.

Ich möchte ein drittes Beispiel für die Latenz des Komischen bei Adorno anfügen. Ich weiß von ihm nur, weil es einen Leserbrief an die FAZ vom 11. August 1994 gibt. Verfasserin des Leserbriefs ist eine Frau Trudel Roth aus Frankfurt am Main. Sie berichtet den Lesern folgendes:

»Zu Ihren ›Noten zu Theodor W. Adorno‹ (FAZ vom 6. August) möchte ich etwas beitragen. Adornos Sekretärin wohnte in der Nachkriegszeit während ihrer Beschäftigung beim Institut für Sozialforschung bei uns zur Untermiete. So blieb es nicht aus, daß wir immer wieder in der gemeinsam benutzten Küche zwischen Kochtopf und Wasserkessel vom neuesten Büroklatsch erfuhren. Vieles habe ich vergessen. Aber etwas ist mir fest im Gedächtnis haften geblieben:

Adorno liebte es nicht – ja, er schien sogar Angst davor gehabt zu haben –, daß Besucher ihn unangemeldet zu sprechen wünschten. Eines Tages erschien ein mit ihm befreundeter amerikanischer Kollege bei seiner Sekretärin im Vorzimmer und bat um ein Gespräch mit dem Professor. Auf Anweisung versuchte sie ihn abzuwimmeln, was ihr aber erst nach einer lautstarken Diskussion gelang, die Adorno wohl mitgehört haben muß. Als sie danach ins Chefzimmer ging, um Vollzugsmeldung zu machen, schien der Raum leer zu sein. Adorno hatte sich im Schrank versteckt und kam erst wieder raus, als die Luft rein war.

Mein Mann und ich wollten es damals in unserer jugendlichen Naivität fast nicht glauben, daß jemand, der durch seine revolutionären Thesen die entscheidenden Grundwerte des gesellschaftlichen Gefüges in Frage stellte, vor den kleinen Alltagsproblemen kapitulierte. Inzwischen ist uns aber auch klargeworden, daß das eine wenig mit dem anderen zu tun hat und daß die Kluft zwischen Theorie und Praxis sehr groß – wenn nicht in diesem Fall sogar unüberbrückbar – war.«

Soweit Frau Trudel Roth aus Frankfurt.

Ich bin beinahe überzeugt, daß Adorno, hätte er selbst seine Flucht in den Schrank beschrieben, den Durchbruch zum komischen Text geschafft hätte – und fortan das Moment des komischen Einbruchs im Leben ganz anders beurteilt hätte. Aber vielleicht auch nicht! Denn wir müssen sehen, daß der Flucht in den Schrank ebenfalls eine idiosynkratische Erfahrung zugrunde liegen kann: der innere, das heißt unüberwindliche Widerstand gegen das Wiedersehen mit bestimmten Personen, derentwegen Adorno sogar in einen Schrank flieht – wenn die Sekretärin das Problem im Vorfeld nicht hat lösen können. Deshalb müssen wir uns vorstellen, daß Adorno zwar einerseits ein objektiv komisches Erlebnis hatte, gleichzeitig aber todernst geblieben ist, weil ihm seine Idiosynkrasien allemal näher waren als die Empfindung einer komischen Konstellation. Wir müssen vermuten, daß Adorno die Latenz des Komischen nicht bewußt werden konnte, weil in seinem Selbstgefühl ein Gespür für die eigene Lächerlichkeitsanmutung nicht vorhanden war. Obgleich Adorno das Unbegriffliche privilegierte, wurde es ihm doch verdächtig, wenn es sich gar zu lange oder überhaupt gegen seine Versprachlichung sperrte. In dem Aufsatz »Ist die Kunst heiter?« heißt es dazu unmißverständlich: »Das Glück ist bei der Sprache, die über das bloß Seiende hinausweist.« Gegen diese Barriere half auch nicht die Lockung, daß jede komische Empfindung ein Geheimnis hat, das im Moment seines Erscheinens seine Gestalt zwar enthüllt, die Bedingung seiner Möglichkeit jedoch nicht preisgibt. Gleichzeitig hielt Adorno fest am Prinzip der Versöhnung. Obwohl er nie einen Zweifel daran ließ, daß für ihn alles gesellschaftlich Gewordene den Charakter einer monströsen Entgleisung trägt, so hat er doch nicht den Gedanken aufgegeben, daß eine »Entbarbarisierung« der Gesellschaft möglich sei, mithin eine Utopie, in der das Lachen wieder (wie einstmals) ein Zeichen von Humanität, von unbelasteter Harmlosigkeit sein kann. Er hat, mit anderen und seinen Worten, daran festgehalten, »als menschlicher Mensch Anteil zu haben am Leben der Gesellschaft«. Dieses Beharren auf Versöhnung (und zwar im »Schlupfwinkel«, im Wartestand) hat das Abdriften der komischen Lust in die Innerlichkeit von selbst ausgeschlossen. Es durfte nicht sein, daß die Barbarei der »Massenkultur« den zwangsweise in ihr Lebenden in die bloße Selbstbezüglichkeit des inneren Exils hineintrieb. Er verweigerte dem Gelächter den Einzug in die Innerlichkeit, weil er in diesem Transfer eine erpreßte Anpassung an den Verrat der Versöhnung sehen mußte. In der bloßen Innenwelt sollte sich das bisherige Scheitern der Utopie nicht abgelten dürfen. Oder, mit Adornos Worten: »Keine Emanzipation ohne die der Gesellschaft.«

## *Die Drohung im Handgemenge*

Ich war sechzehn oder siebzehn, als mir der Roman »Kleiner Mann – was nun?« in die Hände fiel. Als Fallada-Leser war ich in der Minderheit. Meine Freunde und Schulkameraden, jedenfalls die meisten, lasen Hermann Hesse. Fallada war schon damals ein Autor für Erwachsene, Hesse dagegen war schon damals ein Autor für Jugendliche. Das ist vermutlich bis heute so geblieben. Fallada wurde von Jugendlichen gelesen, die in der Nachkriegszeit etwas zu schnell zu Erwachsenen gemacht worden waren; bei nicht wenigen kam ein eigenes frühes Scheitern dazu, das von Ferne ein wenig dem Scheitern Falladas ähnelte. Die Hesse-Leser dagegen machten ordentlich ihr Abitur und fingen an zu studieren, sie gingen rechtzeitig zur Tanzstunde und fanden pünktlich ihre Jugendliebe. Wer mit Fallada angefangen hatte, stieß bald auf Tucholsky und Heinrich Mann, las dann weiter bei Döblin und Feuchtwanger und Brecht. Die Hesse-Leser lasen lange Zeit nichts anderes als Hesse, einigen von ihnen gelang nach Jahren der Absprung zu Rilke und Hölderlin; danach fanden sie zur Pop-Musik und zu ersten Drogenerfahrungen. Viele der Hesse-Leser scheiterten später und gründlicher als die Fallada-Leser. Es ist kein Zufall, daß es in den siebziger Jahren eine Popgruppe mit den Namen ›Steppenwolf‹ gab. Eine andere Popgruppe, die nicht ganz so erfolgreich war, nannte sich sogar ›Hölderlin‹. Popgruppen mit dem Namen ›Blechnapf‹ oder gar ›Bauern und Bonzen‹ gab es nicht und konnte es nicht geben. Mit Fallada war die rauschhafte Selbstverkennung in der Selbsterhöhung – mir zur Feier! – nicht oder nicht so leicht zu machen wie mit Rilke.

In den dreißiger Jahren des vorigen Jahrhunderts, zu Falladas besten Zeiten, wurden Schriftsteller wie er häufig Asphaltliteraten genannt. Das war nicht nur ein Ausdruck für die großstädtische Unmittelbarkeit dieser Autoren, sondern auch eine Anspielung auf ihren mangelnden bildungsbürgerlichen Hintergrund. Je weniger gebildet ein Autor war, desto größer war die Gefahr, daß er die von ihm vorgefundenen Verhältnisse nicht transformierte und nicht verklärte, sondern ohne weitere Veredelung beim Namen nannte. Tatsächlich beschäftigte sich Fallada kaum mit poetologischen oder ästhetischen Fragen. Er hatte einerseits das Glück, daß er weder die Literatur als Ganzes überschätzte noch gar, was oft schlimmer ist, daß er sich aus Verehrung für einen einzelnen Autor lebensgeschichtlich an diesen verlor.

Viele Schriftsteller möchten nicht, daß der Grund ihres Schreibens sozial motiviert sein könnte. Das soziale Motiv galt damals und gilt heute als nicht autonom oder nicht autonom genug. Fallada war insofern unabhängig, weil er von solchen Einschätzungen ganz weit entfernt war. Er bezahlte dafür mit einer anderen Benachteiligung: Er ließ sich zu sehr auf Wirklichkeit ein. Er heiratete und schrieb einen Eheroman; er wurde arbeitslos und schrieb einen Arbeitslosenroman; er kam ins Gefängnis und schrieb einen Gefängnisroman; er wurde Trinker und schrieb einen Trinkerroman. Und kam nicht auf die Idee, daß es in herausfordernden Zeiten für den Einzelnen gefährlich ist, den Verhältnissen nicht auszuweichen oder vor ihnen abzutauchen. Er verstand nicht oder hatte nicht lernen können, daß Freiheit in der Moderne vor allem darin besteht, vor den Zermalmungen und Umwälzungen der Gesellschaft in verläßlicher Distanz zu leben. Diesen Sicherheitsabstand hat Fallada sein ganzes Leben lang nicht aufbauen können. Im Gegenteil, er ließ sich immer wieder auf Nahkämpfe mit der strafenden Wirklichkeit ein. Und er konnte nicht absehen und leider auch nicht ahnen, daß dieser ungleiche Kampf, ist er erst einmal eröffnet, vom Subjekt nicht mehr so ohne weiteres beendet werden kann. Wer einmal aus dem Blechnapf frißt, muß das immer wieder tun.

Aus der Unmöglichkeit, mit sich selbst heimisch zu werden, entwickelte sich bei Fallada die Dynamik einer Selbstverstoßung, die jeder Kontrolle entkam. Der Philosoph Dieter Henrich hat festgehalten, daß dem Menschen außer den Heimsuchungen des Schmerzes, der Krankheit und des Todes vor allem drei Gefahren drohen: 1. Die Gefahr, daß »die Kontinuität unseres Lebens als Person nicht aufrecht erhalten werden kann«; 2. Die Gefahr, »daß wir die Verantwortung für unser Leben nicht mehr tragen können« und 3. Die Gefahr »des dauernden Verlusts des Bewußtseins«. Den ersten beiden Gefahren ist Fallada temporär immer wieder erlegen. Denn auch der härteste Schriftsteller kann die Verrechnung von Leben gegen Literatur im Maßstab eins zu eins nicht dauerhaft aushalten. Fallada gehört zu den nicht wenigen Autoren, die nicht einen Meter neben ihr Leben treten können.

Den Nutzen davon haben wir, die Leser. Niemand, nicht einmal Fallada selber, wollte oder will das Leben von Fallada führen, aber wir möchten schon lesen können, wie es wäre, wenn uns selber zustieße, wovon wir Gott sei Dank immer nur lesen. Wir können die Wirkung von Literatur mit der Funktionsweise einer Prothese vergleichen. Beide, der Schriftsteller und der Leser, verwenden eine Prothese, wenn auch nicht dieselbe. Der Schriftsteller baut zwischen sich und den Gegenständen der Außenwelt die Prothese seines Abstands ein; die Prothese erlaubt ihm die Täuschung der Unmittelbarkeit, von der man nicht merken soll, daß sie eine Konstruktion ist. Für die anderen, die Leser, wird der fertige Text ebenfalls zu einer Prothese, das heißt zu einem Ersatzkörper, mit dessen Hilfe wir – mit einem Wort von Italo Svevo – das »grauenvolle wirkliche Leben« studieren können, ohne diesem je zu nahe zu treten.

Schriftsteller, denen die Erfindung einer Prothese nicht gelingt, müssen stets auf die eigene Biographie, auf den eigenen Körper, auf die eigene Erfahrung zurückgreifen. Der Raum zwischen Ich und Welt füllt sich bei ihnen nicht mit einem besonderen Filter, die Widerstände fangen sich bei ihnen nicht in einer eigens konstruierten Pufferzone, die dem Leser auf jeder Seite klarmacht: Zwischen uns und dem Text existiert ein angenehmer Schein, der sich ausschließlich dem ästhetischen Vermögen eines Autors verdankt. Schriftsteller, die ohne diesen Schein arbeiten, gelten auf den höheren intellektuellen Rängen als nicht besonders reflexionswürdig. Theodor W. Adorno hat verlangt, daß ein Schriftsteller mit Anspruch »etwas Besonderes zu sagen haben« müsse. Im Sinne Adornos hatte Fallada nichts Besonderes zu erzählen. Sein schriftstellerisches Interesse bewegte sich im Allgemeinen, das heißt auf der mittleren Katastrophenebene des Kleinbürgertums, das zu keinem Ende hin erzählbar ist. Und doch hatte Fallada inmitten des Handgemenges stets einen spezifischen Blick für die unheimlichen Momente des Allgemeinen. Ich meine die Augenblicke, in denen das Normale, das Übliche, das Gewöhnliche plötzlich die Farbe einer Drohung annimmt. Fallada wußte sehr genau, daß es in keiner Gesellschaft verläßliche Grenzen zwischen arm und reich gibt, zwischen glücklich und unglücklich, zwischen gesund und krank, zwischen gebildet und ungebildet. Weil es diese Grenzen nicht gibt, ist jeder Mensch jeden Tag von der plötzlichen Entdeckung bedroht, immer noch nicht genügend glücklich, wohlhabend, gesund oder gebildet zu sein. Das ist die Drohung, die aus dem Allgemeinen kommt, sozusagen ein negativ Besonderes, für dessen Wahrnehmung Hans Fallada eine untrügliche Resonanzfähigkeit hatte. Es ist ein Kennzeichen von guten Schriftstellern, daß sie mit etwas Unbekanntem vertrauter sind als die meisten von uns. Fallada war mit der Drohung des Asozialen vertraut, die im Sozialen nistet; *diese* Vertrautheit ist sein Besonderes im Allgemeinen. Sie rechtfertigt es nicht, daß Fallada in den besseren schöngeistigen Zirkeln noch länger ignoriert wird.

## Der Untrost und die Untröstlichkeit
## der Literatur

Im Alter von dreizehn Jahren war ich Georg Büchner sehr nah, so nah wie später vielleicht nie wieder. Damals, als Kind, war ich öfter Zuschauer bei abendlichen Feuerwerken gewesen, zusammen mit meinen Eltern und Geschwistern, zum Abschluß von Volksfesten und Verkaufsmärkten. Ich habe an diesen Abenden bemerkt, daß wir zu den ärmeren Leuten gehörten. Zuerst liefen wir eine Weile auf dem Rummelplatzgelände herum. Für Fahrten mit der Achterbahn und dem Karussell reichte das Geld nicht. Als sich die Stunde des Feuerwerks näherte, kaufte Vater eine Tüte mit Zuckerstangen für die ganze Familie. Wenig später, als gleißende Lichtfontänen am nächtlichen Himmel hochschossen, als Raketen in allen Farben hoch über unseren Köpfen zerplatzten und silberne Sternkaskaden niederrieselten, überfielen mich Ideen zur Verbesserung der Welt. Ich stand Seite an Seite mit Tausenden von Zuschauern und überlegte, ob es für weniger reiche Leute nicht besser wäre, wenn man die Feuerwerke ersatzlos streichen und das eingesparte Geld an die Bedürftigen verteilen würde.

Wenn unsere Familie nur einen winzigen Teil des Geldes gehabt hätte, das hier öffentlich verpulvert wurde, dann hätten wir nicht immer wieder in der Kälte und im Dunkeln herumstehen müssen. Und ich hätte mir den unangenehmen Verdacht sparen können, daß wir nur deswegen hier waren, weil dieses Vergnügen nichts kostete. Schon ein Jahr später, mit vierzehn, war ich bereit, nicht nur Feuerwerke, sondern auch Modenschauen, Skispringen, Tanzturniere, Fasnachtsumzüge, Autorennen und Pressebälle für entbehrlich zu halten und das eingesparte Geld ebenfalls an die Bedürftigen umzuverteilen. Daß in meinen sozialrevolutionären Plänen eine Frühform kommunistischer Freudlosigkeit aufschimmerte, fiel mir damals nicht auf. Im Schutz des irrealen Wünschens entstand allmählich ein systematischer Zusammenhang. Wenn sich eine gewisse Menge naiver Veränderungsideen angesammelt hat, nennen wir sie eine Weltanschauung. Interessant erscheint mir heute, daß ich damals nicht gewagt habe, mit anderen über meine Sozialreformen zu sprechen.

Vermutlich deswegen zittern bis heute drei Momente aus dieser Zeit in mir nach. Einmal die Scham darüber, jahrelang so unmöglich wie ein Kind gedacht zu haben; zweitens die Gewißheit, daß mich nur die Erinnerung an dieses unmögliche Kinderdenken vor meiner Verramschung mit der Wirklichkeit gerettet hat und weiterhin rettet und drittens die melancholische Empfindung, daß nichts von dem, was ich mir als Kind gewünscht habe, je hat Wirklichkeit werden dürfen. In dieser Kränkung steckt der Untrost und die Untröstlichkeit aller Literatur, ein nur durch den Tod beendbares Begehren. Aus der Erfahrung der Wirklichkeit entspringt die Nötigung verändernden Denkens. Die Abwehr der Nötigung führt zum Konflikt mit ihr und, wenn der Genötigte ein Schriftsteller ist, zur Literatur. Sein Text wiederholt den Konflikt und bewahrt ihn auf. Aus dem aufbewahrten Konflikt entsteht der Bann des nicht mehr von ihm abwendbaren Blicks. Man kann auch sagen: Literatur ist geistige Gepäckaufbewahrung; sie bildet sich im unendlichen Stau dessen, was immerzu vertagt werden muß und deswegen Ewigkeit beanspruchen darf.

Noch im gleichen Jahr, immer noch mit vierzehn, im sogenannten Konfirmandenunterricht, sah ich zum ersten Mal betende Menschen. Ich selbst betete nicht, ich war areligiös, wenn nicht antireligiös erzogen worden, ich sah den anderen beim Beten zu und wunderte mich. Bekanntlich hat jemand, der betet, die Vorstellung, er befinde sich in einem Gespräch mit Gott. Es stört die Betenden nicht, daß der, mit dem sie reden, nicht antwortet. Im Gegenteil, das Schweigen Gottes wird als außerordentlich hingegebenes Zuhören und das Vernehmen des Schweigens durch den Betenden wird als ungesprochene Antwort empfunden. Für unbeteiligt Außenstehende stellt sich die Sache einfacher dar. Für sie sprechen die Betenden nicht mit Gott, sie sprechen nur mit sich. Vermutlich reden sie nicht einmal mit sich, sondern sie reden nur an sich hin. Diese nüchterne Auslegung ist nicht völlig befriedigend. Es bleibt ein Zwiespalt zurück, der sich der mangelhaften Durchschaubarkeit des Geschehens verdankt. Ich spreche von diesem Zwiespalt, weil ich viele Jahre später den Einfall hatte: Auch die Literatur ist Gebet. Für die Analogie müssen wir uns den religiösen Hintergrund nicht einmal vollständig wegdenken. Die Beharrlichkeit der Literatur, ihr unerschütterliches Moment, ist selber quasi religiös. Auch sonst stoßen wir auf erstaunliche Parallelen. Die Literatur wird, ähnlich wie das Gebet, von ihren Urhebern in eine nicht antwortende Welt entlassen. Auch bei der Literatur handelt es sich um leidenschaftliche Einreden, Bitten, Vorschläge, die einzelne Menschen an übermächtige Instanzen richten: an die Wirklichkeit, an die Geschichte, an die Gerechtigkeit – und so weiter. Beide, der Schriftsteller und der Betende, teilen die metaphysische Zuversicht, durch das Schweigen hindurch gehört und sogar verstanden zu werden. Und: bei beiden ist eine Einsicht in die Vergeblichkeit ihrer Anstrengungen vorhanden. Dennoch kümmert es beide nicht, ob sie von anderen für zurechnungsfähig gehalten werden oder nicht. Die banale Realität, in der beide leben, wird von ihnen als unzureichend bis desaströs empfunden, allenfalls als Vorschein einer anderen Welt, die schon morgen am Horizont aufglimmen kann. Der Schriftsteller nennt diesen anderen Weltzustand die Utopie, der Gläubige nennt sie Erlösung.

Für Georg Büchner, einen Schriftsteller der Vormoderne, war die Lage noch eindeutiger. Das Schicksal der Literatur als Endlager für fehlgeschlagene Wirklichkeit war ihm noch fremd. Der *Hessische Landbote* ist geschrieben in der Vorstellung, dem Text würde eine unmittelbare Veränderung der Verhältnisse folgen. Daß Büchner steckbrieflich gesucht wurde, durfte ihm als Beweis für die Durchschlagskraft der Literatur gelten. Bis heute gehört Büchner zu den nicht sehr vielen Schriftstellern, die uns das glückliche Gefühl geben, daß uns wenigstens die Literatur nicht betrügt. Was uns heute von Büchner trennt, ist nicht die vielleicht revolutionäre Entzündbarkeit der Bauern im damaligen Großherzogtum Hessen, sondern die traumhafte Gewißheit von der eingreifenden Wirkung von Literatur. Büchner ist schon deswegen modern geblieben, weil er immer wieder Antworten auf die Frage gesucht hat: Wie verhalten wir uns zu den Abgründen unseres Scheiterns? In *Dantons Tod* ist es das Scheitern der politisch gemeinten Gewalt, in *Woyzeck* ist es das Scheitern der mißbrauchten Kreatur, im *Lenz* ist es das Scheitern des vom Wahnsinn gestreiften Subjekts, das einen Ausweg aus der Krankheit sucht. Aufregend ist Büchner bis heute, weil er die Niederlage nicht als Niederlage, sondern als Kampfmittel gegen den Mangel beschreibt.

Am bedeutsamsten ist für uns heute (ausgerechnet) ein Lustspiel, *Leonce und Lena*. Denn in diesem Lustspiel tritt ein Leiden auf, das im Laufe der Zeit an Einfluß immer mehr zugenommen hat, das Leiden an der Langeweile. Bei Büchner wird Langeweile nicht vertrieben, sondern angenommen. Von dieser Errungenschaft sind wir meilenweit entfernt.

Langeweile bei Büchner ist eingestandener Stillstand, der beim Subjekt bleibt. Wir Heutigen kennen Langeweile als verscheuchte Langeweile. Unsere Erlebnisplaner haben sie zu unserem Feind erklärt. Als Ersatz bieten sie uns hochdosierte Fremdunterhaltung an: die permanente Fernsehshow, die Massenparty, der Urlaub, die Promiskuität, der Konsum – und so weiter. Nicht so Büchner. Bei ihm wird Langeweile erkennungsdienstlich behandelt; das heißt vor allem: sie wird dargestellt, untersucht und zerlegt, oft so lange, bis sie einer neuen Beschäftigung weicht, die unversehens aus dem Stillstand hervorgeht. Für derartig geduldige Transformationen fehlt uns heute die Gelassenheit und die Bildung. Im Kern der Langeweile steckt unsere Verwunderung darüber, daß wir die meiste Zeit unausgedrückt leben. Tag für Tag existieren wir, ohne daß uns jemand ausspricht.

Leonce und Lena hätten nicht verstanden, warum wir uns für die gute Laune von Thomas Gottschalk immer mehr interessieren als für die eigene Melancholie, obwohl diese mit uns auf dem Sofa sitzt. Sie hätten nicht verstanden, daß man eine *afterworkparty* aufsucht, wenn einem der Ich-Zerfall zu nahe tritt. Für Leonce und Lena wird statt dessen die sprachliche Erkundung der Melancholie zu ihrer und, sofern wir den Weg ins Theater finden, zu unserer Unterhaltung. Diese Aufmerksamkeit dem eigenen Ich gegenüber erfordert eine narzistische Souveränität, die wir heute nicht mehr zustandebringen. Büchner hat gewußt, wie töricht es ist, Langeweile ausblenden oder gar bekämpfen zu wollen. Er läßt Leonce und Lena geduldig durch ihre Langeweile hindurchgehen. Die beiden erleben, was der Ennui mit ihnen macht, welche Verwandlungsideen er ihnen eingibt. Die Figuren werden dabei ein Stück weit von sich selbst entfernt und kehren dann, mit neuartigen Bildern beschenkt, zu sich selbst zurück.

Wie das funktioniert, zeigt Büchner (zum Beispiel) im ersten Akt von *Leonce und Lena*. Dort charakterisiert sich Leonce mit diesen Sätzen: »Mein Leben gähnt mich an wie ein großer weißer Bogen Papier, den ich vollschreiben soll, aber ich bringe keinen Buchstaben heraus. Mein Kopf ist ein leerer Tanzsaal, einige verwelkte Rosen und zerknitterte Bänder auf dem Boden, geborstene Violinen in der Ecke, die letzten Tänzer haben die Masken abgenommen und sehen mit todmüden Augen einander an. Ich stülpe mich jeden Tag vierundzwanzig Mal herum wie einen Handschuh. Oh, ich kenne mich, ich weiß, was ich in einer Viertelstunde, was ich in acht Tagen, was ich in einem Jahre denken und träumen werde.«

Merken wir, wie die Langeweile in diesen wenigen Zeilen in die Erzählung einer Langeweile umschlägt? Und wie die Langeweile dadurch eine neue, interessante Gestalt annimmt? Aus der Empfindung der inneren Leere wird plötzlich ein erzählter Raum. Aus einem Mangel wird eine Ressource. Eine eindrucksvollere Peripetie ist schwerlich denkbar. Das heißt, Langeweile bei Büchner ist der Selbstausdruck einer Sehnsucht, die darauf wartet, daß wir ihre Verhüllung abwerfen. Man muß seine Langeweile in seinem eigenen Ich spazieren führen, damit sie mit den Ideen über sich selbst vertraut wird. Nur dieser selbstvergessene Müßiggang hat die Qualität, die Schöpfung momentweise zu enträtseln und sie über sich selbst zu beruhigen.

Wir Heutigen gewöhnen uns lieber an die gequälten Gesichter der Massen, die aus der für sie erfundenen Billigkonditionierung nicht mehr herausfinden. Im Gewimmel des Kölner Hauptbahnhofs habe ich kürzlich beobachtet, wie der sexistische Unterhaltungskannibalismus des Fernsehens auf das öffentliche Leben übergreift. Drei halbbetrunkene, unerträglich gelangweilte Männer klatschten einer jungen

Frau mit der flachen Hand nacheinander auf den Hintern und verschwanden unauffindbar in der Menge. Geschockt und gepeinigt blieb die Frau zurück. Vermutlich ist die Angst vor der Stumpfheit der Unbeschäftigten noch größer als die Angst vor der Arbeitslosigkeit selber. Auf der Zeil in Frankfurt sah ich eine junge Familie mit zwei Kindern. Der Vater kaufte eine Tüte Pommes frites. Die Mutter zählte die Kartoffelstäbchen einzeln ab, damit jedes Familienmitglied die gleiche Portion erhielt. Die Pommes frites waren schnell weg, die Kinder verlangten nach weiteren Zerstreuungen. Der Vater stülpte das Futter seiner Hosentaschen nach außen, die Mutter lachte kurz auf. Ich wollte herausfinden, ob die Kinder das Drama der totgeschlagenen Zeit bemerkten oder nicht.

Und ich wurde Zeuge einer erstaunlichen Szene. Den beiden Kindern, einem Jungen und einem Mädchen, fiel ein älteres Paar auf. Die Frau sah den Staub auf den Schuhen ihres Partners und wollte diesen offenbar nicht länger hinnehmen. Sie schlüpfte mit dem rechten Fuß aus ihrem Schuh heraus und putzte mit dem bestrumpften Fuß die schmutzigen Schuhe ihres Begleiters. Die Details fesselten und vergnügten die Kinder. Auch das Paar amüsierte sich über seine eigene plötzliche Nähe. Die Kinder sahen, womöglich zum ersten Mal, daß selbst eher schlichte Vorgänge eines erotischen Anhauchs nicht entbehren müssen. Nach kurzer Zeit ahmten die Kinder das Paar nach: gegenseitig und unter großem Gekicher.

Ich erinnerte mich an die Feuerwerkszerstreuung meiner eigenen Kindheit. Es war wie damals. Aus der Dominanz der Langeweile schälte sich ein Nebenerlebnis heraus, das für die Kinder schnell zum Haupterlebnis wurde. Sanft rutschten sie aus der Okkupation durch Fremdunterhaltung heraus und landeten in der Aufmerksamkeit für ihr eigenes

Leben. Mitten in der »ungeheuren Zeit« – das ist eine Formulierung von Danton – erhebt sich ein privates Stilleben und überwindet die Zeitleere. Das einem einzelnen Menschen glückende Innehalten in der allgemeinen Zeitvernichtung ist in seiner Bedeutung kaum ausmeßbar. Augustinus hat die drei dabei wesentlichen Momente so zusammengefaßt: »Unser Geist tut ein Dreifaches: Er erwartet, merkt auf und erinnert sich.« Die Menschen leben, wenn sie leben, in von ihnen bemerkten Augenblicken und Einzelheiten. Zwischen beiden gibt es eine Korrelation: Ohne Augenblicke keine Einzelheiten, ohne Einzelheiten keine Augenblicke. Die Langeweile der Einzelnen und die Ermüdung des Ganzen gehören in der Moderne zusammen. Durch die Brechung dieses Zusammenhangs ist Leonce und Lena ein hypermoderner Text, im Kern staatsgefährdend, wenn unser selber stumpf gewordener Staat mit Literatur noch zu gefährden wäre. Sind wir nicht alle längst zu Mitspielern von Leonce und Lena geworden – freilich ohne deren Fähigkeiten? Die Zwangsmelancholisierung durch unsere Verhältnisse hat Ironiker wider Willen aus uns gemacht. In Kürze wird es Events und Fernsehsendungen geben, deren Vulgarität wie eine körperliche Verletzung wirken wird. Was sollen wir dann tun? Wir sind nicht Büchner, wir sind nicht einmal Leonce und Lena. Wir sind immer neu erschrockene Einzelkämpfer, wir leben, jeder für sich, in unseren Verschleißzusammenhängen, wir kämpfen gegen die Pathologie der Arbeit, gegen die Pathologie des Alterns, gegen die Pathologie des Wohnens, gegen die Pathologie der Liebe – und keine Schule hat uns beigebracht, wie wir in diesen Stellungskämpfen überleben sollen.

Sehr geehrte Chefredakteure, Programmleiter, Fernsehdirektoren, Eventdenker, Kaufhauschefs! Sehr verehrte Planer von Freizeitparks, Loveparades, Expos und all dem anderen Nonsens! Laßt die Finger weg von unserer Langeweile! Sie ist unser letztes Ich-Fenster, aus dem wir noch ungestört, weil unkontrolliert in die Welt schauen dürfen! Hört auf, uns mit euch bekannt zu machen! Hört auf, euch für uns etwas auszudenken! Sagt uns nicht länger, was wir wollen! Bleibt uns vom Leib, schickt uns keine portofreien Antwortkarten und gebt uns keine Fragebögen in die Hand, interviewt uns nicht, filmt uns nicht, laßt uns in Ruhe! Laßt uns herumstehen, denn Herumstehen ist Freiheit! Und gebt euch zufrieden damit, wenn wir das, was uns interessant vorkommt, vielleicht niemandem erzählen wollen.

Manchmal träume ich von einer Schule der Besänftigung, die uns etwas von dem beibringen könnte, was wir so dringend brauchen. Nach meinem Gefühl gibt es ein starkes Bedürfnis nach einer solchen Schule. Aufnahmebedingungen gäbe es nicht, auch keine Altersbegrenzungen, keine Prüfungen und keine Zeugnisse. Sie würde funktionieren wie eine Abendschule; jeder, der sich zwar erschöpft, aber noch nicht erledigt fühlt, wäre willkommen, ebenso jeder, der fürchtet, daß ihn seine Anpassungen vielleicht noch den Verstand kosten. Unterrichtet würden die Fächer Existenzkunst, Enttäuschungspraxis, Sehnsuchtsabbau, Fremdheitsüberlistung, Hoffnungsclownerie. Eine Schule der Besänftigung gibt es nicht, sie wird es auch nie geben. Sie verstehen, diese Schule ist nichts weiter als die allerneueste Blüte meiner kindlichen Feuerwerksphantasien von damals, sie ist, mit einem Wort, nichts anderes als Literatur.

Sofort frage ich mich und Sie, gerade hier und heute, müssen wir diese Phantasien ihres fatalistischen Kerns wegen verurteilen? Der Fatalismus der Geschichte, vor dem sich Büchner gefürchtet hat, ist auch der Fatalismus der Literatur. Seit Jahren begleitet mich eine andere Phantasie, wie sie fatalistischer kaum sein könnte: Daß wir alle, jeder von uns, längst in einem riesigen Heim leben, und zwar so selbstverständlich, daß wir weder den Namen des Heims noch die Heimordnung kennen. In den Spätnachrichten sehen wir Heimleiter Gerhard Schröder, der uns wieder und wieder sagt, daß wir vorwärtskommen, daß alles besser wird und daß wir zufrieden sein sollen. Danach werden die Geräte abgeschaltet, auch der Heimleiter geht zu Bett. Und dann, in der plötzlichen Stille, geschieht etwas, was nicht in der Heimordnung steht: Ich mißtraue meinem eigenen Fatalismus. Ich schaue auf die Bücher in meinem Arbeitszimmer und begreife: In jedem einzelnen Buch steckt die Einsicht in einen Mangel. Die stoische Wirklichkeit hat eine stoische Literatur hervorgebracht. In der Literatur – und nur in der Literatur – überlebt die Sehnsuchtswirtschaft der Menschen. Sie ist unsere palliative Heimat.

# *Nachweise*

*Spur des Romans* erschien unter dem Titel »Kleine Romantheorie« in der Neuen Zürcher Zeitung vom 15. März 1991.

*Die Unberechenbarkeit der Worte* ist die Dankrede für den Großen Literaturpreis der Bayerischen Akademie der Künste 1998. Erstdruck in der Süddeutschen Zeitung vom 28. Mai 1998.

*Fühlen Sie sich alarmiert.* Rede am 28. Juni 1999 vor saarländischen Abiturienten in der Saarbrücker Kongreßhalle. Erstveröffentlichung in der Frankfurter Rundschau vom 21. August 1999.

*Funkelnde Scherben. Der Autor und sein Preis.* Zuerst in: Neue Zürcher Zeitung vom 25. August 2001.

*Der gedehnte Blick.* Vortrag im Hessischen Literaturbüro Frankfurt am Main am 2. Februar 1999. Der Text erschien zuerst in Der Literaturbote Nr. 54 Frankfurt am Main 1999.

*Kleine Huldigung.* Zuerst in: Frankfurter Rundschau vom 10. Dezember 1996.

*Eine Gabe, die fehlgeht. Über literarische Erfolglosigkeit.* Vortrag am 25. Oktober 2002 während der Herbsttagung der Deutschen Akademie für Sprache und Dichtung in Darmstadt. Erstveröffentlichung in der Neuen Zürcher Zeitung vom 9. November 2002.

*Fliehendes Denken. Formen der Sehnsucht.* Zuerst in: Basler Zeitung vom 21. Juli 2001.

*Rezeptlosigkeit als Rezept. Über Claude Simon.* Erstveröffentlichung in DU, Zeitschrift für Kultur, Zürich, Nr. 691 vom Januar 1999.

*Das Banale ist das Unaufräumbare.* Erstveröffentlichung (unter dem Titel »Kleine Elegie«) in Stint, Zeitschrift für Literatur, Bremen, Nr. 28, Dezember 2000.

*Fremdheit ist wie das vergebliche Reiben an einem Fleck.* Erstdruck in DU, Zeitschrift für Kultur, Zürich, Nr. 11, November 1996.

*Omnipotenz und Einfalt. Über das Scheitern.* Zuerst (unter dem Titel »Erfreuliche Fehlschläge«) in: Passagen, Zürich, Nr. 34, Sommer 2003.

*Heimat, vorgespiegelt. Der Ort der Handlung in der Literatur.* Erstdruck in der Frankfurter Rundschau vom 4. März 2000.

*Im Niemandsland der Mitteilung oder: Was macht uns lachen?*, *Die komische Empfindung* und *Der außengeleitete Humor* sind Vorlesungen an der Universität Paderborn während einer Gastdozentur im Wintersemester 1997/1998. Erstveröffentlichung.

*Der Professor im Schrank. Adorno und die Verweigerung des Lachens.* Vortrag im Literaturhaus Frankfurt am Main am 10. November 2003. Erstveröffentlichung.

*Die Drohung im Handgemenge* wurde am 22. April 2004 als Dankrede zum Hans Fallada-Preis der Stadt Neumünster gehalten.

*Der Untrost und die Untröstlichkeit der Literatur* ist die Dankrede zum Georg Büchner-Preis, gehalten am 23. Oktober 2004 in Darmstadt.

## Inhalt

Spur des Romans  7

I

Die Unberechenbarkeit der Worte  *11*
Fühlen Sie sich alarmiert  *16*
Funkelnde Scherben. Der Autor und sein Preis  *30*
Der gedehnte Blick  *39*
Kleine Huldigung  *62*
Eine Gabe, die fehlgeht. Über literarische
    Erfolglosigkeit  *64*
Fliehendes Denken. Formen der Sehnsucht  *76*
Rezeptlosigkeit als Rezept. Über Claude Simon  *84*
Das Banale ist das Unaufräumbare  *88*
Fremdheit ist wie das vergebliche Reiben
    an einem Fleck  *91*
Omnipotenz und Einfalt. Über das Scheitern  *98*
Heimat, vorgespiegelt. Der Ort der Handlung
    in der Literatur  *105*

II

Im Niemandsland der Mitteilung
    oder: Was macht uns lachen?  *115*
Die komische Empfindung  *139*
Der außengeleitete Humor  *151*
Der Professor im Schrank.
    Adorno und die Verweigerung des Lachens  *170*
Die Drohung im Handgemenge  *191*
Der Untrost und die Untröstlichkeit der Literatur  *196*